KB264043

얼굴도 모르는 남편님께, 이혼을 요구합니다 2

히사카와 코우리

목　차

제4장 새로운 영지 문제와 내기의 끝

스완건 영지로 내려가는 날은 아침부터 비가 추적추적 내렸다.

가이핸더 제국의 제도는 대륙의 북방부에 위치한다. 제도를 감싸듯 우뚝 솟은 미텔호른 산맥은 제도를, 나아가 제국을 수비하는 천연요새였다. 그 산과 산 사이의 비교적 완만한 지형 위에 세워진 제도는 여름도, 가을도 짧은 편이라 곧 혹독한 겨울이 찾아올 예정이다.

스완건 백작가의 가문이 새겨진 근사한 마차의 작은 창을 통해 흐릿하게 보이는 제도를 감상하다가 바이레타는 조용히 자수정빛 눈을 감았다. 정교한 내장에 쿠션이 빈틈없이 깔린 마차 안은 더없이 쾌적한 환경이었다. 그러나 바퀴가 물웅덩이를 가르며 달리는 소리만 메아리치는 마차 내부는 숨 막히는 정적이 지배하고 있었다.

지난주도 지금처럼 마차를 타고 있었지만, 그때와는 명백히 다른 분위기였다.

시시콜콜 불평을 늘어놓는 시아버지 와이널드가 없기 때문일까.

아니면 남편을 향한 바이레타의 마음이 그때와는 달라졌기 때문일까.

맞은편 좌석에 앉아 팔짱을 낀 채로 눈을 감고 있는, 아름다운 남편 아널드를 바라보며 바이레타는 조용히 한숨을 쉬었다.

아널드 스완건.

가이핸더 제국 육군기병 연대장이라는 직함을 가진 미모의 중령. 약간 긴 회색 머리와 길게 찢어진 에메랄드그린의 매서운 눈매를 가진 그는 '전장의 회색여우'라는 별명으로 유명했다. 이처럼 화려한 전력과 외모를 가진 남자이지만 남편으로서는 최악이었다.

사실 그에게 가진 감정은 처음부터 바닥이었다. 인식이 좋아졌던 것도 잠시, 역시 이기적이고 거만하고 남의 말은 귓등으로도 듣지 않는 최악의 남자라는 평가는 그때나 지금이나 똑같다.

전쟁으로 집을 떠나 있던 8년간, 편지는 고사하고 얼굴조차 몰랐던 남편이다.

분노와 수치심이 혼재된 혼란 속에서 한 달간 부부로 지낸다는 내기를 시작했지만, 그 내기도 이제 1주일 남짓이면 끝난다. 이대로 아이가 생기지 않으면 이혼할 수 있다. 바이레타의 승리가 확정될 때까지 계약 기간의 4분의 1만 남은 셈이다.

그렇다면 순수하게 기뻐해야지, 이렇게 답답하고 울적한 기분이 들 일이 아니다. 하지만 축승회의 그 일 이후로 마음속 깊이 눌어붙은 불쾌감이 도저히 사라지지 않는다.

축승회에서 아널드는 아내를 공짜로 이용할 수 있는 여자처럼 대했다. 결국 바이레타의 악평을 그대로 믿는 남자들과 다를 바 없었으니 너도 결국 똑같은 놈이다, 욕이나 퍼부으면 그만일 일인데.

하지만 말하기도 구차해서 결국 용건만 짧게 말하고 있다. 그도 아내의 말수가 적어진 편이 편한지 굳이 먼저 말을 건네지 않았다.

애초에 그가 활달한 성격이 아닌 것은 알지만, 지난번처럼 눈을 감고 있는 모습을 보고 있노라니 바이레타는 속이 끓었다. 즐겁게 대화를 나누지 못해서 그런 것은 아니다, 결코. 하지만 일말의 관심도 없어 보이니 정말 그가 원하는 건 몸뿐이었나 하는 생각이 든다. 아니, 실제로 그런 것 같다. 어차피 이혼하고 싶었으니 그러면 또 어떤가 싶기도 하다. 바이레타는 그렇게 스스로를 설득하며 지금 자신이 화가 나는 것은 다른 이유 때문이다, 라고 머릿속을 환기했다.

제도로 돌아온 지 며칠이나 지났다고 또 영지에 불려 내려가니 화가 나는 것이다. 자신은 영주대행도, 보좌관도 아닌데.

바이레타는 시아버지가 보낸 편지의 내용을 떠올리며 한숨을 쉬었다.

'온천장을 소유한 지역장들이 스완건 영지 수방공사에 반대하며 나섰다. 즉시 내려와서 해결할 것.'

축승회 이후, 집사인 도노반에게 받은 것은 백작가의 가문이 봉랍으로 찍힌 편지였다. 영지에서 파발마를 통해 보냈다는 말을 들었을 때부터 불길한 예감이 들었다. 안을 열어보자 시아버지의 고압적인 음성이 쩌렁쩌렁 들려오는 듯했다.

스완건 영지의 특성상 불가피한 문제라고 예상하긴 했지만, 그래도 시기가 너무 빠르다.

풍부한 탕량(湯量)을 자랑하는 온천장은 스완건 영지의 주 수입원으로, 황족과 귀족들의 탕치장(湯治場)으로 유명하다. 이 인기는 전쟁 중에도 변함이 없었던 덕분에 영지의 곡물 세수가 감소해도 별다른 타격 없이 꾸려갈 수 있었다.

따라서 온천장을 소유한 지역장들의 의견은 절대적이다. 제아무리 영주라도 호통 한 마디로 물리칠 수 없는 것이 그들이었다.

하지만 이게 누구 영지냐며 시아버지에게 따지고 싶은 마음도 있다.

그렇게 항의해봤자 며느리로 들어왔으면 일을 해야 할 것 아니냐고 오히려 큰소리나 치겠지만.

바이레타는 양장점의 오너인 동시에 대규모 봉제공장을 소유한 공장장이기도 하다. 슬슬 일터에도 얼굴을 비추지 않으면 비서가 아우성을 칠 것 같아 걱정스러운데, 편지에서 뿜어져 나오는 무언의 압력 또한 모른 척할 수 없다.

결국 축승회를 마친 지 며칠 만에 영지행 마차를 타게 되었다. 그리고 무슨 이유에선지 아널드가 따라왔다. 아주 당연하다는 듯이. 영지로 내려가는 마차인 걸 아느냐고 두 번이나 확인했지만 그는 고개를 끄덕이기만 할 뿐 마차에서 내리지 않았다.

이상이 이 숨 막히는 마차에 타게 된 경위다.

아널드와는 축승회 다음 날부터 냉전 중이다. 아니, 바이레타가 일방적으로 화가 난 상태다.

그날—축승회장의 정원에서 거칠게 안긴 다음 날 아침, 바이레타는 분노를 가득 담아 남편의 얼굴에 베개를 던졌다. 그는 무심한 얼굴로 냉큼 받더니, 밖에서 하는 것은 싫다고 거부하는 바이레타에게 각서에는 그런 내용이 없다며 태연하게 대답했다.

한 달 동안 부부생활을 한 결과, 임신이냐 아니냐에 거는, 인권말살적인 내기를 하고 있다. 이 내기의 내용을 적은 각서에는 시간도, 장소도 지정된 바가 없다.

하지만 승복할 수 없는 행위인 만큼 절대 양보할 기색을 보이지 않자 먼저 꺾인 것은 남편이었다. 나가라는 뜻을 담아 노려보자, 아널드는 무표정으로 조용히 방을 나갔다.

그렇게 나가는 그의 등을 바라보던 바이레타는 왠지 자신이 핑계를 찾고 있는 것처럼 느껴졌다.

그가 자신을 조금이라도 배려해주었다면 그토록 비참하고 분한 마음이 들지는 않았을 것이다.

그렇다, 바이레타는 왠지 분했다.

축승회장의 정원 같은 언제 누가 올지 모르는 장소에서. 그는 보란 듯이 거칠게 안았다. 그야말로 창부를 안 듯. 그에게 아내란 고작 그런 존재라는 듯 모멸감을 안기며.

야회장의 테라스에서 아내를 창부 취급하는 친구의 말에 긍정하던 그의 모습을 똑똑히 기억한다.

그때 느꼈던 분노는 남편에 대한 신뢰의 증거이자 그의 배신을 결정 짓는 순간이기도 했다. 필요한 용건 말고는 일절 입을 열지 않는 아널드의 태도가 자신을 괴롭히고 있다.

그러나 현실로 돌아온 순간, 바이레타는 분노를 품은 눈동자를 남편에게서 다시 마차 밖으로 향하며 힘껏 주먹을 쥐었다.

별거 아니야, 늘 있는 일이잖아. 자신을 타이르듯 속으로 중얼거렸다.

옛날부터 바이레타는 화려한 용모 때문에 사교계에서 심각한 중상비방에 시달려왔다. 남자들을 가지고 논다느니, 숙부와 시아버지를 비롯한 여러 남자들과 육체관계를 가졌다느니, 등등. 모두 사실무근이지만, 여태껏 그 소문을 부정하지 않은 것도 바이레타였다.

그러니 남편이 자신을 오해해서 악녀니 창부니 함부로 떠들어도 신경 쓸 일이 아니다.

화낼 필요도 없고 슬퍼할 필요는 더더욱 없다. 어차피 남편은 이기적이고 거만하고 아내를 제 뜻대로 휘두르려 하는 나쁜 놈이라고 생각하지 않았던가.

내기도 곧 끝난다.

그러면 꿈꾸던 세상에서 자유를 얻게 된다. 남편이나 시집 따위에 구속되는 일 없이 장사로 자립해서 살아갈 것이다. 오랜 꿈을 실현하는 것뿐이다.

승리를 확신하며 미소를 지었지만, 차창에 비친 얼굴은 왠지 우는 것처럼 일그러져 보였다.

문득 제도를 떠나기 전날 만났던 숙부 사뮤즈의 말이 떠올랐다.

'당장이라도 울 것 같은 얼굴이구나.'

그때는 자존심을 바닥까지 긁어모아 기를 쓰고 당당한 척했다. 그럴

지도 모른다고 생각하는 자신의 나약함을 도저히 인정할 수 없었다.

　제도를 떠나기 전날, 축승회에서 약속한 대로 숙부인 사뮤즈 에트와 레스토랑에서 만났다.
　시간보다 일찍 도착해 차를 마시던 바이레타는 축승회 날 밤 남편의 태도를 도저히 용서할 수 없어 풍성한 스트로베리 블론드의 긴 머리카락을 쓸어올리며 부글대는 속을 달래고 있었다.
　"기분이 언짢아 보이는구나. 무슨 일 있니?"
　"숙부님!"
　입에 컵을 가져갔던 바이레타가 고개를 들었다. 얼결에 내려놓은 컵이 쨍 하고 요란한 소리를 냈지만 못 들은 척했다.
　사업적 상담을 마치고 온 모양인지 다크그레이 슈트로 몸을 감싼 사뮤즈가 맞은편의 빈 자리에 앉았다. 점잖은 외양은 성공한 사업가이기보다는 마치 관료처럼 보였다. 검은색에 가까운 짙은 갈색 머리를 깔끔하게 쓸어 넘기는 모습이 자아내는 청결하고 유능한 아우라에 저도 모르게 감탄하고 말았다. 그는 신용제일을 주장하며 비취색 눈을 가늘게 뜨고 웃곤 했는데 납득하지 않을 수 없었다.
　모든 것이 미심쩍은 남편과는 너무나 다르다며 비교하다가 바이레타는 얼굴을 찌푸렸다.
　"네 남편도 올 줄 알았는데."
　"바쁜 사람인 걸요. 하루종일 아내 꽁무니만 따라다닐 수는 없죠."
　"흐음? 그놈이라면 시종 옆에서 딱 버티고 있을 것 같은데….
　사뮤즈의 말에 바이레타는 할 말이 없어졌다. 정곡을 찔렸기 때문이다. 그러려는 그를 단호하게 거부한 것은 자신이다.

남편이 자신에 대한 조사를 끝냈다는 것을 알았으니 더는 일에 대해 숨기지 않기로 했다. 작은 양장점 한 곳을 경영하고 있는데, 현재는 오너의 자리에서 직원을 고용 중인 것. 대신 봉제공장을 세워 기성품을 양산 중인 것. 군과 거래를 터서, 군인 셔츠나 외투 등을 대량으로 납품하고 있다는 것도 담담하게 털어놓았다. 듣고 눈살이나 찌푸릴 줄 알았건만, 의외로 아널드는 무표정인 채로 조용히 들어주었다.

아내의 일을 무시하거나, 이익을 가로채려 하거나, 그도 아니면 화를 내거나. 등등의 반응을 예상했으나 그의 태도는 매우 담백했다.

그의 덤덤한 반응에 약간 김이 새긴 했지만, 어쨌든 상황이 그러하여 숙부와의 약속은 어디까지나 사업적 만남임을 확실히 밝혔다. 그러자 그 전까지 심드렁했던 반응이 무색하게, 그는 저도 같이 가야겠다며 억지를 부리기 시작했다.

무표정한 남편이 떼를 쓰는 모습은 어떤 의미로 기괴하게 느껴졌다.

두 사람의 의견은 줄곧 평행선을 달렸고, 결국 바이레타는 맘대로 하라는 통보와 함께 집을 나와 지금에 이르렀다. 물론 마차에 탄 것은 저 혼자였다. 하지만 왠지 근처 어딘가에 그가 있을 듯한 느낌이 든다.

지독한 충견이 생겨버렸다. 주인의 말을 전혀 듣지 않으니 결국 똥개 아닌가 싶긴 하지만. 전장에서 보인 지독한 교활함 때문에 여우라는 별명까지 붙었던 남자인 만큼 뭔가 계획이 있을 것이다. 애초에 몸이 목적인 주제에 이해할 수 없는 언동을 남발하는 점도 정신적 피로를 부른다.

아내를 공짜로 이용할 수 있는 여자로 여긴다면 평소에 뭘 하든지 내버려 두기나 하든가. 설마 안고 싶을 때 언제든 안을 수 있도록 따라다니는 건 아니겠지.

맞다면?

맞으면 또 뭘 하나. 남편이 무슨 생각을 하든 내 알 바 아니다. 그렇게 분노의 감정만이 차곡차곡 쌓여간다.

"늘 추천하던 메뉴로 2인분. 바이레타, 상담 전에 일단 너희 두 사람 관계를 정확하게 말해주겠니? 평범한 부부가 아닌 것이지?"

숙부는 점원에게 주문을 한 뒤, 웃으며 바이레타를 돌아보았다.

납득한 기색은 아니지만, 그래도 남편이 근처에 없는 것은 인정하는 듯하다. 기분이 좀 나아졌던 바이레타는 숙부의 돌발공격에 신음을 흘렸다. 축승회 날 밤에 이 약속을 잡았을 때부터 예상했던 일이다. 숙부가 이 부분을 집중적으로 캐내려 들 거라는 것을.

분 단위로 일정을 꾸리는 바쁜 사뮤즈에게 폐를 끼칠 수 없다는 것을 알지만 내용이 내용인 만큼 대충 얼버무리고 회피하고 싶다. 가능하다면 말하고 싶지 않다.

"정략결혼은 대체로 문제가 조금 있기 마련이잖아요."

"조금이라. 그 조금을 듣고 싶은데."

"상담 먼저 하면 안 될까요?"

"이걸 회피할 수 있다고 생각하고 있다면 네 통찰력에 대해 설교가 좀 필요할 것 같구나."

날카롭게 빛나는 숙부의 눈동자에서 빈틈없는 사업가의 저력이 엿보였다. 역시 안 될 것 같다. 하이레인 상회라는 거상의 수장인 숙부가 쉽게 물러나줄 리 없다.

"화내지 마세요."

"그건 곧 내가 화낼 만한 내용이라는 말이군."

"그런 거 아니… 라고 생각하고 싶지만. 사회통념상 그다지 칭찬받지 못할 일인 건 사실이니까요. 그게, 실은 아널드 님과 내기를 하고 있어요."

"내기? 그건 별로 화낼 일이 아닌데, 조건이 문제구나."

"그게, 이혼을 요구했다가 거부당했는데… 이래저래 실랑이를 벌이다 보니 한 달간의 내기를 하게 되었… 앗, 숙부님, 음료가 있으니 갑자기 일어나시면 안 돼요."

"어지간히 질질 끄는구나. 그래서, 핵심을 말해."

"그러니까, 그… 으음, 뭐라고 해야 하나… 한 달 동안 부부생활을 해서 아이가 생기지 않으면 제가 이기는 거예요. 그럼 이혼이 성립하는 거고요."

"…즉 그동안은 헤어질 수 없다?"

사뮤즈는 최초의 충격을 가까스로 삼키며 중얼거렸다. 아널드가 축승회의 밤 중정에서 의기양양한 얼굴로 숙부에게 내뱉었던 말을 반추하고 있음이 틀림없다.

"그래서, 승산은 충분한 거지?"

"당연하죠. 그러니까 이 이야기는 그만 끝내요. 다음에 뵐 땐 깔끔하게 헤어졌다고 보고 드릴게요."

"그렇게 말하는 것치고는 울 것 같은 얼굴인데."

농담도 참, 하고 바이레타는 애써 웃어넘기며 오늘의 용건을 꺼냈다.

"데파를 준비해주셨으면 해요. 아주 많이."

"어물쩍 넘어가려고 하는구나. 그래, 봐주마. 그나저나 그런 구멍 숭숭 뚫린 돌은 왜? 대체 이번엔 뭘 만들려고?"

데파는 제국 남부의 산악지대에서 생산되는 다공질의 암석을 말한다. 건조시키면 단단해지는 성질 때문에 예로부터 건축재로 사용되고 있는데, 아무리 깎아내도 숭숭 뚫린 구멍이 사라지지 않는다.

이런 모양이나 재질 때문에 남부의 주요 석재 중 하나로 꼽히며 상당한 고가에 거래되고 있다. 그러나 이것은 건축재로 쓰여지는 거대한 석재일 경우의 가격이고, 바이레타가 원하는 조각이나 분말은 거의 폐기물로 취급되어 헐값이다. 숙부라면 이것을 대량으로 사들이는 것쯤은 식은 죽 먹기일 테다.

사뮤즈는 흥미롭다는 듯 눈을 빛냈다. 이것만으로도 바이레타의 교섭은 성공한 것이나 다름없다.

숙부에게 교섭을 제안할 때는 정보를 야금야금 흘리면서 공략하는 방법이 최선이다. 처음부터 상세한 내용을 다 밝혀버리면 뒤에서 손을 써서 최종 목적에 도달하지 못하는 경우가 많았다. 혈육이라 해도 사업에서는 엄격한 스승이다.

"그건 나중에 말씀드릴게요. 스완건 영지에서 확인해야 할 부분이 좀 있어서요. 하지만 최종적으로는 숙부님께도 반드시 이익이 될 거예요."

바이레타가 자신만만하게 웃어 보이자, 숙부는 못 말린다는 듯 고개를 끄덕였다.

"알았다. 그 건은 받아들이지. 단 너는 워낙 고집이 세서 쉽지 않을 거다. 나의 자존심이나 꿈, 자유보다 소중한 것도 있단다. 바이레타, 네가 정말 원하는 것을 가지렴, 후회하지 않도록. 알겠니?"

그의 말은 필사적으로 현실을 외면하려 하는 바이레타의 애잔한 모습을 타이르는 것처럼 들렸다.

시아버지의 독촉에도 불구하고 결국 중간에 숙소를 잡았기 때문에, 스완건 영주관에 도착한 것은 이틀이 지난 저녁 무렵이었다. 연락을 받은 집사장 바토가 현관 앞에서 머리를 숙이고 기다리고 있었다.

바토는 시아버지와 같은 연배이지만 아직도 꼿꼿한 자세를 보면 저택의 관리를 홀로 지휘해온 위엄이 그대로 배어나왔다. 다만 조금 온화해진 분위기에 쓴웃음이 나왔다.

아직 열흘도 지나지 않았으니 큰 변화도 없을 텐데, 전보다 한결 표정이 밝아졌다. 말 못 할 비밀이 사라졌기 때문인가.

"어서 오십시오. 별일 없으셨지요?"

"바토…, 잘못 들으면 비꼬는 것 같아."

"그런 의도는 없었습니다. 참, 주인님께서 전언을 남기셨습니다."

아널드의 에스코트를 받아 마차에서 내린 바이레타가 주변을 둘러보자, 집사장이 무표정한 얼굴로 머리를 숙였다.

"그리 좋은 내용은 아닌 것 같네."

"그렇습니다. 영주관에 주인님이 안 계십니다."

"뭐?"

사람을 불러놓고 본인은 집을 비워?

"온천장 쪽에 있는 영빈관에서 기다리고 계실 테니 그동안 대략적인 상황을 파악해두라는 분부셨습니다."

호통을 치고 싶은 마음을 꾹 누르며 간단히 말했다.

"아버님 대신 상황을 알려주실 분이 누구지? 수방 공사를 위한 제방 현장 상황을 알고 싶은데."

한시라도 빨리 일을 끝내고 제도로 돌아가고 싶다.

"그렇다면 아까—."

"지금 도착했습니다."

영주관 뒤에서 나타난 장신의 남자—게일 아달틴이 부드럽게 존재를 알렸다. 적갈색 머리에 갈색 눈동자, 볕에 그을린 매서운 얼굴 생김새는 전에 봤던 그대로였다.

인접국 나리스의 전직 기사였던 그는 사정이 있어 한때는 스완건 영지의 곡물 도둑이 되었지만, 이제는 바토처럼 얼굴에 생기를 되찾은 모습이었다.

"아달틴 님이군요. 다행이에요. 지금 바로 이야기할 수 있나요?"

게일과 그의 부하들이 영주관을 습격한 밤, 날이 밝자마자 그는 수방 공사의 총괄 책임자로 임명되었다. 그리고 시아버지의 지도 아래 인재를 모집해서 실제로 공사를 시작했다고 한다. 여러 곳의 현장을 홀로 감독 중인 게일의 뛰어난 능력은 진척 상황 보고서나 바토의 편지를 통해 충분히 전해 들었다. 놀라울 정도로 순조롭게 진행 중이라고 한다.

"바이레타 님, 이름으로 불러달라고 말씀드렸습니다만."

"그랬죠, 게일 님."

호칭 문제는 습격이 있었던 다음날 회의를 하던 중, 약간의 실랑이 끝에 '게일 님'과 '바이레타 님'으로 결정되었다. 친구 사이니까 이름을 불러달라는 그의 강력한 의지와 타국에서 도망쳐온 몸이라고는 하나 한때는 기사였던 그를 이름으로 부르는 것도 민망한데 경칭까지 생략하는 것은 있을 수 없는 일이라는 바이레타의 고집이 낳은 결과였다. 그의 입장을 생각하면 참으로 무례한 호칭이지만, 본인이 이름으로 불러주길 강력하게 원하니 도리가 없다.

"괜찮습니다. 그나저나 이런 일로 또 오시게 해서 죄송합니다. 영주님께 확인해도 당신이 할 일이라고만 말씀하셔서… 제가 더 노력했어야 했는데."

"아뇨, 예상한 일이에요. 다만 그 시기가 너무 빨라서 놀랐을 뿐이죠. 그것도 게일 님의 수완이 훌륭한 덕분일 겁니다."

"사전교섭을 더 확실히 해두었어야 했는데…."

"그건 본래 아버님께서 하실 일이에요. 당신이 신경 쓸 문제가 아닌걸요."

단호하게 말하자, 게일은 눈을 가늘게 뜨며 훗 하고 웃었다.

“여전히 영주님께는 강하시군요. 그럼 당신에게 도움이 될 수 있도록 최선을 다하겠습니다.”

그보다는 영지를 위해 최선을 다해주었으면 하는 바람이었지만, 똑바로 쳐다보는 게일의 시선에 바이레타는 말이 목구멍에 걸리는 것을 느꼈다.

“여기서 이럴 것이 아니라 안으로 들어갑시다.”

“그, 그래요.”

아널드의 제안에 바이레타는 왠지 안도했다. 기다렸다는 듯 고개를 끄덕이자 바토가 안으로 안내했다. 이어서 게일이 아널드에게 말을 걸었다.

“나리는 아직 휴가 중이십니까?”

“그렇습니다.”

“생각보다 길군요.”

“8년이나 전장에 있었으니 당연히 휴가도 길어지지요.”

“그거 다행입니다.”

“고맙습니다.”

웃으며 담소를 나누는 두 사람 사이에서, 바이레타는 어쩐지 등골이 싸해졌다. 지푸라기라도 잡는 심정으로 바토를 쳐다보자, 그는 침통한 표정으로 고개를 저었다.

무슨 의미일까. 왠지 배신당하고 버려진 느낌이다.

영주관 응접실의 테이블에 세 사람이 둘러앉았다.

바이레타의 옆에는 아널드가, 맞은편에는 게일이 앉았다. 바토는 메이드에게 차를 부탁한 뒤 옆에 서 있었다.

바이레타는 메이드가 차를 내려놓을 때 입을 열었다.

“그럼 보고해주시겠어요? 본제인 온천장 지역장들의 요구사항에 앞서 현시점의 제방의 문제점이나 진척 상황에 대해 듣고 싶습니다. 아버님께는 나중에 보고 드리는 것으로 하고, 지금은 빨리 문제점을 파악해서 움직이는 게 좋을 것 같아요. 그럼 부탁드립니다."

바이레타는 활짝 웃으며 게일을 채근했다. 영주관에 시아버지가 없다면 그녀의 뜻이 곧 법이다.

"그럼 지금까지의 진척상황입니다."

게일이 보고를 시작하자, 바이레타의 잡념은 날아가고 단숨에 긴박한 분위기로 바뀌었다.

인근 여러 마을에 공고를 내어 남자 인부를 모집한 것. 전쟁 귀환병들을 고용하여 노동력은 확보했으나 치안이 악화되었다는 것.

강을 따라 건설한 제방 중 몇 개는 노후화되어 붕괴 우려가 있으므로 보강이 필요하다는 것.

무엇보다 수방공사에 착수하자마자 온천시설에서 탕량이 줄었다는 원성이 빗발치고 있다는 것. 입욕세 수익이 막대하기 때문에 주요 산업과의 알력은 큰 문제가 된다.

"탕량이 줄었다는 건 이쪽 수방이 저쪽 탕치장에 영향을 주고 있다는 뜻인가요?"

"그렇죠, 쉽게 설명하기 위해 일단 이쪽을 봐주십시오."

사전에 바토에게 언질을 주었는지, 게일이 대기 중이던 집사장에게 눈짓을 하자 그는 벽에 걸려 있던 지도를 가리켰다.

"이것이 영지의 지도입니다. 여기가 탕치장이고 이쪽이 수방을 계획하는 지점입니다. 이곳의 일부가 노후화되어 긴급 보수 중입니다. 이쪽의 일부는 이제 막 건설을 시작한 참이고요. 여기부터가 조만간 공사 예정인 지역입니다."

3대 전의 스완건 영주가 추진했던 수방공사를 기록한 오래된 문서를 발견한 것은 지난번 방문 때였다. 그때 시아버지에게 현존하는 제방을 확인해달라 독촉하고, 내친 김에 제방 설치가 시급한 장소를 제안했다. 그때의 계획과 크게 달라진 부분은 없다. 특히 수해 가능성이 높은 지역에 중점적으로 제방을 쌓아 물의 흐름을 바꾸거나 도랑을 파서 강을 분리하는 방법을 제안해보았지만 아직은 일부만 시행되었을 뿐이다.

주로 산악의 계곡을 따라 흐르는 하천의 흐름을 바꾸어 하류에 물이 한꺼번에 모이지 않도록 하는 형태다. 지도상의 붉은 점선은 노후화된 장소이고, 붉은 실선은 현재 공사에 착수한 장소, 녹색 선은 제방 공사 예정인 장소일 것이다.

그러나 그가 가리킨 곳은 탕치장에서 꽤 떨어져 있었다.

"이렇게 보면 직접적인 영향은 없을 것 같은데요."

"그런데 이 하천의 물이 온천성분을 다량 함유한 탕이었습니다. 아무래도 원천의 흐름을 바꿔버린 것 같습니다."

게일이 가리킨 상류 위치의 수방은 선으로 이어보니 확실히 옆에 있는 탕치장과 관련이 있을 것 같다.

"제방을 건설할 때 수질조사와 유량조사를 실시했을 텐데요. 과거의 조사 내용에 추가하는 방식으로 했다고 들었는데, 왜 이제 와서 밝혀진 건가요?"

"원래는 빗물의 비중이 높았는데 언제부터인가 수질이 바뀐 것 같습니다. 과거의 수방공사 자료를 기반으로 했기 때문에, 원래 그랬던 건지 공사를 시작한 뒤 새로 용출된 것인지 확인이 어렵습니다만. 어쨌든 지금은 온천의 비중이 더 높은데, 그걸 딴 곳으로 흐르게 하고 있다, 라는 겁니다. 그리고 현재 건설 중인 장소에 온천이 유입되고 있는 것 같다는 보고도 받았습니다."

"그렇군요. 그래서 탕량이 줄었다는 주장이 나오는 거군요."

“그렇습니다. 또 수방의 토대를 새로 만들고 있는데, 가장 최근 받은 자료에 따르면 강물에 잠기는 즉시 상당한 손상을 입을 것 같다는 의견도 있습니다.”

스완건 영지의 온천 수질은 삽시간에 검을 부식시킬 정도로 강력하기 때문에 원천에 모아둔 빗물이나 물을 혼합하여 탕치장에 흘려보낸다. 바이레타도 온천장을 한 번 견학해보았는데, 조금 다가갔는데도 이질적인 향에 숨이 막힐 정도였다. 그 물이 제방공사 중인 강에 유입되고 있다면 새 자재가 손상을 입을 수 있다는 말도 납득이 간다.

“복구 여부는 현장을 보고 나서 생각해보는 게 좋겠네요. 지금 바로 출발할 수 있나요?”

“최근 비가 계속되어 당분간은 상황을 지켜보는 것이 좋을 것 같습니다. 그보다 문제는 분쟁이 많다는 겁니다.”

“분쟁이오?”

“현지의 영민들과 전쟁 귀환병 사이에 다툼이 빈발하고 있습니다. 지금은 제 옛 부하들과 그들 밑의 사람들이 순찰을 돌고 있긴 한데 인원이 너무 부족하고… 신규 인원을 투입하려 해도 신용이 보장된 자들로 구성하려니 마땅한 사람을 구하는 것이 극도로 힘들어져서….”

게일이 말꼬리를 흐렸다.

나리스 왕국 중기부대의 전직 보급부대장이었던 게일의 부하라면 신용할 수 있다. 곡물도둑을 신용한다면 이상하게 들릴 수도 있지만, 최근 몇 년간 도로와 다리를 보수해주었던 게일과 부하들은 이제 완전히 영지에 터를 잡아 주민들과도 잘 지내고 있었다. 그러나 수가 압도적으로 적다.

“전쟁에서 돌아온 터라 정신에 문제가 있는 자도 많습니다. 이건 오롯이 본인 책임으로 볼 수는 없지만요.”

"그래…. 제도에서도 귀환병이 일으키는 문제로 곤란을 겪고 있다고 들었어요. 어떻게 하면 될지….”

전쟁터에서 겪었던 끔찍한 기억 때문에 정신적 손상을 입은 귀환병들은 일자리를 주어도 일할 수 없는 상태인 경우가 많았다. 또 광포한 감정을 주체하지 못해 범죄를 저지르는 경우도 많아서 제도의 신문은 연일 그들의 기사로 들썩였다. 바이레타도 얼마 전 제도의 길거리에서 귀환병에게 희롱당하는 소녀를 도와준 적이 있었다.

군에서도 대처 중이지만 별 효과는 없다고 들었다.

"전쟁에 나간 자의 고통은 전쟁에 나간 자만이 알겠지요. 하지만 영지에 남아 지키던 자들을 겁쟁이라고 무시하는 건 다른 문제입니다. 최대한 대처하려 노력하고 있지만 근본적 해결은 못 되는 것 같습니다.”

"잠깐 끼어들어도 됩니까? 내게 한 가지 제안이 있습니다.”

고민 중이던 바이레타의 옆에서 남편이 손을 들었다.

한쪽 손을 든 아널드는 평소와 똑같은 무표정의 가면을 쓰고 있었다.

아마 머리를 쓰고 있을 때는 표정을 꾸밀 여유가 사라지는 모양이다. 무표정이 안 되려면 의식해서 표정을 꾸며야 한다니 이 얼마나 성가신 일인가.

"그 전에 확인하고 싶은 부분이 있습니다. 피해는 어느 정도입니까? 그리고 경계할 장소는 어디입니까?”

아널드의 질문에 게일이 대답했다.

"싸움이나 도둑질 등의 경범죄가 대부분입니다. 그런데 간혹 살인으로 발전하는 경우도 있습니다. 문제가 된 것은 이 근처의 바아즈라는 농촌 지역인데, 이곳은 귀환병이 특히 많다고 합니다. 농촌 지대에서도 전쟁에 나간 사람들이 많았나봅니다. 탕치장 쪽은 돈을 벌러 온 청년들이 대부분이라 피해는 별로 없는 것 같고요. 여기 이 케니안이란 마을은 현재 집중적으로 제방을 건설하는 중이기 때문에 사람이 많이 모여서 분쟁도 빈발하고 있습니다.”

“즉 주의해야 할 곳은 남부 농촌 지대와 제방을 건설 중인 주변 마을이란 거군요. 그리고 귀환병이나 공사에 관련되어 있는 분들…?”

게일의 설명을 아널드가 간결하게 정리했다.

스완건 영지의 남부는 농촌 지대이고 북동부는 넓게 탕치장이 분포해 있다. 전역을 망라하여 계획된 수방공사는 기존의 것까지 합쳐도 진행 상태는 전체의 3분의 1 정도에 불과했다. 하지만 이제 막 착수한 상태이니 이 정도의 진척상황은 당연했다.

전쟁 귀환병들을 고용해 노동력을 확보했지만, 이들을 분산시키고 싶어도 지휘할 책임자가 없다. 그래서 작업할 수 있는 장소가 한정되어 있는 것이다.

“분쟁을 일으킨 자가 전부 귀환병인 것은 아니지만, 여기에 촉발된 건지 전체 범죄 건수가 늘었습니다. 수방공사에 타지인도 많이 고용했는데, 외부에서 유입된 자들이 모두 불량하다는 건 아니지만, 모두 선량하지 않은 것도 사실입니다.”

게일이 덧붙이자, 아널드는 지도에 시선을 고정한 채 말했다.

“중요한 건 범죄가 일어나지 않도록 사전에 손을 쓰는 겁니다.”

“그 말씀은?”

“다툼의 원인은 주로 뭡니까?”

“어깨가 부딪쳤다든가, 불평을 했다든가 하는 사소한 이유가 대부분입니다.”

“애초에 그들은 왜 그렇게 될 때까지 불만을 쌓아두는 걸까요?”

“아하. 현장의 노동환경을 재점검하면 좋겠다, 라는 말씀이군요?”

게일이 밝은 목소리로 말했다.

즉 경범죄를 저지르지 않도록 그들의 불만을 가급적 해결해주라는 말이다.

지금까지 범죄를 단속할 생각만 했지 일어나는 원인에 대해서는 생각하지 못했다.

"환경이 많이 열악한가요?"

바이레타가 불쑥 묻자, 게일은 고민하는 듯했다.

"그렇게 심한 편은 아니라고 생각하지만 확인해봐야겠습니다. 불만인 부분을 조금이라도 줄여주면 효과가 있겠지요."

"농촌 지대의 귀환병은 일상을 살며 예전과 같은 상태로 돌아갈 수 있도록 기다리는 수밖에 없습니다. 대신 폭력을 쓸 때 신속하게 제압할 수 있도록 순찰을 강화하면 어떨지."

"역시 교활한 회색여우라는 게 허명이 아니군요."

게일이 감탄하며 중얼거린 것은 아널드가 전장에서 떨친 그의 별명이다.

정보조작이 특기인 그는 상대의 사고를 간파해 완벽한 포진(布陣)을 하기로 유명했다. 자신의 감정에는 둔하지만 상대의 속을 완벽하게 적중시키는 면은 교활하다고 할 만하다. 바이레타는 전쟁터에서 남편이 어떠한지 자세히는 모르지만 냉정하고 냉혹한 것만은 숙부에게 들어 알고 있었다.

"저도 한때 전쟁터에 있었던지라 당신의 소문은 오래 전부터 들었습니다."

"그렇군요."

그러나 아널드는 그의 말에 아무 감흥도 없어 보였다. 하도 많이 들어 이골이 났는지도 모른다.

"남부전선에서는 당신의 작전이 적국의 보급부대에 괴멸적 피해를 입힌 것이 결정타가 되었다고 들었습니다."

"어디서 그런 이야기를 들었습니까?"

"케니안 마을에서 당신의 전 부하라는 분을 만났습니다."

"…그렇군요."

아널드가 대답한 순간, 바이레타는 목덜미가 서늘해지는 것을 느꼈다. 게일도 남편의 분노를 느꼈는지 입을 다물었다.

방금 대화에서 뭐가 지뢰였던 거지?

어색한 침묵에 당황하면서도 바이레타는 절대 고개를 들지 않으려 애썼다.

스완건 영주관까지 느긋한 일정으로 오긴 했지만 그래도 마차 이동으로 체력소모가 심했던 것 같다. 간밤에는 꿈도 꾸지 않을 정도로 곯아떨어져 버렸다.

아침이 되어 바이레타는 영주관의 뒤뜰로 나갔다. 굳은 몸을 풀려면 적당히 움직이는 게 중요하다. 연습용 검을 챙겨 가보니 이미 먼저 온 사람이 있었다.

아침 햇볕 속에 게일이 느긋하게 움직이고 있었다.

"안녕하세요. 저도 함께 해도 될까요?"

"바이레타 님. 네. 당연하지요."

돌아본 게일은 바이레타가 든 검을 보며 물었다.

"대련을 부탁해도 되겠습니까?"

게일은 나리스 왕국의 기사로 임명되어 대장까지 올라갔을 정도로 무술에 뛰어난 사람이다.

바이레타는 외국의 검술에도 관심이 많았기 때문에 두 말 없이 수락

했다.

가벼운 준비운동을 마친 후 대련을 시작한 바이레타는 곧 상대의 역량에 진땀을 흘려야만 했다. 검을 몇 번 나눈 것만으로도 그의 절묘한 검기를 실감할 수 있었다.

가이핸더 제국의 검은 중후한 이미지가 강하다. 그래서 바이레타도 다룰 수 있기까지 많은 노력이 필요했다. 반면 나리스의 검기(劍技)는 화려하다. 대신 날카롭다. 특히 게일이 쓰는 기술은 날카롭고 적확하고 놀랍도록 빠르다. 흔들림 없는 칼솜씨에 순수하게 동경심을 느낄 정도였다.

바이레타는 검을 옆으로 날렸다.

거리를 벌려놔도 금세 게일에게 따라잡힌다. 그렇게 몇 합을 겨루는데, 문득 게일이 입꼬리를 끌어올렸다.

"역시 대단하군요. 부하들에게서 듣긴 했지만 이 정도 실력일 줄은…."

"게일 님에 비하면 한참 멀었죠."

"저야 이게 직업이지만 바이레타 님은 아니잖습니까. 원래는 보호받아야 할 귀부인인데요. 하지만 이 정도 실력이라니, 부하로 탐날 정도입니다."

검을 나누면서도 게일은 온화하게 대답했다.

"한때는 대장이셨던 분이 그리 말씀하시니 기분이 좋네요. 부하분들을 잘 보살펴주신다고 들었어요. 그리고 바토도 게일 님 덕분에 일이 수월해졌다고 보고하더군요. 역시 훌륭하세요."

"그분께 칭찬을 받다니 영광이군요. 영주 대리로 오래 계셔서 영지의 일이라면 가장 잘 알고 계시는 분 아닙니까. 그러고 보니 그분이 바이레타 님을 자주 칭찬하곤 했습니다."

"저를요?"

"영주님을 잘 다룬다고요."

그의 익살스러운 표정 때문에 놀림인 것을 알았다. 소문에도 시아버지를 쥐락펴락한다는 말이 있긴 했지만 그가 말하는 바는 그런 뜻이 아니었다.

"아무도 아버님을 어쩌지 못하니까 할 수 없이 제가 조언을 드리는 것뿐이에요."

시아버지의 부재에도 불구하고 영지의 유능한 사용인들은 영지를 잘 관리해왔다. 가만히 있어도 돈이 들어오면 필연적으로 일할 생각이 사라지게 마련이다. 영지를 등한시하게 된 원인은 전 부인을 잃은 슬픔 때문이었다 해도, 일하는 보람이 없는 것이 가장 큰 이유 아니었을까. 시아버지가 지휘를 하지 않아도 알아서 꾸려갈 능력이 있는 뛰어난 사용인과 부하들이 낳은 부정적인 결과라 할 수 있다.

영지의 사용인들이 와이널드에게 너무 무른 탓도 있다. 엉덩이를 걷어차며 혹사시켰어야 할 인간을, 건드리면 바스라지기라도 할 것처럼 보고만 있었으니.

"그런 말을 할 수 있는 것도 당신뿐입니다. 그건 그렇고 결혼생활은 어떻습니까?"

검을 집어넣은 게일이 문득 물었다. 장난스럽게 시아버지와의 관계를 놀리던 분위기는 싹 거둬들인 진지한 표정으로. 바이레타도 검을 집어넣으면서 묘한 표정을 지었다.

"왜요?"

"게일 님답지 않은 질문을 하셔서… 신경이 쓰이네요."

그런 사사로운 이야기는 관심이 없는 줄 알았는데. 일밖에 모르는 성실한 사람이라는 보고도 몇 번이나 받았다. 그렇다고 다가가기 어려운 분위기는 아니고, 굳이 따지자면 자상하지만 우직한 성격인 것은 평소 모습만 봐도 알 수 있다. 그런 그가 물어볼 만한 화제는 아니었다.

"당신은 제 은인입니다. 그래서 조금이라도 힘든 일이 없도록, 늘 당신의 행복을 빌고 있습니다. 영지 사람들이 하는 말도 그렇고, 제가 보기에도 그렇고, 도련님은 감당하기 어려운 분 같더군요. 힘들진 않습니까?"

영민이 그에 대해 뭐라고 말하는지 모르겠지만, 군 귀환병이나 그의 부하들이 들려준 평가가 그리 좋지 않았던 모양이다. 바이레타가 시집오기 전부터 냉철, 냉혹하기로 유명했던 남자니 어떤 말을 들었을지 대충 짐작이 된다.

"후훗, 고맙습니다. 지금은 아무 문제 없어요."

"그럼 다행입니다만. 당신의 부군은 영주님과는 또 다른 방식으로 만만치 않게 까다로운 분으로 보였거든요."

순간 움직이는 게일의 시선을 따라 바이레타도 무심코 눈을 돌리자, 3층 창가에 서서 이쪽을 내려다보고 있는 아널드가 보였다.

언제부터 보고 있었을까. 무표정으로 내려다보는 그는 여전히 속을 읽을 수 없다. 우연히 아내가 검을 휘두르는 모습을 발견해서 구경하고 있었던 걸까.

바이레타는 다시 시선을 게일에게 돌리며 어깨를 으쓱했다.

"그러게요, 늘 무표정이거나 아니면 알 수 없는 미소를 짓고 있거나 둘 중 하나이니 도무지 무슨 생각을 하는지 모르겠어요. 그래서 그냥 신경을 끄고 있답니다."

"배우자 아닙니까. 그러면 점점 문제가 되지 않겠습니까?"

"이혼할 거예요. 물론 일이 잘 풀렸을 경우지만."

비밀이에요, 라고 덧붙이자, 게일의 눈이 커졌다.

“영주님이 당신을 쉽게 놔줄 리 없을 텐데요.”

“약속했어요. 그래서 지금은 참고 있는 거예요.”

“참는다… 즉, 애정은 없다는?”

“게일 님도 의외로 로맨티스트네요. 결혼에 애정을 찾는 건 연극 속에서나 있는 이야기인 걸요.”

제국 가극 중 인기가 높은 작품에는 불행한 결혼을 한 남녀가 옛 연인과 재결합하거나 사랑으로 맺어진 부부가 추잡한 이혼극을 펼치는 내용이 압도적으로 많았다. 연극 속에서도 행복한 결혼이 좀처럼 없는데 현실이야 말할 것도 없다. 하물며 정략결혼이면.

바이레타의 부모님은 연애결혼을 했지만 매우 희귀한 경우로 알고 있다. 그런 기적 같은 일이 제게도 일어날 거라며 꿈꿀 나이도 지났다. 상대가 아널드라면 더더욱.

뼛속까지 군인인 그는 어느 정도 집안의 후광도 있었을 테지만 기본적으로는 실력으로 중령까지 올라간 사람이다. 그런 남자가 사랑에 빠질 리 없다. 시아버지를 보면 그가 아내로 원했던 조건도 대충 짐작이 된다.

집을 지키고 아버지를 모시고 함부로 설치지 않는 여자. 적당히 성욕을 채워주고 번거로운 일에서 회피할 수 있게 해주는 장기말. 여기에 사랑이라는 감정은 필요 없다. 그래서 그는 내기를 제안한 것이다. 애정이 있었다면 절대 꺼낼 수 없었던 모멸적인 내용이니까.

“그렇군요. 결혼생활에는 애정이 필요 없다고 생각하십니까?”

“필요 없다는 건 아니에요. 반드시 있어야 한다고 생각하지 않을 뿐입니다. 특히 저에게는 있을 수 없는 이야기입니다.”

애초에 아널드는 자신을 무료 창부 취급이나 하고 있다. 애정 따윈 털끝만큼도 느껴지지 않는다.

"이혼을 원하는 아내에게 한 달 간 부부생활을 해서 아이가 생기지 않으면 헤어지자는, 그런 이상한 내기를 들이미는 사람이에요. 여기에 애정이 있어 보이나요?"

"설마… 그분이 정말 그런 말을 했습니까?"

"당연하죠. 그가 원하는 건 손해 없이 이익만을 주는 아내예요."

여자는 싫고 그저 가끔 욕구를 해소할 상대가 필요할 뿐인 그에게 사랑하는 아내란 존재할 수 없다. 그렇다면 꼭 자신이 아니어도 상관없을 테다. 내기를 권해서 잡아둘 정도로 아쉬운 존재이긴 하지만, 내기의 내용이 그토록 치사한 것을 보면 상대를 아끼는 마음은 없는 것이다.

게일은 몹시 복잡한 표정이었다. 그러나 바이레타가 진심으로 원하는 것은 언제나 남편과의 이별이다. 그리고 자유.

"당신은 이토록 훌륭한 여성인데 어째서."

두 사람의 거리는 딱 두 걸음 정도로 벌어져 있다. 그러나 바이레타는 불현듯 그 거리가 너무 가깝게 느껴졌다.

지금까지 게일이 이런 분위기를 만든 적이 없었다.

갑작스런 이성적 긴장감에 불편해진 바이레타는 저도 모르게 눈을 계속 깜박거렸다.

갑자기 현기증이 덮쳐오는 것 같다.

"칭찬해주셔서… 영광, 입니다."

바이레타의 혼란을 감지했는지, 게일은 평소처럼 편안하게 웃었다. 마치 떼쓰는 아이를 달래는 듯한 표정이었다. 그러나 그의 말은 그녀를 더욱 궁지로 몰았다.

"당신은 연애에 서툰 것 같군요. 하지만 사랑받아 마땅한 분입니다. 그런 이상한 내기를 들이대는 명목상의 남편은 필요 없지요. 그렇게 상처만 주는 남편이라면 제가 그에게 선전포고를 하겠습니다. 그리고 흠모하는 상대가 자유로운 몸이 된다면 가만히 있을 수 없지요. 저도 진심을 밝혀도 되겠습니까?”

“게일, 님… 저기, 그런 농담은….”

“제가 농담을 못 하는 사람인 건 당신도 잘 알지요? 그리고 알기에 그렇게 얼버무리려 하는 것이고요. 바이레타 님은 아주 똑똑하시니까요.”

“자, 잠깐만요. 더는 말씀하지 마세요.”

남녀 관계에 둔한 것은 맞지만 이렇게 예고 없이 사람을 몰아붙이면 혼란스러워질 뿐이다.

그는 바이레타의 사교계에서의 소문을 그대로 믿고 접근하는 남자들과는 다르다. 자신을 바라보는 눈동자에는 모멸 따위 없이 순수한 애정만 담겨 있을 뿐이다.

누군가가 저를 그런 눈으로 보는 것은 처음이라, 뜨끈하게 달아오른 뺨을 무시하며 의연한 척하기가 몹시 어려웠다.

“미래를 위해서라도 잘 생각해보세요. 저는 그저 제가 당신을 숭배에 가깝게 연모하고 있다는 사실을 말씀드리고 싶었습니다.”

게일은 잔잔하게 웃더니 땅에 한쪽 무릎을 꿇고 바이레타의 한손을 들어올렸다.

그리고 시선을 위로 들어 바이레타의 눈을 바라보며 손등에 살포시 입을 맞추었다.

나리스의 기사가 귀부인에게 구애할 때 하는 행동이다.

숙부가 이웃나라에 갔을 때 여행담으로 들은 이야기를 설마 제 눈으로 직접 볼 줄은 꿈에도 몰랐다.

“부디 제 마음을 기억해주십시오.”

◆ ◆

영주관의 뒤뜰에서 칼 부딪치는 소리가 들려와, 아널드는 문득 발을 멈췄다.

복도 창으로 밖을 내다보니, 낯익은 스트로베리 블론드가 아침햇살 속에서 반짝반짝 빛나고 있었다. 제도의 저택에서도 종종 단련하는 모습을 보아 그녀가 검을 다룰 수 있다는 것은 알고 있다. 영주관에서도 종종 연습한다는 이야기를 사용인에게서 들은 적이 있지만 실제로 그녀가 단련이라는 명목 아래 상대와 검을 겨루는 모습을 본 것은 처음이다.

군에도 여성이 있고 훈련에도 참가할 수 있다. 그러나 아내는 다르다고 생각했는데, 빈틈없는 대련 자세에 그만 눈을 빼앗기고 말았다. 그 습격의 밤에도 뛰어난 검 실력에 넋을 잃었던 기억이 떠올랐다.

하지만 지금은 그 아름다움을 순수하게 칭찬하기 어려웠다.

서로 몇 합을 나눈 뒤, 두 사람은 검을 넣었다.

소리는 들리지 않지만 즐겁게 대화를 나누고 있었다.

게일이 뭔가 말하자, 바이레타는 움찔하며 무방비하게 올려다본다. 남자를 대하면서 이렇게 경계심이 없어서야, 아널드는 속이 끓었다.

야회에 참석했을 때는 바늘 하나 들어갈 틈도 없이 바짝 신경을 곤두세우고 임전태세로 굴더니 지금은 그 그림자도 보이지 않는다. 그저 맹해 보인다.

초조한 기분으로 보고 있노라니, 문득 게일의 시선이 이쪽을 향했다.

과연 전직 기사였던 인물답다.

아널드가 보고 있는 것을 알아챈 모양이다.

그에게 이끌려 바이레타의 시선도 이쪽으로 향했다.

아주 천천히 아내와 눈맞춤을 한다. 그녀의 자수정빛 눈동자는 햇빛을 받아 먼 곳에서도 아름답게 빛나고 있었다. 저도 모르게 홀린 듯 보았으나, 그녀는 이내 시선을 회피하며 게일을 돌아보았다.

남편보다 오래 쳐다봐?

두 사람은 자신이 보고 있음에도 불구하고 친밀하게 대화를 계속했다.

바이레타가 뭔가 말하자, 게일은 놀란 표정을 지었다. 보란 듯이 화기애애한 두 사람을 보니 더욱 화가 치밀었다.

두 사람 거리가 너무 가깝다. 아내가 외간 남자와 그렇게 가까이 있어도 되나. 좀 더 떨어져야 맞지 않나.

하지만 속을 끓이는 아널드는 안중에도 없는 듯, 두 사람은 완전히 자기들만의 세상에 빠진 모습이었다.

게일의 말에 바이레타가 얼굴을 붉히며 당황한 기색을 보인다.

그러자 그가 자상한 미소를 지으며 조용히 그녀의 앞에 한쪽 무릎을 꿇고 앉아 아내의 단아한 한쪽 손을 들어올렸다. 그리고 마주보는 자세로 바이레타의 손등에 가볍게 입을 맞췄다.

나리스의 기사가 귀부인에게 구애할 때 하는 행동이다.

제국 가극으로도 상연되었을 만큼 유명한 작품에 나오는 행동으로, 부하에게 들은 적이 있다. 연인이 해달라고 조르는데 너무 낯부끄러워서 도저히 할 수 없었다는 푸념이었다. 늘 사나이다움을 요구받는 제국 군인은 그런 간지러운 행위와 인연이 없기 때문이다.

전직 기사답게 게일의 자세는 정석이었다.

한 폭의 그림마냥 조화로운 풍경으로 보였다.

상대가 여느 여자였다면 아무 생각도 없었겠지만, 문제는 그 상대가 제 아내인 바이레타라는 점이었다.

누가 봐도 연적의 도전장이다.

바이레타와 그가 처음 말을 나눈 것이 고작 열흘 전인데, 실로 무시무시한 매력을 가진 여자다. 아주 쉽게 남자를 제 포로로 만들어버린다. 그리고 그렇게 거느린 남자가 한둘이 아니다.

아널드는 창가에서 떨어져 방으로 돌아왔다. 이번에 영주관에서 부부에게 준 방은 원래 아이들 방 옆에 딸린 창고방이었다. 내부를 완전히 새로 꾸민 탓에 무슨 방이었나 잠시 기억을 더듬어야 했다.

두 사람이 누워도 충분히 넓은 침대가 하나, 책상과 카우치, 책장이 놓여 있다. 소박하지만 매우 아늑한 방이었다.

바토의 말에 따르면 1주일 동안 꾸몄다고 한다. 바로 어제 개수를 마쳐 다행이라며 그는 웃었다. 정말 좋은 타이밍이었다. 지난번에 방문했을 때 방을 어떻게 하면 좋을지 물어봤는데 아내가 이 방을 골랐다고 한다. 채광이 조금 부족하긴 하지만 넓다.

자신이 썼던 아이 방과 붙은 어머니의 방이 옛날 그대로 남아 있는 것을 보고, 아내의 배려를 느꼈다. 감상 따위에 젖는 성격은 아니지만, 그래도 왠지 마음이 따스해지는 기분이 들었다.

그렇기에 뒤뜰에서 게일과 아내의 행태를 보고 곱절로 불쾌함을 느꼈는지도 모른다.

그 불쾌함은 하루 종일 따라다녔다.

아침 식사 자리에서 동시에 나타난 두 사람을 봤을 때도 그랬고, 저녁 식사 후 목욕까지 마친 바이레타가 부부침실의 카우치에 앉아 있는 지금도 마찬가지다. 언짢기 짝이 없다. 무슨 말이라도 해야 할 것 같아서 입을 열려던 순간, 바이레타에게 선수를 빼앗겼다.

"오늘부터 당분간 동침할 수 없어요."

갑작스런 선언에, 군규위반으로 사형장에 끌려가는 부하를 떠나보내는 듯한 눈빛을 보내고 말았다.

영지로 내려오는 도중 숙소에 들르긴 했지만, 피로에 지친 몸을 배려해 각자 다른 침대를 썼다. 영지에 도착해서도 바이레타는 눕자마자 곯아떨어졌다. 그래서 오늘이야말로 한 침대를 쓸 기회라고 생각했는데, 아내가 자신을 거부한 것이다.

감정을 담지 않고 미간을 모으며 아주 싸늘하게 쏘아본다.

"그건—."

게일이 옆에 있기 때문인가. 안기는 것을 티내고 싶지 않은 건가.

순간 떠오른 감정은 시커먼 덩어리가 되어 뱃속에 똬리를 틀었다. 아침 햇살 속에서 좋은 분위기였던 두 사람을 떠올리자 불쾌감에 사로잡혔다.

그러나 목구멍까지 올라온 말을 삼켰다. 바이레타가 수줍은 듯, 하지만 약간 기분 좋은 기색으로 이어서 말했기 때문이다.

"달거리가 와서… 아무래도 남자에게는 불쾌할 수도 있으니 방을 따로 쓰셔도 괜찮아요."

달거리?

순간 의미를 이해하지 못한 아널드는 속으로 앵무새처럼 따라했다. 그리고 곧이어 자신의 피를 이어받은 아이가 생기지 않은 것에 낙담했다.

그런 자신에게 동요한다.

내기에 이기지 않으면 그녀는 떠난다. 미련 없이 등을 돌리는 바이레타의 모습이 쉽게 떠올랐다. 그런데 내기에 진 것보다 아이가 생기지 않은 것을 더 아쉬워하다니.

그녀와의 아이를 그렇게 원했던가.

자문해도 답을 찾을 수 없었다.

자신은 가정적인 사람이 아니다. 애초에 아내는커녕 제 마음조차 확실히 모른다. 하지만 이 감정에 이름을 붙인다면 역시 낙담이라고 할 수밖에 없다.

그래도 동요한 기색이 드러나지 않도록 노력했지만 그것도 바이레타의 한 마디로 완전히 무산되었다.

"그러니 내기는 제가 이긴 걸로 봐도 되겠지요?"

"그건 무슨—?"

"지금은 배 속에 아이가 없는 게 명백하죠. 그리고 달거리 기간 동안은 그런 행위를 할 수 없는데, 곧 아널드 님의 휴가는 끝날 테고, 그럼 이곳에 머물 수 없잖아요. 필연적으로 제가 이기게 되는 거죠."

이걸 모르냐는 듯 고개를 갸웃거리는 아내의 모습에, 아널드는 그제야 아내의 기분이 좋았던 이유를 깨달았다.

아널드가 제도에 돌아온 것은 바이레타와 만났던 밤보다 1주일 전이다. 사실 휴가는 그때부터 시작되어 이미 끝났고, 이곳에는 군 업무 관련으로 내려온 것이기에 체재일수를 1주일 이상 연장해도 문제될 것이 없다.

문제는 바이레타가 내기의 승리를 확신하고 있다는 점이다. 그토록 확신할 만한 근거가 있나? 확실히 각서에 피임약류의 사용을 금지하지 않았다. 하지만 그녀가 복용 중일 것을 염두에 두고 아널드도 시판 피임약의 허점을 이용해 마련한 대비책이 있었다. 물론 지금 그걸 밝히는 어리석은 선택은 하지 않겠지만.

그녀의 득의만만한 얼굴을 의식하지 않으려 노력하며, 아널드는 싱긋 웃었다.

"유감스럽지만 오랜 전쟁 끝에 받은 휴가라 좀 더 연장 가능합니다."

"그렇게 무리하지 않으셔도."

순간 바이레타는 낭패한 기색이 역력했지만 아널드는 더 이상 언급하지 않았다. 섣불리 입을 놀렸다가는 그가 당초 의도했던 바를 들켜버릴 수도 있기 때문이다.

"그럼 오늘은 일찍 쉬도록 합시다. 자, 누워요."

"앗, 같이 자는 거예요?"

"달거리가 끝나도 내기 기간은 며칠 더 남아 있으니 그 기간 동안은 부부입니다. 달거리 때는 몸이 힘들다고 하던데 편히 쉬도록 해요. 혹시 필요한 건 없습니까?"

"아니, 없어요. 늘 겪는 일이니 며칠 지나면 좋아질 거예요."

"그렇군요. 그럼 잡시다."

당황하는 바이레타의 팔을 잡아 침대에 눕히고 이불을 덮어준 뒤, 아널드는 그 옆에 몸을 붙였다.

만약 아이가 생겼다고 말했으면 자신은 뭐라 대답했을지 생각하며.

◆ ◆

문득 눈을 뜬 바이레타는 옆에서 느껴지는 온기에 온몸의 힘이 풀렸다.

영지에 도착해서 긴장이 풀린 탓인지 달거리가 와버렸다. 이동으로 쌓인 피로와는 또 다른 나른함이 더해진다.

아널드에게 당분간 잠자리가 불가함을 알리자 그는 못마땅한 듯 인상을 썼지만, 여성 한정의 그것이라고 말하자 바로 알아들은 것 같았다.

이걸로 내기도 끝난 셈이니 승리는 확정이라고 생각했는데, 아널드가 휴가를 연장할 수 있다고 말했다. 아버지도 이 정도로 오래 집에 있었던 적은 없는데. 결국 내기는 한 달의 기간을 꼭 채워야 끝날 모양이다.

마지못해 수긍하긴 했지만 그래도 한 침대를 쓰겠다는 아널드의 말에는 놀라지 않을 수 없었다. 잠자리를 할 수 없어도 옆에서 함께 자겠다고 했다. 욕구를 풀 수 없는 만큼 더 괴롭지 않을까 생각했지만, 그는 아무렇지 않게 분주히 잘 준비를 하더니 평소보다 훨씬 이르게 잠자리에 들었다.

새벽녘의 어스름 속에서도 잘생긴 얼굴은 여전하다.

이 정도로 잘생기면 질투하는 것도 우스워져 아무 생각이 없어진다.

남편의 얼굴을 뚫어져라 쳐다보는 건 그의 단단한 팔 안에 갇혀 있기 때문이다. 안는 베개가 된 기분이다. 뭘 안아야 잘 수 있다면 푹신한 베개나 선물해줄까 하는 시시한 생각을 해본다.

떠날 자신을 대신해 그걸 안고 자면 편할까.

아니면 다른 여자를 찾을까.

지난 축승회에서 바이레타는 남편의 인기가 얼마나 대단한지 실감했다.

아주 조금 떨어져 있었을 뿐인데 그에게 미친 듯이 쏟아지던 뜨거운 시선들. 아내가 옆에 있어도 전혀 거리낌이 없는 그들의 태도에 퇴치부적 노릇도 제대로 못 한 것 같아 자괴감이 들었다.

대신할 여자를 찾는 건 일도 아닐 것이다.

그런 상상을 하다 문득 속상해하고 있는 자신을 깨달았다.

몸을 겹치는 행위를 했다고 벌써 그에게 애정 같은 감정이 생긴 건가. 아니, 아널드라는 인간이 짜증나는 것이다. 틀림없이 착각이다.

그래도 예전만큼 남성을 적대시하는 감정은 사라졌다.

물론 그렇다고 내기로 자신을 안는 남자를 용서한 건 아니다. 상대가 누구든 상관없을 그를 생각하면 분노가 사라지지 않는다. 어차피 저는 그에게 아무 때나 안을 수 있는 무료 창부일 뿐이니까.

바이레타는 피임약을 먹고 있다. 복용하고 한 시간쯤 지나면 약효가 발생하여 8시간 지속되는 것인데, 철두철미한 아널드가 내기의 금지사항으로 넣지 않은 것을 보면 딱히 이길 생각도 없었던 것이 확실하다.

피임약의 존재를 모를 사람이 아니다. 불시에 대낮에 일을 벌이거나 밤부터 아침까지 계속해서 피임약의 효과를 볼 수 없는 상황에 빠진 적도 종종 있었지만 그래도 대놓고 방해공작을 꾸민 적은 없었다. 승리에 연연하지 않는다는 증거다.

이 속상한 감정을 그에게 들키고 싶지 않다. 그래서 평상심을 유지하려 노력하며 가급적 말수를 줄인 채 관망하는 중이었다.

그러나 달거리가 찾아와도 자신을 안아주는 온기에 어쩐지 마음이 따스해진다. 그리고 아이가 생기지 않았다는 것에 조금, 아주 조금 낙담했다. 참으로 애매하고 불확실한 이 감정이 스스로도 당황스럽다.

흔히들 말하는 사랑 따윈 잘 모른다. 과거사 때문에 남자를 꺼리는 마음도 여전하다. 자아를 실현하겠다는 신념을 꺾을 마음은 없지만 그래도 서운한 것은 틀림없다. 혹시 그를 사랑하는 마음이 생겨서일까. 그것만은 인정하고 싶지 않다. 그저 서운한 감정만 인정하고 싶다.

바이레타는 가만히 눈을 감고 한숨을 푹 쉬었다.

문득 어제 게일이 고백했던 말이 떠올랐지만 털어버리려 노력했다.

연애감정과는 평생 인연이 없을 거라 믿었기에 미지의 것에 대한 공포심을 느끼는 것일 수도 있다.

그의 뜨거운 시선을 떠올리자 얼굴이 화끈 달아올랐다. 게일도 마음만 전했을 뿐 본격적으로 행동을 취할 마음은 없는 것 같았다. 그저 본인 말대로 바이레타가 알아주기만을 바란 듯했다. 그녀의 유난한 경계심을 아는 그의 상냥한 배려였다.

착하고 성실한 게일과 함께라면 편안한 사랑을 할 수 있을지도 모른다. 그러나 지금은 곤란하다. 아널드와의 내기가 유지되는 동안은.

이 나이가 되도록 여전히 연애에 숙맥인 자신이 싫다. 정말 어려운 분야다.

돈이나 장부처럼 알기 쉽다면 간단할 텐데.

보면 답을 알 수 있으니까.

그냥 시간이 모든 생각을 풍화시켜주었으면 좋겠다.

바이레타는 남몰래 빌었다.

케니안은 스완건 영지의 북동쪽에 위치한 지역이다. 지류(支流) 중 한 줄기를 따라 세워진 탓에 수해를 자주 입어 일찍이 제방을 쌓은 흔적이 남아 있는 곳이다. 그런 이유로 가장 먼저 수방공사에 들어갔고 지금은 보수를 위해 인부를 파견 중이다. 조속한 시찰이 필요해서 내친 김에 제방 연장도 계획 중이다.

인구도 꽤 많고 위치상 제국의 현관 역할을 하는 이 지역은 필연적으로 상업이 발달하고 교역로의 역할도 겸하고 있어서 철저한 경비가 필요했다.

사람이 모이면 분쟁이 생기기 마련이다. 케니안도 예외는 아니어서 치안 악화를 호소하고 있다.

이곳을 첫 번째 시찰지로 선택한 것은 아널드였다.

그는 이유를 말해주지 않았지만 반대할 이유도 없었기에 바이레타는 아널드, 게일과 함께 시찰에 나섰다.

해가 높아진 뒤 영주관을 출발해서 두 시간쯤 지나니 케니안에 도착했다. 도시의 관문을 통과한 마차는 광장 같은 장소에서 멈췄다.

시장이 마중을 나와 있었다. 예전에 시아버지와 함께 방문했을 때 낯은 익혀두었다. 어젯밤 미리 연락을 해두었더니 환영하러 나온 것 같다.

"케니안에 오신 것을 환영합니다. 하안공사 시찰을 하러 오셨다고 들었습니다만…."

시장이 인사를 하며 자꾸 마차를 힐긋거린다. 아마 영주인 시아버지의 모습이 보이지 않아서 당황한 것 같다. 지난 몇 년 간 영지에 발길을 끊었던 사람이니 신용이 있을 리 없다. 버릇이 또 도졌나, 아니면 몸이 안 좋나 등등 오만 생각이 스치고 있을 그의 머릿속을 쉽게 상상할 수 있었지만 굳이 설명해주는 자상함을 발휘하진 않았다.

왜 영주가 여기 없는지는 바이레타야말로 의문인 부분이다. 그는 왜 온천장의 영빈관에 틀어박혀 두문불출인 것인가.

바이레타는 시장의 의문 가득한 시선을 미소로 회피했다.

"네, 맞습니다. 지금 바로 현장을 보고 싶은데 괜찮을까요?"

"알겠습니다. 그럼 시찰을 마치시고 이곳으로 돌아와주십시오. 약소하나마 환대의 자리를 마련했습니다."

"알겠습니다. 그럼 출발하지요."

그렇게 마침내 현장을 시찰하러 떠날 수 있었다.

목적지는 스완건 영지의 중심을 흐르는 메데나 강의 지류다. 강가를 따라 큰 바위들이 쌓여 있었다. 산에서 캐낸 이 바위들은 튼튼한 토대가 될 것이다.

강가에 서서 공사를 지휘하던 남자가 다가오는 바이레타 일행을 알아보고 달려왔다.

현장을 감독 중인 남자는 게일의 부하였다. 볕에 심하게 그을린 주름 가득한 얼굴은 엄격한 인상이었지만 눈매는 온화했다.

"게일 님, 어쩐 일로 오셨습니까."

"시찰하러. 공사의 진척상황을 설명해줄 수 있나?"

"아아, 그러고 보니 연락이 왔다고 들었습니다. 진척 상태야 보다시피 막 시작한 단계입니다. 다행히 인부를 많이 확보하긴 했는데 진행 속도가 생각만큼 빠르진 않습니다."

남자가 작업 중인 사람들을 가리키며 설명했다.

그때 갑자기 첨벙 소리와 함께 물보라가 크게 튀었다.

작업 중이던 남자 몇 명이 강의 얕은 곳에서 난투를 벌이고 있었다. 주먹질에 발길질까지 날리며 몹시 험악한 기세였다.

"아이고, 또 시작인가….'

난무하는 고성에 현장감독은 어깨를 으쓱했다.

"자주 있는 일인가요?"

바이레타가 묻자 남자는 강하게 긍정했다.

"지역에서 모집한 일꾼들과 귀환병들이 툭하면 시답잖은 일로 싸웁니다. 전쟁에 나간 놈이 위대하네, 남은 놈은 겁쟁이네 하며 뭐 욕하는 내용이야 뻔하지요."

생각보다 갈등의 골이 꽤 깊은 것 같다.

유심히 지켜보니 유독 덩치가 큰 한 명이 상대를 차례차례 강에 내던졌다. 대단한 완력이었다.

윤기 있는 새까만 흑발에 늠름한 용모, 갈색으로 그을린 탄탄한 근육을 가진 남자는 아널드와 비슷한 연령대로 보였다.

"여기가 너희들 놀이터냐?! 머리 좀 식히고 일이나 해."

남자는 우렁찬 중저음의 목소리로 꾸짖었다. 단전에서 끌어올린 듯 힘찬, 그러나 결코 거칠지 않은 그의 일갈에 물에 빠졌던 남자들은 주섬주섬 일어나 다시 작업에 복귀했다.

바이레타는 감탄했다.

"대단하네요, 저분의 한 마디에 작업이 재개되었어요."

"아, 저 사람은 위드라고 합니다. 대체로 수습을 맡고 있지요. 가끔은 일을 더 키울 때도 있지만."

일상적인 광경인 듯 현장감독이 쓴웃음을 지으며 말하자, 게일이 친절하게 부연설명을 해주었다.

"어제 말씀드렸던 인물이 바로 저 사람입니다. 그, 아널드 님의 옛 부하라던."

앗? 그건 지뢰였을 텐데?

바이레타는 순식간에 파랗게 질렸다.

"아, 그러고 보니 저 녀석, 부상을 입어서 돌아왔다더니만. 그렇군요, 전 부하였구먼. 위드, 잠깐 이리 와봐."

게일의 말에 현장감독이 그를 큰 소리로 불렀다.

제 딴엔 눈치를 발휘한 모양이지만 바이레타는 딱 죽고 싶은 심정이었다. 제 옆에 선 남자의 기운이 뚜렷하게 바뀌었기 때문이다. 싸늘한 냉기가 느껴진다, 아마도.

"무슨 일입니까, 감독—엇, 연대장님 아니십니까!"

설렁설렁 걸어온 남자는 아널드를 알아보고 눈이 초롱초롱해졌다. 머리색과 똑같은 새까만 두 눈이 태양 아래서 반들반들 빛난다. 그의 범상치 않은 안광을 보며 바이레타는 납득했다.

자각 없는 바보다.

"위드 다르데 소령. 늘 말하지만 호들갑은 삼가주시길."

"제대했으니 이제는 아니지요. 그냥 이름으로 불러주십쇼. 그나저나 연대장님은 여전히 미인이십니다."

"당신은 정말 여전하군요."

"제 유일한 장점이니까요. 늘 씩씩하고 밝게."

아널드는 결코 칭찬할 의도가 아니었을 테지만 위드는 기쁜 듯 활짝 웃었다.

대화가 묘하게 아귀가 안 맞는 느낌이다. 원래 이런 식으로 대화하나? 아널드는 아예 포기한 듯 보였다.

"바이레타, 이쪽은 위드 다르데 소령입니다. 전 부하이니 기억할 필요는 없습니다만."

그렇게 '전'을 강조하지 않아도 엮이고 싶지 않은 아널드의 심정이 충분히 느껴지니 안심했으면 좋겠다.

그러나 소개받은 당사자는 전혀 개의치 않는 기색이었다.

"와우, 미인 옆에 또 이런 미인이. 아주 예쁜 숙녀분이시네요."

"내 아내에게 함부로 말 걸지 마십시오."

"아내… 엑? 결혼했다고?!"

크게 놀랐는지 경어조차 잊은 위드가 잡아먹을 기세로 아널드에게 달려들었다. 아무리 전 상관이라지만 너무나 무람없는 태도에 바이레타는 조바심이 났다.

"결혼은 진작 했습니다만."

"아, 하긴 기혼이란 말은 들었는데 그냥들 하는 소리인 줄 알았지. 아니 근데, 당신에게 아내가 있다고는 상상도 못 했는데… 이런 인간 같지 않은 인간에게 아내?! 심지어 이런 대단한 미인이! 부러워어!"

머리를 부여잡고 절규하는 위드의 옆에서 아널드는 가식적인 미소를 지었다.

"시찰을 계속하세요, 바이레타. 이 자는 내가 맡을 테니."

"앗, 저도 끼워주십쇼. 저는 숙녀분 옆에서 그저 숨만 쉬고 있겠습니다."

"그런 짓은 삼가주십시오. 아내가 오염됩니다."

"헉, 연대장님 너무해! 한때는 서로 아랫도리 사정까지 알뜰살뜰 챙겨주던 사이 아닙니까!"

"나는 그런 기억이 없습니다만."

"어엇, 매정하시네. 당신 엉덩이를 지켜준 게 누군데. 옳지, 제 말 좀 들어보십시오, 부인. 우리 연대장님으로 말할 것 같으면 부하들을 위해 본인의 봉급까지 털어 고급 창관(娼館)의 끝내주는 여자들을 소개해주던, 그런 분입니다. 정말 눈물 없이 들을 수 없는 이야기 아닙니까? 덕분에 이젠 끝내주는 여자가 아니면 서질 않으니 이걸 어떡하냔 말입니다…."

미담이 한순간에 안타까운 이야기로 변질되어버렸다.

바이레타는 뭐라고 대꾸해야 할지 막막해져서 대충 얼버무렸다.

"어, 이런 곳에서 뭘 하십니까, 부인?"

아널드가 위드를 가만히 두지 않을 예감이 들었기 때문에 바이레타는 그들을 내버려두고 시찰을 계속했다. 그리고 잠시 후 강가에서 보수공사를 지켜보고 있는데 위드가 다가왔다.

옆에 게일이 있긴 하지만 아널드가 없어서 안심하고 접근한 것 같다.

아니면 도망쳐온 것일 수도 있다. 그의 전 상관은 지금 현장감독을 데리고 새로 쌓은 제방에 대한 설명을 듣는 중이니.

게일이 옆에서 조용히 경계 태세에 들어갔지만, 위드는 신경 쓰는 기색도 없이 자연스럽게 다가왔다. 역시 만만치 않은 인물이다.

"보수공사 상황을 확인 중이었어요. 무슨 용건이라도 있으신지?"

“당신 아주 유명하다며? 밝히는 걸로 소문났던데. 어때, 오늘밤 내가 신발 좀 벗겨줄까? 내가 좀 잘하거든, 걸출한 물건도 있고.”

제국 귀족이 밤을 함께 보내자고 유혹할 때 사용하는 문구다. 침대에 들어가려면 반드시 신발을 벗어야하니, 그것을 벗겨준다는 것은 동침하자는 의미다.

요컨대 그는 작위를 가졌거나 그 친인척 정도는 된다는 뜻이다. 유들유들한 말투에 기품이 느껴지니 신기하다. 내용은 쓰레기 같지만.

아마도 일꾼들에게서 바이레타의 소문을 들은 모양이다. 영주와 그 아들을 치마폭에 넣고 휘두른다느니 총감독인 게일과 그렇고 그런 사이라느니 하는.

“전 그런 값싼 여자가 아니에요.”

생긋 웃으며 응수하자, 위드는 눈을 크게 뜨더니 호탕하게 웃었다.

남자는 바이레타가 숨긴 의도를 정확하게 읽어낸 듯했다.

그러나 이처럼 가식 없는 웃음을 마주하는 것은 처음이라 오히려 당황하고 말았다.

“연대장님과 결혼한 여자라기에 얼마나 용감한가 했더니… 역시 만만치 않네.”

“마음도 없으면서 유혹하는 분이 할 말은 아닌 것 같아요.”

가볍게 쏘아보며 말하자, 그는 정색을 했다.

“무슨 소리. 예쁜 여자가 눈앞에 있는데 당연히 유혹해야지.”

“못 말리는 분이군요.”

전 상관의 아내든 뭐든 알 바 아니라는 건가. 상대에 따라서는 군법회의에 회부될 감이다. 아널드가 이 남자 때문에 얼마나 이를 갈았을지 대충 짐작이 간다.

위드는 갑자기 고개를 돌리더니 얼굴이 확 굳었다. 위기감지 능력이

야생동물급이다.

"이크, 연대장님에게 들켜버렸네… 훌륭하고 예쁜 당신에게 내가 충고 하나 해줄까?"

"빨리 도망가지 않으면 죽을 수도 있어요."

큰 보폭으로 성큼성큼 다가오는 아널드의 표정은 무시무시했다. 무표정이어도 어느 정도는 눈치로 파악할 수 있는데, 지금은 상당히 심기가 불편한 상태다. 남편을 힐끗대며 꾸물거리는 남자에게 신랄한 경고를 날리자, 그는 입꼬리를 올리며 히죽 웃었다.

아아, 싫다. 변태인 건가. 아널드에게 아픈 꼴을 당하고 싶어서 저러는가 싶은 생각이 들 정도다.

"연대장님께 진심이 되면 당신만 힘들어져. 본질이 암석 같은 남자거든."

아널드를 암석에 비유하다니 센스가 있다.

단단한 무기질. 남편을 표현하는데 그만큼 적절한 것이 또 있을까.

바이레타도 잘 알고 있는 바이기에 최상급의 미소를 지으며 응수했다.

"네, 잘 알고 있답니다."

시장의 저택에서 소수 인원만 참석한 만찬회가 열렸다. 그러나 그 자리에 아널드는 없었다. 몸이 좋지 않아서 참석할 수 없다는 말을 남긴 뒤 말을 타고 훌쩍 사라져버렸기 때문이다.

몸이 좋지 않으면 오늘 밤을 보낼 시장의 저택에서 드러누워 있기나 할 것이지.

호화로운 식탁보가 깔린 긴 테이블은 시장의 부유한 삶을 보여주고 있다.

이 주변에서 가장 발전한 지역의 수장이니 당연하지만, 제도에 사는 영지 없는 귀족들보다 훨씬 호사를 누리고 있다. 식탁 가득 차려진 지역 특산물로 만든 요리는 색깔도 알록달록 고와서 눈요기가 되었다. 다리가 부러질 기세로 푸짐하게 차려진 식탁에 저도 모르게 한숨이 나올 정도였다.

교역의 현관이라 불리는 지역인 만큼 풍부한 식재료와 향신료를 아끼지 않은 훌륭한 요리들을 모조리 맛볼 절호의 기회였다. 아마도. 참석자의 수가 너무 적어 단언할 수 없다는 점이 슬플 뿐이다.

오늘 시찰의 보고를 나누는 식사 자리에 게일도 함께한 것이 유일한 위안이었다. 바이레타의 옆에서 시장과 게일은 화기애애하게 대화를 나누고 있었다.

"그럼 공사에 시간이 꽤 걸리겠군요."

"그렇습니다. 혹시 지체되면 문제되는 점이 있습니까?"

"올해 장마 시기는 넘겼으니 제방은 문제가 없는데, 이제부터 날씨가 점점 추워질 거라 그 부분이 걱정입니다."

그때 시장이 뭔가 떠오른 모양이었다.

"그러고 보니 바이레타 님이 전에 조언해주셨던 덴버의 태피스트리가 말씀하셨던 대로 최근 가치가 올라갔다고 합니다."

"그렇군요."

일전에 강매를 당해 곤란에 처한 지역이 있다는 보고를 바토에게서 받은 적이 있다. 내용을 들어보니 옆나라 타르니안의 상인들이 덴버라는 나라에서 사들인 태피스트리를 자국에서 팔 수 없게 되었으니 이곳에서 사달라며 구매를 강요했다는 것이다. 그들이 판매하는 태피스트리는 가늘고 부드러운 실을 직조해서 신기한 모양을 만들어낸 직물로 이국의 정서가 듬뿍 담긴 상품이었다.

시아버지에게 먼저 보고했으나 답신이 오지 않아 바이레타와 의논하고 싶다는 내용이 편지에 적혀 있었다. 즉시 답장을 쓴 기억이 생생하다. 싼값에 사들여 잘 보관해두라는 조언이었다.

덴버는 타르니안보다 남쪽에 있기 때문에 얇은 천을 선호한다. 그러나 타르니안과 가이핸더 제국은 한랭지가 많아 가볍고 시원한 얇은 천보다는 따뜻하고 묵직한 천을 좋아한다. 따라서 태피스트리도 중후한 느낌의 것을 선호한다.

시기도 좋지 않았다. 당시는 한창 전쟁 중이라 화려하고 아름다운 것, 새 것을 꺼리는 풍조였다. 그러나 종전과 함께 단숨에 축제 무드로 바뀐 제국에는 새로운 것, 화려한 것이 유행하기 시작했다. 부드러운 실로 짠 정교한 태피스트리도 화려해서 인기가 높았다.

시장은 웃음을 감추지 못하며 신나게 떠들었다.

바토가 바이레타의 조언이라고 전했던 모양이다.

그러나 게일의 맞은편에 있는 옆의 빈 자리 때문에 바이레타는 굳은 얼굴이 펴지지 않았다. 호화로운 요리를 봐도 빈 자리 때문에 더 아쉽게만 느껴진다. 느긋하게 음미할 기분이 들지 않는다.

“영주 대리님이 부인의 조언을 따르라고 하셔서 그때는 제가 의심을 좀 했는데, 역시 바이레타 님이 옳으셨습니다. 영주님께서 총애하실 만합니다.”

“바이레타 님은 제도의 내로라 하는 상인들 중에서도 수위를 다투는 분입니다. 사교계에서도 유행을 선도하고 계시고요.”

“게일 님은 어디서 그런 이야기를 들으셨어요? 너무 치켜세워주시니 몸 둘 바를 모르겠어요.”

“당연히 영주님이시지요. 며느리 자랑이 어찌나 늘어지시는지.”

출처가 시아버지였군.

와이널드는 순수한 마음으로 남을 칭찬하는 인간이 아니다. 아마도 게일을 견제할 의도였을 것이다.

그애의 고삐는 내가 쥐고 있다, 라는 걸 과시하려는.

그러나 시아버지의 시커먼 속셈 따윈 느껴지지 않는 게일의 순수한 칭찬에 시장은 기꺼이 동의했다.

"아무렴요. 다음에는 영주님과 도련님도 꼭 함께 하셨으면 좋겠습니다. 모쪼록 두 분의 말씀도 듣고 싶습니다."

"네, 아버님도 남편도 꼭 같이 올게요."

말씀 전하겠다거나 방문하도록 부탁드려보겠다 따위의 애매한 말은 하지 않는다. 남에게 일을 다 떠맡겨놓고 내뺀 쏙 빼닮은 부자를 떠올리며 바이레타는 평소보다 한결 환한 미소를 지었다.

이따 보면 불참한 것을 뼈저리게 후회하도록 만들어주겠다고 다짐하면서 바이레타는 호호호 메마른 웃음소리를 냈다.

◆ ◆

술 한 방울 마시지 않고도 헛소리를 내뱉고 있는 눈앞의 이 미남자는 누구인가.

해가 저문 후. 단골 주점의 구석에서 소박한 저녁식사와 함께 맥주 한 잔을 홀짝대고 있는 위드의 앞에 느닷없이 전 상관이 나타났다.

시찰을 마친 그는 현장감독에게 위드의 퇴근 후 동향을 문의했다고 한다. 그리고 그가 알려준 거리의 주점으로 이렇게 찾아왔다고 했다. 가끔 현장감독과 함께 할 때를 제외하면 대부분 이런 식으로 저녁 시간을 보내기 때문에 찾기는 식은 죽 먹기였을 것이다.

　미모의 아내와 함께 하는 만찬도 거절하고 이 누추한 주점까지 찾아온 것을 보니 보통 일이 아닐 듯했다.

　실제로 전 상사인 아널드는 무표정한 얼굴로 특별히 할 말이 있다고 했다.

　위드는 내심 바짝 긴장하며 그의 기나긴 설교를 들었다. 요약하자면 남부전선의 극비작전을 외부인에게 함부로 떠든 것을 꾸짖는 내용이었다.

　"그래도 세부 내용은 발설하지 않았습니다."

　"당연합니다. 외부인에게 절대 밝혀서는 안 되는 내용이니까."

　아널드가 세운 작전은 적국의 보급부대를 쳐부수는 정석적인 것이었다. 보급부대가 반쯤 괴멸된 결과에 부하들은 역시 연대장님이라며 감탄을 금치 못했다.

　절반은 때려부수고 절반은 놔두었다. 그러나 그냥 내버려둔 것은 아니었다. 실은 보급물자의 식료품 일부에 독을 넣었다.

　간신히 생존해서 보급물자를 지켜낸 자들이 무작위로 죽어나갔다. 같은 것을 먹어도 어떤 자는 살고 어떤 자는 죽었다. 퇴로가 막힌 데다 굶주림에 시달리던 적군은 의심암귀에 빠졌고 결과적으로 적국의 내부 분열로 치달았다.

　그 작전으로 전황이 매우 유리하게 바뀌었다.

　작전 내용을 모조리 떠들진 않았다. 그저 인간의 감정을 이용한 아널드의 심리작전이 얼마나 대단한지 찬양했을 뿐이다.

　그러나 들려줄 상대를 잘못 고른 게 문제였다.

　"아하, 아달틴 총감독이 부인의 불장난 상대입니까?"

　낮에 바이레타를 봤을 때 옆에 있던 게일을 떠올리며 놀리듯이 묻자, 무시무시한 살기가 덮쳐왔다.

그때의 게일도 적잖이 싸늘한 눈빛이었지만 그와는 비교가 안 될 수준의 냉기에 몸이 얼어붙었다. 위드는 몹시 놀라 정색을 했다.

"헉, 농담입니다. 부인이 바람을 피우실 리 없잖아요. 잘 아시면서 진심으로 화내시면 어떡합니까."

"바람피울 리 없다고? 무슨 근거로 그렇게 단언합니까?"

"네? 그야 그렇게 단칼에 거절하는데 바보가 아니고서야. 아니, 진짜 바보에게는 안 통할지도 모르지만."

그가 천박한 제안을 하자 바이레타는 자신은 값싼 여자가 아니라고 도발했다. 상당히 독특한 견제 방법이다.

화려한 외양에 소문도 요란하지만 의외로 속은 견실한 타입인 것 같았다.

현명한 남자는 그 더러운 소문에 미리 거리를 둘 것이고 골빈 바람둥이는 그녀의 도발에 불쾌함을 느낄 것이다. 가끔 자존심에 목숨 건 남자들이 폭력을 행사하려 들 때도 있겠지만 그녀라면 격퇴할 방법도 알고 있을 것이다.

그렇게 빈틈없는 그녀가 소문과 같은 여자일 리 없다.

게일도 그걸 알기에 굳이 나서지 않은 것이다.

"내 아내에게 무슨 짓을 했지?"

앗, 이놈의 주둥이.

아까보다 더욱 매서워진 눈빛에 간담이 서늘해졌다.

"자, 잠깐… 눈이 너무 무섭잖아요! 제발 그만하십쇼. 그냥 으레 하는 칭찬을 했을 뿐입니다. 굳이 따지자면 부인이 너무 아름다우신 게 잘못 아닙니까?! 저도 오랜만에 좀 즐거운… 윽."

"정말… 여전하군요."

위드가 바람둥이인 것을 아는 아넬드는 선선히 물러났다. 싫다는 사람은 안 잡는 걸로 정평이 나 있기 때문이다.

평소 여성을 유혹할 때 품행방정한 태도를 취하길 잘했다며 위드는 안도했다. 일반적인 관점에서 볼 때 양립할 수 없는 행동 같지만.

"연대장님은 많이 변하셨습니다. 당신이 아내를 맞다니, 누구도 상상하지 못했을 겁니다."

암석 같은 남자라고 생각했다. 상사조차 그를 두고 인형 같은 남자라고 말했을 정도다.

그런 그가 아내라는 단어 하나에 이렇게나 변할 수 있다니.

위드는 옛 전우들의 놀라자빠지는 모습을 직접 눈으로 볼 수 없는 것이 아쉬웠다. 그러고 보니 남부전선의 축승회가 제도에서 성대하게 열렸다고 했으니 아널드와 옛 전우들도 당연히 참석했을 것이다. 그들도 상관을 놀렸을까? 그 자리에 함께 했으면 좋았을 텐데. 물론 목숨은 위험했겠지만.

"당신이 부인을 좋아하는 것만큼 부인은 당신을 좋아하지 않는 게 웃깁니다."

"그래 보입니까?"

"좋아하지 않는다기보다는 믿음이 없는 느낌입니다. 당신에게 진심을 바치지 말라고 충고했더니 부인도 알고 있다고 하시더군요. 역시 우리 연대장님은 얼음 같은 분이시다, 달리 회색여우라 불리시는 분이 아니다, 하고 감동했는데… 대체 부인께 무슨 짓을 하신 겁니까?"

그녀의 미소는 가면과도 같았다. 속에 담긴 격정을 감쪽같이 감추는 덮개처럼.

그만큼 아널드가 아내의 분노를 부채질한다는 뜻이다. 머리 좋기로 유명한 연대장이니 나름의 의도가 있겠지만 생각보다 순조롭게 굴러가는 느낌은 아니다.

두 사람 사이가 꼬이든 말든 알 바 아니지만, 위드는 전 상사인 그에게 빚이 있다. 전장에서 그의 덕분에 그야말로 최고의 밤을 보낼 수 있었으니까.

전 상사의 애정 상담을 조금쯤 들어줄 의향이 있을 만큼은 감사하고 있다.

"하긴. 당신의 그 관찰력이 지금 내게 필요할 것 같긴 합니다. 그렇다면 여자를 임신시키는 가장 효과적인 방법을 가르쳐주세요."

"임? 연대장님… 취하셨습니까?"

"술은 당신이 마셨고."

"그렇지요, 아니, 그건 저도 아는데…."

대화가 상상도 못 한 방향으로 튀는 바람에 위드는 잠시 뇌가 멎어버렸다.

"음, 술 좀 더 주문해도 됩니까?"

"그 술이 훌륭한 조언을 주는데 도움이 된다면 허가하겠습니다."

아널드가 마치 작전 실시 명령을 내리듯 근엄하게 고개를 끄덕이자, 위드는 사고가 멈춰버린 상태로 멍하니 쳐다봤다. 그리고 잠시 후 추가 주문한 맥주를 단숨에 들이킨 뒤 빈 잔을 테이블에 쾅 내리치며 필사적으로 할 말을 찾았다.

"잠깐만요. 그건 제가 답을 드릴 문제가 아닌 것 같습니다. 일단 저는 실패한 적이 없고, 따라서 책임져야 할 상황에 몰린 적도 없거든요. 그런 건 애가 있는 유부남에게 물어봐야 할 것 같습니다. 혹시 제가 여자를 임신시킨 적이 있다고 생각하시는 겁니까? 여자와 놀 때의 철칙은 첫째도, 둘째도 철저한 피임입니다. 임신시키면 놀이는 끝이니까요."

"그만큼 피임에 철저한 당신이니 오히려 누구보다 임신시키는 방법을 잘 알 것 같았습니다.”

“음, 그건 제가 아니어도…. 오히려 당신의 상사분이 더 잘 아실 텐데요.”

“드레스런 대장 각하께도 물어봤지만 웃기만 하더군요. 그리고 그의 행동을 본보기 삼아 다 시도해보았는데 아내의 반응이 썩 좋지 않은 것을 보면 그리 믿고 따를 대상이 아닌 것 같습니다. 그래서 바이레타를 간파한 당신에게 물어보고 싶었습니다.”

아널드의 조리 있는 설명에 일단 납득은 했다. 그러나 왜 자신을 택했는지는 역시 의문이 남는다.

“그야 그런 난봉꾼을 참고하면 당연히 부인께서 화를 내시죠.”

“흠, 각하도 같은 말씀을 하셨습니다. 왜죠?”

“당신 부인 같은 타입은 눈에 보이지 않는 부분을 중시하기 때문이죠. 가령 말이나 마음 같은. 자상한 태도나 말투로 애정을 표현해보세요.”

눈에 보이지 않는 것을 어떻게 표현하는지는 아널드가 가장 난감하게 여기는 부분이었다. 그러나 모브리스도 비슷한 말을 했다.

“흠, 애정, 이라고요?”

“네? 왜 그런 걸 묻습니까? 부인을 사랑하니 아이를 원하는 것 아닙니까?”

순간 아널드의 커다래진 눈과 눈이 마주친 위드는 놀라서 뒤로 자빠질 뻔했다.

“맙소사. 설마 자각을 못 하시는 건 아니겠지요?”

“자각?”

“그러니까 사랑하는 부인과의 아이를 갖고 싶다, 그런 거요.”

“과연, 역시 참고가 됩니다. 아, 걱정 마십시오. 나는 바이레타를 사랑한다는 감정을 자각하고 있습니다. 이미 지적받았으니까요. 다만 굳이 따지자면 지금은 놓아주고 싶지 않다는 마음이 강할 뿐입니다.”

그 말에 위드는 더욱 불안해졌다. 왜지? 안도해야 맞는 상황 아닌가.

사랑의 감정을 지적받고서야 자각했다?

그보다는 놓아주고 싶지 않은 감정이 더 강하다?

애정이 먼저고, 그 다음에 놓아주고 싶지 않다는 마음이 와야 정상 아닌가. 모두가 두려워할 정도로 냉철하고 냉혹한 아널드가 아내를 사랑하고 있다는 걸 자각했으니 그걸로 만족해야 하나. 아니, 전 상사의 말은 문제가 있다. 애초에 지적을 받지 않으면 자각을 못 하는 것부터가 불안하다. 이렇게 둔한 사람이 있나.

애정을 자각했다는 점에서 전 상사도 조금쯤 변했다고 여겨야 할지, 아니면 여전히 냉정하다며 한숨을 쉬어야 할지 종잡을 수 없다.

그러나 혼란에 빠진 위드 따윈 안중에도 없는 듯, 그는 계속해보라며 다그쳤다.

“그럼 어떻게 하면 됩니까.”

“하아, 정말이지 성격이 특이한 건지 특이하지 않은 건지 잘 모르겠지만… 뭐, 좋습니다. 술도 사주셨고. 아무튼 여자의 달거리가 끝나고 나서 1주일 이상은 안지 마십시오. 체온이 높아진 걸 확인하고 조금 지난 뒤에 안으면 됩니다.”

“체온?”

“여자는 체온 변화가 있다고 합니다. 안았는데 따뜻할 때 여자들이 조르곤 하거든요. 아는 여자가 그러는데, 그때가 가장 임신에 안전한 때라고 합니다.”

다만, 하고 위드는 집요하게 덧붙였다.

“제가 실패해서 여자를 임신시켰다는 잘못된 정보는 꼭 버려주십시오."

◆ ◆

　스완건 영지에 도착한 뒤 나흘째. 계속 이어지는 맑은 날씨에, 바이레타는 산간의 치수현장을 시찰하러 나갔다. 영주관을 출발하여 마차로 4시간 달리고 가벼운 등산을 3시간 정도 하면 도착하는 곳이다.

　동행은 게일과 아널드, 그리고 제도에서 모셔온 조사원과 그 조수였다. 인품이 좋은 중년의 남자 조사원은 이번 수방사업을 위해 제도의 대학에서 초빙해온 학자였다. 계획 단계부터 영주관에 숙소를 내주었는데, 1년 내내 전 제국을 누비고 돌아다니는지 몸도 가볍고 행동도 빨라 어딜 가든 발로 이동했다. 지질학과 토목학을 전공한 치수 전문가인 그는 연구에 열정적이고 강직한 성품을 가졌는데, 바로 그런 면 때문에 귀족들에게 미운 털이 박혔다고 한다. 하지만 바이레타는 그의 능력을 높이 평가하고 있다.

　조사원인 학자를 따라 산길을 올라가고 있는데 옆에서 걷고 있던 남편이 문득 말을 걸었다.

　"발밑을 조심하세요."

　아널드가 손을 잡고 끌어당겨주었다. 발밑이 험한 강가는 이끼까지 잔뜩 끼어 미끄러웠다. 그동안은 게일이 잡아주었는데 이번에는 남편으로 바뀌었다. 내기 기간 한정 아내지만 그래도 배려할 마음은 있는 모양이다.

　"고마워요."

　"꽉 잡아요."

　싱긋 웃는 남편이 다른 사람처럼 보였다.

갑자기 친절하게 구는 이유를 모르겠다.

사이가 좋은 척한들 여기에 애처가의 면모를 어필해야 할 대상이 있는 것도 아니고. 하지만 무슨 속셈인지 물어봐도 솔직하게 대답해줄 사람이 아니다.

결국 바이레타는 건조한 웃음만 흘렸다.

"부부 금슬이 아주 좋으시군요."

조사원이 어벙한 말투로 칭찬했다.

"오랜만에 전쟁에서 돌아왔으니 당연합니다."

전쟁에서 돌아온 남편이 그딴 내기로 아내에게 모욕을 준다고?

바이레타는 반박하고 싶었지만 꾹 참았다.

사실 학자들은 연구대상 말고는 별 관심이 없다. 방금 한 말도 날씨가 좋네요, 수준의 인사나 다름없다.

"그나저나 얼마 전에 비가 와서 길이 아주 엉망이네요. 강물도 불어서 위험하고. 여기부터 시작하는 게 좋을 것 같습니다. 이봐, 측량계 좀 꺼내줘."

"네, 박사님. 여기 있습니다."

몸집이 작은 청년이 등에 멘 가방에서 도구를 꺼내 건넸다. 학자는 이미 자신만의 세계에 빠져 이곳저곳 관찰하느라 여념이 없고, 조수는 그 뒤를 종종 따라다닌다. 어쩐지 흐뭇한 광경이다.

아널드는 마치 경치를 구경하듯 두 사람의 행동을 무표정하게 쳐다보고 있었다. 하지만 이 모습이야말로 남편의 평소 모습이라 오히려 마음이 편안해진다.

"그러고 보니 수질도 조사해야지. 저기랑 여기서 샘플을 채취해줘."

"알겠습니다."

"박사님, 전에 드렸던 그 가루, 가지고 오셨나요?"

박사와 조수가 움직이는 것을 쳐다보며 바이레타가 묻자, 박사는 웃으며 대답했다.

"그럼요. 몇 군데 시험해서 결과를 보고하겠습니다."

"뭘 부탁했습니까?"

박사와의 대화 내용에 의문을 느꼈는지 아널드가 물었다.

"수질을 바꾸는 마법의 가루가 있어요. 그 효과를 확인하고 싶어서 박사님께 부탁을 드렸죠."

"마법의 가루? 당신은 정말 박식하군요. 이번에는 또 무슨 계획을 짠 겁니까?"

아널드는 흥미로운 듯 눈을 가느스름하게 떴다. 그러나 바이레타는 게일을 돌아보며 딴청을 피웠다.

"실험을 하려면 발밑이 안전해야 하는데."

"이곳으로 오는 길도 정비가 필요합니다. 자재를 운반하는 데도 시간이 꽤 걸리겠습니다."

"예전에 공사할 때 다른 길을 넓혔다는 기록을 읽은 적이 있어요. 우회해서 위에서 내려오는 쪽이 빠르지 않을까요?"

옆에 선 게일에게 이어서 묻자, 그는 주변을 둘러보다 시선을 발밑으로 떨어뜨렸다.

"그렇죠, 저도 그 자료는 봤습니다. 아마 여기보다 북쪽이었던 것 같은데…."

"돌아갈 때는 그쪽 길로 갈까요? 박사님께도 보여드리는 게 좋겠어요."

"지난 번 비 때문에 어디까지 사용 가능할지 모르겠군요. 같이 확인하는 게 좋겠네요."

게일의 답을 들은 뒤 아널드를 올려다보니, 그의 표정이 몹시 험악했다.

"왜 그러세요?"

"몸은 괜찮습니까?"

"네?"

"앗, 설마 작은 마님, 임신하셨습니까?!"

어느새 다가와 있던 조수 청년이 놀라며 소리를 질렀다.

"아니, 그런 무거운 몸으로 산을 오르시면 어떡합니까. 도련님도 말리셨어야지요! 그야 오랜만에 전쟁에서 돌아와 마님과 함께 보내는 시간이 얼마나 금쪽 같으시겠어요. 그 마음은 이해하지만 여성은 더 소중히 아껴야 합니다. 애초에 이런 산길에 데려오시는 것 자체가—."

달거리 사흘째라 빈혈 기미까지 보이는 판에 등산까지 했으니 당연할 수도 있겠지만 현기증이 났다. 파리한 안색으로 휘청거리고 있으니 보다 못 한 아널드가 물어본 것 같다.

독신인 조수 청년은 학자의 시중을 드느라 바빠 여태 결혼할 사람을 만나지 못했다고 했다. 그 때문인지 여성을 신성시하는 마음이 각별해 처음 만났을 때부터 유독 바이레타를 배려해주었다. 섣부른 오해로 호된 꾸지람을 듣는 남편이 조금 안쓰럽긴 하지만 자업자득이다.

아널드는 지나치게 말수가 적다. 앞뒤 맥락 없이 핵심만 말하니 모르는 사람이 들으면 오해하기 십상이다.

이걸로 조금은 반성하길.

늘 휘둘리기만 했던 보상심리로 구조에 뜸을 들이고 있노라니 게일이 조용히 귓속말로 물었다.

"임신하셨습니까?"

"아니예요, 그냥 빈혈기가 살짝⋯."

"그렇군요. 그럼 돌아갈 때는 최단거리로 가십시오. 위에서 내려오는 루트는 저와 박사님이 보고 오겠습니다.”

“고맙습니다, 게일 님.”

빈혈기가 있는 것은 사실이라 게일의 배려를 감사히 받아들이기로 했다.

그래서 하산하는 길은 게일과 학자들 무리와는 따로 행동하게 되었다. 그 사이에 바이레타의 안색이 더 나빠졌기 때문이다.

무표정한 얼굴로 아내의 상태를 살피는 아널드는 여전히 속을 알 수 없었다. 매달 있는 일이라고 웃으며 말하자, 그는 더 이상 토를 달지 않았지만 게일의 제안에는 순순히 따랐다.

확실히 빈혈 때문에 세상이 빙빙 돌고 있었다. 가급적 최단거리로 산을 내려가고 싶은 마음이 굴뚝 같았다.

산기슭까지 내려와 세워둔 마차에 올라탔을 무렵에는 솔직히 한 걸음도 옮기기 힘든 상태였다. 바이레타는 아널드의 정면에 앉자마자 쿠션에 푹 파묻혀 눈을 감았다.

이런 때는 말없는 남편이 고마웠다.

지금은 마차의 흔들림조차 견디기 힘들다.

저택에 돌아가면 탕에 몸을 푹 담갔다가 침대에서 뻗어야지.

눈을 감고 있는데 문득 맞은편 좌석에서 삐그덕 소리가 났다. 눈 뜰 힘도 없어서 가만히 있으니 옆자리에 누가 앉는 기척이 느껴졌다. 아널드였다.

굳이 비좁은 옆자리로 옮겨 앉아 뭘 하려고 그러나 의심하고 있는데, 그가 쿠션을 빼갔다. 사람이 이 지경인데 그걸 또 뺏어가나 싶어 울컥했지만 한 마디 쏘아붙일 기운조차 없었다.

그러나 쿠션이 빠져나간 자리에 딱딱하고 따스한 것이 들어와 몸을 감쌌다. 얇은 셔츠의 감촉 때문에 그것이 아널드의 몸인 것을 알았다.

그의 심장 소리가 규칙적으로 울리고 허리에 감긴 팔은 바이레타의 몸을 단단히 고정하고 있었다.

뭐야, 잡은 거야?

동요하는 와중에 뺨에 붙은 머리카락을 옆으로 슬쩍 치우는 손길을 깨달았다. 물끄러미 응시하는 시선이 강하게 느껴졌다.

자는 얼굴은 왜 쳐다본담, 무례하게.

하지만 보지 말라고 화낼 수도 없다.

의식하면 얼굴이 빨개질 것 같아서 최대한 아널드를 느끼지 않으려 노력했다. 가뜩이나 빈혈 때문에 속이 울렁거려 죽을 지경인데. 마차가 흔들려서 눈을 감고 있어도 눈앞이 핑핑 도는 느낌이다.

그의 고동도, 머리를 쓰다듬어주는 다정한 손길도, 허리를 꽉 안은 강한 팔도, 모두 모르는 척한다.

그러지 않으면 저절로 입가가 느슨해지면서 왠지 간질거리는 기분이 드니까.

남편의 조용한 배려일까.

말이 없는 건 고맙지만 행동은 설명이 필요하다. 대체 무슨 의도로 이러는 건지.

"한심해….."

그러나 툭 떨어진 한 마디에 바이레타는 눈꺼풀을 움찔했다.

한심하다고?

설마 몸도 좋지 않은데 꾸역꾸역 시찰에 따라와서 빈혈을 일으키고 결국 귀가하는 마차 안에 널브러진 자신을 비난하는 말인가? 아니면 다른 이야기?

아널드는 워낙에 말이 없다. 누구에게 말을 거는 일이 없으니 앞뒤 없는 말을 해도 별로 문제될 일이 없지만 제게 하는 말이라면 신경이 쓰인다. 그것도 아주 많이.

호승심이 강한 성격이라 그에게 자꾸 묘한 적개심을 품게 되는 건가.

좋다, 시비를 건다면 받아야지.

기운만 회복하면 한심의 한도 못 꺼내게 해주겠다 다짐하며 바이레타는 눈을 꼭 감은 채 몸을 잔뜩 굳혔다.

"어머, 드디어 뵙게 되어 영광이에요, 아버님! 못 뵌 사이에 안색이 정말 좋아지셨어요."

바이레타는 영주를 만나자마자 남한테 일을 다 떠넘기고 댁은 한가롭게 은둔 생활이나 만끽하고 있냐를 우회적으로 비난해 보았지만, 고작 이 정도로 울분이 해소될 리 없다.

순조롭게 시찰을 마치고 영지에 도착한 바이레타는 1주일 뒤 이번 문제의 핵심인 온천장이 있는 지역, 테란잠에 도착했다. 마차는 스완건 영지의 영빈관 앞 광장에 섰다.

마중나온 시장과 온천조합의 조합장들 입에서 시아버지 와이널드의 이름이 나왔을 때는 표정이 굳지 않을 수 없었다. 인사를 나눌 때 목소리가 점점 낮아지는 것을 경계하는 것만도 상당한 신경이 소모되었다.

바이레타의 달거리는 끝났다. 요컨대 그 정도로 날이 지나고서야 겨우 시아버지를 만났다는 뜻이다. 그동안 바이레타는 수방공사 중인 곳들을 둘러보느라 발바닥에 땀이 날 지경이었는데 영주라는 인간은 온천장의 영빈관에 처박혀 있기나 한 것이다.

인사도 하는둥 마는 둥 하고 안내 담당도 따돌리고 시아버지가 있다는 방으로 쳐들어가니, 와이널드는 벌건 대낮부터 와인을 손에 들고 질펀하게 늘어져 있었다.

"이번 시찰에서 가장 중요한 논의를 할 자리에 이렇게 미리 와 계시다니, 영주님의 열의가 느껴져 가슴이 찡합니다! 시찰에도 함께 해주셨으면 더할 나위 없었을 텐데, 저희만 보내서 마음이 편치 않으셨겠어요."

"보고를 듣는 것도 일이다. 불평하지 마."

"그런가요? 그럼 전 보고만 마치면 바로 제도로 돌아가도 되겠군요."

"흥, 내가 매번 네 교활한 주둥이에 놀아날 거라고 생각한다면 큰 오산이다. 저야말로 여기서 눌러앉고 싶은 주제에. 여긴 내 영지야. 얌전히 말만 잘 들으면 나도 박하게 굴진 않을 거다."

와이널드는 마치 악역 같은 대사를 내뱉으며 거만하게 웃었다. 그럴듯하긴 하지만 딱히 그와 싸우고 쳐부술 생각은 없다.

바라는 게 있다면 오직 하나, 일 좀 하라는 것뿐이다. 그런데 도대체 뭐가 그리 자신만만한 걸까.

"어머, 무슨 말씀이신지…?"

"흐흥, 여긴 황제의 역대 총비들이 갈망했던 땅이지. 영원히 생기 넘치고 부드러운 극상의 피부로 만들어준다는 온천이 있는 곳이니까. 그런데 거기 한 번 담가보지도 않고 올라간다고?"

하긴 여자라면 바짓가랑이를 붙잡고 애원해서라도 들어가고 싶은 탕이긴 하다.

황제의 총애를 다투는 여자라면 피부 관리가 필수일 테니까.

"참으로 유감스럽지만… 아버님, 저는 그럴 필요가 없답니다."

보여주고 싶은 남자도, 애정을 두고 다투는 여자도 없는 바이레타는 피부 손질에 그들처럼 목을 맬 필요가 없기에 필요 최소한의 관리만 했다. 그래서 온천에 몸을 담그는 것에 연연할 이유가 없었다.

"윽…, 너는 뭐 영원히 젊을 줄 알아?! 그러다 나중에 후회할 거다!"

시아버지는 분한지 이를 갈았다.

그러자 옆에 서 있던 하인이 어깨를 으쓱했다.

"주인님. 깨끗하게 패배를 받아들이는 것이 남자답습니다."

"닥쳐라, 어디서 토를 달아. 너도 구경만 말고 뭐라고 좀 해, 네 마누라잖아! 하여간 뻔뻔한 계집 같으니!"

어느새 바이레타의 뒤에 선 아널드에게 시아버지가 호통을 쳤다. 그러나 남편은 비겁하게 구시렁대는 패배자를 보듯 조용히 쳐다보기만 할 뿐이었다.

"필요 없다는 데 저도 동의합니다. 제 아내의 피부는 아주 곱고 부드럽거든요."

"네?"

지금 뭐라는 거야, 아니, 대체 뭘 폭로하는 거야, 이 인간은!

피부가 어쩌고 하니 대뜸 밤일이 떠올라 순식간에 얼굴이 벌개진다.

"지금 마누라 자랑하는 거야? 그것도 내 방에서?! 썩 나가!"

태연하게 대답한 아널드는 물론, 바이레타도 함께 방에서 쫓겨났다. 매달릴 겨를도 없었다.

얼굴이 빨개진 바이레타는 옆에 선 남편을 노려보았다.

"아버님 앞에서 그런 말을 하면 어떡해요?!"

"느낀 바를 솔직하게 말했을 뿐입니다. 그보다 모처럼 왔으니 탕에 몸이나 담글까요? 계속 마차로 이동하느라 쌓인 피로도 풀 겸."

아널드는 전혀 미안한 기색 없이 싱긋 웃었다.

악마의 미소인 것을 뒤늦게 깨달았지만 때는 이미 늦었다.

"헉, 왜 당신도 벗는 거예요?"

영주 전용 탕으로 안내하는 아널드를 따라가자, 저택 뒤에 바위가 널려 있고 위에서 뜨거운 물이 끊임없이 떨어지는 곳이 보였다. 천연 바위 온천이었다. 욕탕까지 이어지는 길에는 타일이 깔려 있고, 저택 건물에서 돌출된 지붕이 위를 적당히 덮어 하늘도 보였다. 좌우로는 나무 울타리가 있고 선반 같은 것도 설치되어 있었다.

어른 열 명은 너끈히 들어갈 넓이에 절로 탄성을 터뜨린 것도 잠시, 느닷없이 옷을 훌훌 벗어던지는 아널드의 모습에 바이레타는 그만 기분이 묘해졌다.

완벽하게 단련된 탄력 있는 육체는 저무는 햇빛 속에서도 눈부시게 빛났다. 저기에 홀리면 안 된다고 스스로를 꾸짖었지만 저도 모르게 탄탄한 복부에 눈이 갔다. 상체는 완전히 탈의하고 바지 벨트도 느슨하게 푼 그는 당당한 태도로 가장자리에 설치된 선반을 가리켰다.

"옷 바구니는 저기 있습니다. 벗고 오면 뜨거운 물을 끼얹어주겠습니다."

"같이 들어가려고요?"

이런 근사한 온천이라면 옆에 거슬리는 사람 없이 혼자 즐기고 싶은데.

게다가 지금은 초저녁이다. 아직 해가 밝아서 주변이 고스란히 다 보인단 말이다.

"부부니까 당연하지요. 이것도 내기의 일환입니다."

부부는 같이 목욕하는 게 당연하다고?

망연자실한 바이레타를 껴안듯 아널드가 팔을 둘러왔다.

조각상처럼 단단한 가슴이 훅 눈앞에 다가와 저도 모르게 숨을 삼켰다.

"근육통에도 효과가 좋습니다. 마차 안에서 계속 같은 자세로 앉아 있어 피로가 많이 쌓였을 겁니다."

그렇게 말하며 아널드는 바이레타의 등에 달린 리본을 스르륵 풀었다. 드레스가 어깨에서 툭 떨어져나가고 어느새 속옷만 남았다. 놀라서 가슴을 가리자 아널드가 고개를 기울였다.

"벌써 뜨거워졌군요. 얼굴이 빨개졌습니다."

"─웃, 당연히… 하앗."

아널드의 혀끝이 부드럽게 목덜미를 쓸어올렸다. 달콤한 자극에 바이레타는 저도 모르게 새된 비명을 질렀다.

"아직 탕에 들어가지도 않았는데 벌써 달아오르다니. 기대하고 있었나요?"

놀리는 듯한 웃음에 얼굴이 화끈 달아올랐다.

몸의 반응은 그럴지도 모르지만 마음은 절대 아니다.

"아니예욧."

"내가 당신을 한두 번 안았습니까? 당신의 몸은 당신보다 내가 더 잘 알 겁니다. 욕망으로 눈동자가 촉촉하게 젖었지 않습니까. 봐요, 여기가 느끼는 곳이지요? 기분 좋습니까?"

자신감 넘치는 목소리가 귓가에서 속삭인다. 그러나 목표를 정한 손이 살에 닿은 순간, 항의는 교성으로 바뀌었다.

"부드럽게 해주는 것도 취향인 걸 알지만 때로는 거친 것도 좋아하지요? 오늘은 어느 쪽으로 할까요?"

◆◆

아널드의 품에 안긴 것은 바스로브를 걸친 아내였다.

발갛게 익은 뺨도, 깊이 잠든 기다란 속눈썹이 드리우는 그림자도.

바이레타의 무게를 팔로, 온몸으로 만끽하며, 아널드는 의식을 잃은 아내를 안고 흡족한 기분으로 영빈관의 복도를 걸었다.

부부 침실로 향하는 그의 앞에, 맞은편에서 게일이 걸어왔다. 영빈관 내에서도 영주에게만 허용된 사적인 공간이다. 사용인이라면 모를까 손님인 그가 나타날 만한 장소가 아니었다.

"바이레타 님? 무슨 일이 있었습니까?"

게일은 아널드의 품에 안긴 바이레타를 발견하고 낯빛이 변해서 다그쳤다. 가뜩이나 못마땅한 눈빛으로 그를 노려보던 아널드는 반사적으로 바이레타를 제 가슴 쪽으로 당겨 얼굴을 가렸다.

"탕에 몸을 지나치게 담근 탓에."

"그, 그렇군요."

탕 안에서 지나치게 행위에 열중한 자신의 잘못이 크지만, 적나라하게 떠들 이야기도 아니고.

그런 것은 자신만 알아야 한다. 남편의 특권이니까.

탕에서 보았던 요염한 아내의 모습을 되새기며, 아널드는 게일을 쳐다봤다.

왕족의 핏줄답게 정갈한 이목구비다. 용맹하고 남자다운 용모. 그녀의 주변에는 그런 용모를 가진 남자들이 많았지만, 마음을 터놓은 상대는 그가 처음이다. 혹시 이런 생김새가 취향인가?

용모만 단정한 것이 아니라 검 실력도 뛰어나다. 현장 지휘도 능란하고 통찰력도 있다. 배려심이 있고 부하를 적재적소에 배치하는 능력도 출중하다. 이상적인 상사라는 평이 쇄도했다.

고국을 등지지 않았다면 여전히 높은 신분이었을 것이다. 본인은 돌아갈 생각이 없다지만 그의 나라에서는 그가 돌아오면 과거에 누렸던 모든 부와 지위를 돌려줄 준비가 되어 있다는 보고를 받았다.

그런 남자가 아내를 흠모하고 있다. 연적이라면 대단한 강적이다.

무엇보다 바이레타를 지극히 아낀다. 어떻게 보면 숭배에 가까운 감정이지만 그런 만큼 순수하다.

자신보다 더 그녀에게 어울리는 남자다.

게일을 본받아야 하나.

참고할 상대를 잘못 고른 것 같다. 아널드는 계획 변경의 필요성을 느꼈다. 사실 내기를 제안했을 때부터 망해버린 셈이지만 몇 번을 돌이켜봐도 더 나은 방법이 떠오르지 않는다. 그러지 않았다면 그녀는 지금 제 곁에 없을 테니.

"당신은… 바이레타 님을 왜 더 소중히 여기지 않으십니까?"

"소중히 여기고 있습니다만."

"하지만 바이레타 님은 당신에게서 도망치고 싶어 합니다."

"아내가 무슨 말을 했는지 모르겠지만 나는 그녀를 놔줄 생각이 없습니다."

"도망치느냐 곁에 남느냐를 선택할 권리는 바이레타 님께 있습니다. 그녀가 도망치지 않길 바란다면 당신은 더 노력해야 합니다."

어쩐지 충고 같은 그의 말에, 아널드는 내심 놀랐다.

그는 정말 선한 사람 같다. 보통 사람이라면 궁지에 몰린 적을 돕는 짓은 하지 않을 테니.

아널드였다면 오히려 잘못된 정보를 흘려 돌이킬 수 없게 만들었을 것이다.

그러나 그런 짓을 해도 바이레타는 가질 수는 없을 것이다. 상대의 불리한 점을 아무리 속삭여도 그녀는 하나의 정보로 받아들일 뿐 덮어놓고 믿지 않는다. 그리고는 더 확실한 정보를 구하려 노력할 것이다.

그리고 방대한 정보 속에서 마침내 진실을 찾아낼 것이다.

바이레타는 그런 여자다.

착잡해진 기분으로 아널드는 게일에게 물었다.

"내 딴에는 꽤 노력 중인데… 그렇다면 어디를 어떻게 개선해야 좋을지 알려줄 수 있습니까?"

"어, 음, 어디, 그… 글쎄요, 일단 그녀의 안색이 좋지 않을 때는 부축해준다든가."

아널드의 질문이 허를 찔렀는지, 게일은 당황한 기색이 역력했다. 그러나 그 와중에도 그걸 또 대답해주는 점이 참으로 선량한 사람 같다.

"아내는 지나치게 참견하는 것을 싫어합니다. 특히 약해져 있을 때는 더욱."

"그러니까 본인 모르게 눈치껏 해야지요."

"과연. 하지만 본인이 모른다면 그 행위에 의미가 있습니까?"

"똑똑한 분이니 나중에라도 깨달을 겁니다. 오히려 노골적으로 밀어붙이는 친절을 싫어하겠죠."

역시 본보기는 이쪽으로 삼았어야 했다고 감탄하며 아널드는 경청했다.

언젠가는 그녀가 알아줄 만한 은근한 친절을 반복하면 되는 것 같다.

그러나 그것이야말로 게일이 하는 행동이다.

그러면 결국 게일 정도의 위치에 다다를 뿐이다.

자신은 더 특별한 존재가 되고 싶다. 그게 어떤 것인지는 잘 모르겠지만.

고민에 빠진 아널드를 바라보며 게일이 웃었다.

"아무래도 당신은 제가 생각했던 것과는 다른 분인 것 같습니다. 사랑 따윈 모르는 냉혈한이라고 들었는데… 역시 소문은 소문일 뿐이군요."

칭찬인가? 이걸 고맙다고 해야 하나.

갈등하고 있는데 바이레타가 조그맣게 재채기를 했다.

"어서 뉘어드리십시오."

"네… 그럼 이만."

아널드는 인사를 남기고 연적과의 해후를 마쳤다.

◆◆

테란잠에서 바이레타는 평화로운 나날을 보내고 있었다. 드디어 만난 와이널드에게 그동안 시찰한 결과를 보고하고 수방공사에 반대하는 온천장의 중진들을 설득하기 위한 자료 준비를 도왔다. 시아버지에게 설명한 내용을 다시 회의용으로 정리하는데 꼬박 하루가 걸리긴 했지만 이동을 하지 않아 몸은 편했다.

하지만 남편의 태도만은 용납할 수 없다.

"이 손은 뭐죠?"

입이라도 맞출 듯이 바싹 다가온 그의 입을 손으로 막자, 에메랄드 그린 눈동자에 불만스러운 빛이 어렸다. 그의 손은 바이레타의 잠옷을 여민 리본을 푸는 중이었다.

침대 옆 사이드램프의 불빛이 그의 기다란 손가락을 어른어른 비추고 있다.

"내기의 한 달이 끝날 때가 되지 않았나요?"

아널드에게 쓰러뜨려지면서도 반신을 일으킨 바이레타가 그렇게 말하자, 그는 무슨 소리냐는 듯 눈만 깜박거렸다.

이곳에 도착한 뒤 그는 매일 밤 바이레타를 안았다. 그것도 마치 그녀가 위해 해주는 것마냥 구는 것이 어이가 없다.

내기에서 정한 의무라 하는 것이지 적극적으로 원한 적은 없다.

그러나 당연하다는 듯 몸 위로 올라오는 남자는 아내가 원치 않을 거란 생각은 꿈도 못 꾸는 듯했다. 지금도 이해할 수 없다는 듯 눈만 깜박이고 있다.

그러나 오늘은 거부할 수 있는 당당한 이유가 있다.

"그렇군요, 초야를 치른 지 오늘로 딱 한 달째입니다."

"그럼 내기는 끝난 걸로 봐도 되죠?"

예상치 못한 남편의 빠른 인정에 허탈해졌지만, 그래도 바이레타는 단호하게 못을 박았다. 사실 아직 한 달이 지나지 않았다느니 하며 억지를 쓸 경우까지 각오하고 있었는데 날짜로 시비를 걸 마음은 없는 모양이다. 바이레타의 달거리로 인해 못 한 기간까지 착실하게 포함시켜 준 걸 보면.

그러나 그 점에 안도하는 한편으로 약간 서운함을 느끼는 자신에게 화가 난다. 잡으려고 그렇게 용을 쓰는 것 같더니 실은 이혼해도 그만인가 싶어서.

아널드의 생각을 모르겠다.

애처가마냥 바이레타의 몸을 걱정하고 게일을 견제한다. 그러더니 한심하다는 소리나 하고 내기가 끝난 것에 동요하는 기색도 없다.

설마 그가 동요하길 기대했나?

내기 종료로 이혼을 목전에 둔 남편이 안달복달하며 매달리길 바랐나?

그런 냉혈 여우에게?

말도 안 되는 생각이다.

수없이 안기다 보니 그저 정이 든 것이다. 바이레타에게는 첫 상대이고 평생을 경원시했던 사랑에 고민하게 만든 남자니까.

"내일 회의가 있지요?"

문득 아널드가 물었다.

　내일은 주요멤버가 모두 테란잠에 도착할 예정이다. 치수공사와 관련된 인사들의 일정을 조정하는 것이 만만치 않아 예상보다 시간이 지체되고 말았다.

　그런데 내기 종료와 회의가 무슨 상관이지?

　"네, 그게 아널드 님과 관계가 있나요?"

　시찰에 동행했으니 내일 있을 회의에도 참석할 생각인가. 와이널드라면 후계자가 관심을 보인다며 기뻐할 것 같다. 혹시 자신이 떠났을 경우의 업무 승계를 염두에 두고 있나 싶어 불현듯 서러워졌다.

　"…슬슬 때가 왔군요."

　"네? ―우읍."

　아널드는 그렇게 중얼거리더니 바이레타에게 입을 맞췄다.

　습한 소리를 내며 떨어진 입술은 호를 그리고 있었다. 저도 모르게 얼굴이 화끈 달아올랐다.

　"무, 무슨… 내기는 끝났잖아요!"

　"우리의 초야는 한밤중이었습니다. 아직은 저녁이니 그때까지 시간이 남았지요. 그리고 당신이 이렇게 매혹적인 자태로 유혹하고 있는데 무슨 수로 버팁니까."

　"어딜 봐서 유혹…."

　바이레타가 걸친 얇은 실크 잠옷은 몸의 착 감겨 곡선을 그대로 드러내고 있었다. 게다가 가슴의 리본은 다 풀려서 가슴골이 보란 듯이 노출되어 있다.

　"당신이 풀었잖아요."

　바이레타는 허둥지둥 가슴께를 두 손으로 가렸다. 하지만 그 바람에 가슴이 눌려 더욱 아찔하게 패인 가슴골을 남편에게 보이게 된 것은 예상치 못한 결과였다.

"정말 고단수군요. 비난하면서 더 강한 유혹을⋯."

"무슨 말인지 모르겠고, 그렇게 쳐다보지 마세요."

아널드의 시선이 바이레타의 몸선을 따라 아래에서 위로 천천히 훑고 올라갔다. 그 시선만으로도 몸이 뜨거워지는 기분이다. 그렇게나 몸을 겹쳤는데도 이것만은 익숙해지지 않는다.

"얼굴이 빨개졌습니다."

커다란 손바닥이 바이레타의 뺨을 부드럽게 어루만졌다. 긴 손가락이 윗입술을 쓸자 간질간질해서 어쩔 줄을 모르겠다. 답답하고 부끄러운데 밀려오는 쾌감에 머릿속이 아득해진다.

토해내는 숨결을 휘감듯이 들어오는 깊은 입맞춤을 받으며 바이레타는 침대 위로 쓰러졌다.

결국 그녀의 반론과 반항은 모조리 열정에 휩쓸려 떠내려갔다.

테란잠에 도착한 지 사흘 만에 마침내 주요 멤버가 모두 한 자리에 모여 치수공사에 관한 회의를 열었다.

"그럼 회의를 시작하겠습니다."

테란잠 시장의 말에 새삼 일동을 둘러보니 그 넓었던 회의실이 비좁게 느껴졌다.

긴 테이블의 정면에 영주인 시아버지가 앉고, 그를 중심으로 좌우측 자리에 대립하는 파가 마주 앉는 구도였다.

시아버지의 왼쪽에서 창을 등지고 앉은 쪽은 테란잠 시장을 위시하여 온천조합장, 온천 지역 상인 대표와 숙박업소 대표 등이다. 맞은편인 입구 쪽에는 수방공사 담당자인 바이레타와 게일, 조사원인 학자가 나란히 앉았다.

시아버지 옆에는 시중을 들 하인이 대기하고 있었다. 아널드는 일찌감치 사라져서 회의에는 불참했다. 도대체 이 사람은 차기 영주라는 자각이 없나, 싶지만 어차피 괜한 걱정이다.

각자 인사를 마치고 바로 본제로 들어갔다.

"그럼 탄원서를 읽겠습니다."

테란잠 시장은 수방공사로 인한 탕량 감소, 이에 따른 수익 하락을 거론하며 테란잠 주변의 수방공사 중지, 그리고 탕량 회복을 위한 조치 등을 탄원했다.

"확실히 탕량 감소는 문제가 있지. 허나 자네들도 조사를 했지?"

시아버지는 심각한 표정으로 바이레타를 돌아봤다. 그러자 그녀는 옆에 앉은 사람에게 눈짓을 주었다.

"박사님, 부탁드립니다."

"네네. 얼마 전 조사한 결과인데, 메데나 강의 지류에 확실히 광천, 아, 쉽게 말하면 온천인데, 이 광천이 검출되었습니다. 수질조사를 실시한 지점에서부터 역산하면 분당 3톤 정도의 탕량이 유입되는 것으로 보입니다."

"3톤?! 현재 탕출량의 약 30퍼센트에 해당하는 양 아닙니까?!"

온천조합장이 기함하며 외쳤다.

"그런데 이게 새로 솟은 것일 수도 있습니다. 거기서 강을 따라 조사해본 결과, 탕출 지점 몇 곳이 바뀌어서요. 그래서 이 지역으로 흘러들어오는 탕량이 감소한 것으로 보입니다."

"그럼 수방공사와는 무관하다는 게 박사님의 견해지요?"

"흐름을 바꿔서 그런 거 아니냐고요. 그리고 애초에 그 막대한 사업비를 들여 공사를 하는 게 의미가 있긴 합니까?"

"그 비용을 차라리 온천 여관 보수에 쓰는 게 더 이득 아닌지요?"

갑자기 반대편 자리에서 부정적인 의견이 빗발쳤다.

꽤나 울분이 쌓인 듯했다.

생활 향상, 나아가 영민의 생명을 보호하고자 하는 사업인데, 이것을 손익의 관점으로만 보면 납득하기 어려울 수도 있다.

"게일 님, 준비 되셨나요?"

"네. 저는 전쟁 중 다리 건설 공사도 여러 번 맡았고 외국이나 제도로 이어지는 가도 정비도 중점적으로 해왔습니다. 그런데 수해로 다리가 떠내려가는 경우도 많고, 가도 보수 건도 수시로 발생합니다. 이건 전쟁이 발발한 이후 8년간의 수해 상황과 공사 기록입니다. 이 자료에 따르면 연간 최대 13회의 수해가 있었습니다. 피해 상황은 여러분 모두 아실 겁니다. 테란잠 역시 피해를 입었으니까요. 지나던 상인들까지 짐과 함께 물에 휩쓸렸다고 하더군요. 당시의 피해 총액이 여기 적혀 있는데, 연간 수방공사 비용의 약 5배에 해당합니다."

게일은 손에 든 자료를 보면서 거침없이 설명했다. 정확하게 계산된 증거까지 있어, 반대파들은 모조리 꿀먹은 벙어리가 되었다.

실제로 피해를 당했기 때문이다. 그때의 기억을 떠올리고 있는지도 모른다.

스완건 영지는 수해가 자주 발생했다. 산의 경사가 가팔라서 장마가 계속되면 금세 물이 넘친다. 산의 경사면을 따라 밀어닥친 격류는 모든 것을 쓸어버린다.

"이번 수방공사는 착수한 지 얼마 되지 않아 정확한 수치를 말씀드리긴 어렵지만 올해 수해는 5회 이하로 감소할 것으로 저희는 확신하고 있습니다. 이것은 공사가 완료되지 않은 지역의 수해 발생 예상치이므로 오히려 공사를 추진해야 할 근거로 볼 수 있습니다."

"그, 그걸 우리더러 믿으라고…."

"지난 수방사업이 있었던 3대 전의 기록을 보니 그때 발생한 수해가 연 8회 정도였습니다. 이번에는 그때보다 범위를 더 넓힐 예정이니 비교해보면 더 효과를 실감하실 수 있을 겁니다."

"하지만 탕량 감소는 어떻게 설명할 텐가. 여기서 더 감소할 가능성은 없나?"

온천조합장이 소리를 지르자, 학자가 즉시 지원에 나섰다.

"지질조사를 통해 새로운 탕출지를 확보했으니 수방공사와 병행해서 관을 설치하면 될 것 같습니다."

그들도 나름대로 탕출지에 대한 조사를 했겠지만 학자의 전문성에 비할 수준은 못 될 것이다. 그런 땅이 있었냐며 기함하는 표정만 봐도 알 만하다.

조사원인 학자는 괴짜이긴 해도 두뇌만은 탁월했다.

"일부 공사 관계자가 폭도처럼 굴고 있다는데, 그건 어쩔 겁니까?"

"맞아요, 공격당한 상인도 있답디다."

상인 대표의 말에 온천조합장이 보란 듯이 맞장구를 쳤다.

바이레타가 게일을 쳐다보니 그도 난처한 기색이었다.

"구체적으로는 언제, 어디서, 어떠한 상황이었는지 여쭤봐도 되겠습니까?"

"나도 그냥 소문으로 들은 거라 자세한 내용은 모릅니다. 오히려 영주님께서 뭔가 들으신 바가 있지 않을까요?"

"사소한 다툼은 있지만 큰 문제로 발전한 경우는 아직 없다고 들었습니다. 그런데 상인이 공격당했다고요?"

"제도에서 온 상인들에게 들었습니다. 공사 관계자들이 그들이 가진 상품을 빼앗거나 시비를 걸었답니다."

또 새로운 문제가 튀어나와, 바이레타는 입술을 깨물었다.

"그들 말로는 지금 제도에 군부 쿠데타가 발생해서 전직 군인들을 경계하고 있답니다. 그래서 가뜩이나 긴장하고 있던 차에 그런 일을 겪었으니 당분간 방문을 삼가겠다고 하더군요. 상품이 들어오지 않으면 모든 것이 정체됩니다."

"군 쿠데타라고요?"

축승회로 들끓었던 제도의 분위기와는 너무나도 동떨어진 단어다. 시아버지와 게일은 제도의 들뜬 분위기를 잘 모를 테지만, 승전국의 군인들이 쿠데타를 일으켰다는 말은 누구라도 위화감을 느낄 것이다. 게일도 저도 모르게 말이 튀어나온 기색이었다. 시아버지를 힐끗 보니 역시나 얼굴을 찌푸리고 있었다. 금시초문인 모양이다.

바이레타 역시 어떤 반응도 할 수 없었다. 생각해 보니 간밤에 아널드가 그런 말을 했던 것도 같다. 기억이 가물가물한 것은 한창 안기는 와중에 들었기 때문이다. 수치심과 분노로 떠는 모습이 겉으로는 동요한 것처럼 보였을 지도 모른다.

"일단 이쪽에서 조사해보겠네. 시간이 시간이니 잠시 쉬도록 하지."

와이널드가 험악한 표정으로 자리를 해산시켰다. 결국 새로운 문제는 재조사를 통해 대책을 마련하기로 하고 회의는 잠시 휴식에 들어갔다. 마침 점심 시간이라 다들 식당으로 이동했다.

시아버지를 앞장세워 시장과 조합장, 상인들이 모두 나가자, 바이레타는 땅이 꺼져라 한숨을 쉬었다.

그러자 옆에 있던 게일이 걱정스러운 눈빛으로 살폈다.

"고생하셨습니다, 바이레타 님."

"공사관계자들도 모자라 상인들과도 분란을 일으키다니."

"현장 총감독으로서 두루 살피지 못해 면목 없습니다."

"아니요, 게일 님은 잘 하고 계세요. 보고서도 자상하게 써주셔서 현장 진행 상황을 파악하는데 아주 도움이 된답니다. 그리고 군 쿠데타가 엮이면 단순히 영지문제로 볼 일이 아니죠."

"돌아가는 즉시 귀환병들에게 확인해보겠습니다."

당장이라도 달려갈 것 같은 게일의 모습에 바이레타는 쓴웃음이 나왔다.

"일단 부하분들께 연락해두세요. 나중에 청취조사를 해야겠으니. 아직 오후 일정도 남았는데 게일 님이 가버리시면 곤란해요."

"알겠습니다."

식당으로 가기 위해 일어난 박사에게도 인사했다.

"박사님도 감사합니다. 오후에도 잘 부탁드려요."

"이런 자리는 참, 벌써 어깨가 뭉치려고 합니다."

"후후, 너무 잘해주셔서 영광입니다. 식사는 편히 드실 수 있을 거예요. 그쪽과 식탁을 따로 마련했거든요."

"고맙습니다! 그 말을 들으니 갑자기 허기가 돕니다."

"조수분께도 미리 말씀을 드렸으니 두 분이 천천히 식사하도록 하세요."

방을 나가는 박사의 등에 대고 말했지만 들렸을지 모르겠다.

정신을 차려보니 방 안에 게일과 둘만 남았다.

"우리도 가요. 게일 님도 시장하시죠?"

"저, 바이레타 님… 몸은 괜찮습니까?"

"네? 제, 몸이요?"

게일은 뭔가 주저하는 기색이 역력했지만 그래도 걱정스러운 표정으로 바이레타를 살피고 있었다. 테란잠에 도착한 지 사흘째지만 게일과 얼굴을 마주한 것은 오늘이 처음이다. 왜냐하면 그동안 영빈관의 영주 방에서 거의 틀어박혀 있었기 때문이다. 회의를 대비한 자료를 준비하고 시아버지에게 각종 건의를 하느라 그렇게 되었는데, 게일이 그걸 걱정하는 느낌은 아니었다.

"무슨 일이 있었어요?"

"그게, 테란잠에 도착하자마자 아널드 님과 마주쳤는데, 탕에 오래 몸을 담그다 정신을 잃은 당신을 안아서 옮기고 있었습니다….."

바이레타는 바로 알아들었다.

그리고 알아들은 순간, 테란잠에 도착한 날 저녁에 있었던 일이 떠올랐다.

아널드는 긴 시간 아내의 몸을 실컷 깔아뭉갰다. 그야말로 탕에 들어가기 전부터 들어가 있는 동안, 전부. 그러다 결국 정신을 잃은 것이다.

왜 내기에 횟수를 정하지 않았는지 후회막심할 뿐이다. 그리고 그는 밤에 또 덮쳤다.

"못 볼 꼴을 보여드려 죄송해요. 이제는 멀쩡하니 식사하러 가시죠. 오후에는 체력이 더 소모될 테니까요."

바이레타의 얼굴이 붉어진 것을 알아챈 게일은 안심한 듯 웃으며 고개를 끄덕였다. 바이레타의 몸에 문제가 없다는 것을 이해한 모양이었다.

"그러게요. 그쪽에서 앞으로의 공사계획을 순순히 받아들일 리 없을 테니까요."

"그래서 말인데, 제게 비책이 있답니다."

"아아, 시찰하실 때 말씀하셨던 그것 말입니까? 잘 되었으면 좋겠습니다."

"어디까지 가능할지는 모르겠지만 최선을 다해야죠."

오후 회의가 시작되어 공사 계획을 설명하자 예상대로 참석자들의 얼굴이 점점 구겨졌다.

군 쿠데타 이야기를 할 때도 꽤나 부정적인 자세를 보였던 그들이다. 남몰래 한숨을 쉰 바이레타는 마음을 굳게 먹은 뒤 영내 지도를 펼치고 다 함께 공사 예정지를 확인했다.

"앞으로의 공사 계획은 이상입니다."

"이미 공사가 끝난 곳에 또 공사 계획이 있는 건 뭡니까?"

게일이 설명을 마치자, 테란잠 시장이 의문을 제기했다.

"보수가 필요한 곳입니다."

"보수? 일단은 시설이 갖춰져 있잖아요. 수선이 불가피할 만큼 불량한 상태입니까?"

"강에 고농도의 온천 성분이 함유되어 있어서 둑 일부에 균열이 발견되었습니다."

"뭐라고?"

"그 많은 돈을 퍼부었는데 이렇게 못 버티면 어떡합니까!"

온천조합장이 흡사 비명을 지르듯 호통을 쳤다. 그야 예산을 보면 비난이 터질 만도 하다.

"처음 설명으로는 내구연수가 20년이라고 하지 않았습니까. 그야 오래되면 낡고 무너지기도 하겠지만 이런 빈도라면 공사만 하다 끝나는 거 아닙니까?"

"그건 광천이 대량으로 섞이기 전의 이야기입니다. 수년 전 발생한 지진이 지각변동을 일으켜 용출장소가 움직였습니다. 오전에 설명드렸지만 지금은 하류까지 고농도의 온천수가 흐르고 있습니다."

박사의 설명에 세 사람은 말을 잃었다.

"이런 무식한 사업이 어디 있나. 영주님, 이번 계획은 재고해 보심이 어떻겠습니까?"

상인이 기가 막힌 표정으로 시아버지에게 호소하자, 그도 묵묵부답이었다.

숫자가 그렇게 중요하면 다른 부분도 봐주어야 마땅하다. 대체 사람의 생명은 안중에도 없나. 이익 추구와 영민의 생명을 지키는 것은 다른 문제다. 물론 수익을 거두지 못하면 지킬 목숨도 지킬 수 없게 되는 경우도 있지만, 이익을 우선하느라 생명을 등한시하는 행위는 용납할 수 없다.

그러나 그들을 설득하려면 이익을 도모해야 한다. 손실을 감소시키는 숫자는 그들에게 먹히지 않는다.

바이레타도 경영자이기에 회사 운영에 이익 추구는 기본이라는 것을 알지만 일하는 종업원 역시 인간이다. 효율적인 업무 환경을 조성해주는 것만으로도 얼마든지 손실을 줄이고 이익을 향상시킬 수 있다.

바이레타는 자료를 들고 거침없이 설명했다.

"여기까지 진행된 사업을 중단하면 손실은 더 커집니다. 이쪽이 향후 10년간 공사비용 누계입니다. 그리고 재해가 발생할 경우의 손실액을 봐주세요. 상단은 사업을 진행한 결과이고 하단은 사업을 취소했을 경우의 추정 산출액입니다. 공사비용에 비할 바가 아닌 것을 아시겠지요?"

"아니, 재해가 이렇게 많이 발생한다는 근거가 어디 있습니까."

"좋은 지적이에요. 그래서 예년 재해 상황의 평균치를 취했습니다. 과거 20년간 영지 내 수해의 피해총액을 평균내서 산출한 수치입니다."

결코 부풀린 숫자가 아니다. 그만큼 막대한 피해와 손실액을 발생시키는 것이 바로 수해다.

바이레타는 말을 끊고 일동을 둘러보았다.

"또한 최근 새로 발견한 용출지를 영민에게 개방했습니다. 저희는 길을 정비하고 안전하게 이용 가능한 시설을 지을 예정입니다. 그리고 입욕 요금을 저렴하게 설정해서 집객율을 올릴 겁니다.”

테란잠시는 귀족들을 위한 휴양지로 유명하기 때문에 모든 요금이 귀족 기준으로 설정되어 있다. 따라서 1회 단가는 고액이지만 회전율이 낮다. 그러니 귀족 전용은 그대로 운영하고 서민용 온천시설을 따로 조성한다. 1회 단가는 소액이지만 집객 상황에 따라 떼돈을 벌 수도 있는 것이다.

“뭐라고요?”

“그 말인즉슨 케니안시에 온천장이 생긴다는 겁니까?”

“손님층이 전혀 다르니 이쪽에 영향을 주진 않을 겁니다. 다만 공사 비용을 최대한 줄여보려는 자구책의 일환이지요.”

“그럼 우리가 낄 자리도 있는 겁니까?”

역시 상인 대표자다. 누구보다 빠르게 돈 냄새를 맡는 것을 보면.

그러나 온천조합장과 테란잠 시장은 여전히 미덥지 않은 표정이었다.

손님층은 겹치지 않으나, 그동안 유일한 온천도시로 군림해온 권위를 잃을 수 있기 때문이다.

“새 온천지를 만드는 건 더 부담되지 않겠습니까? 공사비용도 더 늘어날 테고. 기껏 건설해놨는데 행여 수질 문제로 못 쓰게 되면 그땐 어떡할 겁니까? 대책이 없어요.”

테란잠 시장이 기를 쓰고 흠을 잡았다.

하지만 상대가 공격한다면 바로 그 부분일 거라고 예상했던 바다.

중요한 것은 바로 지금. 바이레타는 득의만만하게 활짝 웃었다.

“우선 온천장은 간단한 건물이라 비용 부담이 크지 않습니다. 예상 비용은 다음 페이지에 기재된 바와 같고, 차질 없이 진행된다면 3년차에 투자금을 전액 회수할 수 있습니다. 그후로는 충분히 수익을 기대할 수 있고요. 그리고 수질 문제는 이미 대책을 마련했습니다.”

“수질을?”

“어떻게 개선할 생각입니까?”

“데파를 이용합니다.”

“데파?”

모두가 다공질의 돌을 떠올렸을 것이다. 과거 건축 자재로 다량 사용되었기 때문에 제도에 있는 미술관과 가극장, 가깝게는 이 영빈관도 초기에 건설된 부분은 데파가 들어가 있다. 별관은 추가로 건축하며 다른 건재를 사용했기 때문에 겉만 봐서는 모르지만 토대는 역시나 데파였다.

“그런 걸로 어떻게 하려고요?”

“광천에 데파를 넣으면 민물로 변합니다. 그러니 저수지를 만들어 그 안에 데파 분말을 투입합니다. 이 물을 하천으로 되돌리면 다시 천천히 하류의 저수지로 흘러와 모일 테고요. 그럼 수질을 확인한 뒤 또 강으로 되돌립니다.”

박사가 설명했다.

“뭐라고요?”

“그렇게 하면 하류 지역 생태계가 회복되어 어류도 돌아옵니다. 물론 제방의 마모도 억제할 수 있고요.”

박사의 설명을 듣고 입이 떡 벌어진 남자들의 얼굴이 장관이었다. 마법 같다고 생각했을 것이다. 온천수가 함유된 하천은 생태계에 악영향을 끼친다. 온천 특유의 냄새는 악취 수준은 아니어도 꽤나 고약하기 때문에 사람이 살 만한 환경이 못 된다. 그러니 수질을 개선하면 거주 지역의 확장 효과도 덤으로 얻을 수 있다.

전에 언급했던 수질을 개선하는 마법가루가 바로 데파였다. 박사에게 실험을 의뢰했기에 효과는 확실하다. 제도에 있을 때 숙부에게 구매를 부탁해서 충분한 양을 확보했다는 보고도 받았다.

"이걸 테란잠에도 실시하고 싶습니다."

"우리 시도요?!"

테란잠 시장의 얼굴이 확 밝아졌다. 그 옆에서 상인 대표자는 앓는 소리를 냈다.

"끄응, 그렇군요. 남부에서 하이레인 상회가 데파를 싹싹 긁어모으고 있다는 말이 들려서 무슨 대규모 건축이라도 하나보다 했습니다. 그런데 크기는 따지지 않는다 해서 이상하다 싶었지요."

"어머, 지금도 늦지 않았어요. 합리적인 가격이라면 얼마든지 사들일 의향이 있습니다."

"하아, 그럼 검토해보겠습니다. 역시 하이레인 상회의 막후의 회장님이라 하더니."

"네?"

지금 뭐라고 하셨어요?

하이레인 상회의 회장은 숙부다. 달리 또 누가 있을 리가.

이상한 명칭이 들린 것은 기분 탓인가.

"허? 모르셨습니까? 바이레타 님은 상인들 사이에서 아주 유명합니다. 막후의 회장님이라고요."

"정말 대단하십니다."

발코니에서 밤하늘을 올려다보는 바이레타의 옆에, 언제 다가왔는지 게일이 서 있었다.

영빈관에서 열린 만찬회가 끝나고, 남성 일동은 게임 삼매경에 빠져 있었다. 그들 무리에서 빠져나온 게일이 양손에 든 글라스 중 한쪽을 바이레타에게 건넸다.

"모두가 당신 손바닥 위에 있군요."

"그런 말씀 마세요. 제가 무슨 악당 같잖아요."

하이레인 상회의 막후의 회장이라니, 마치 모든 것을 조종하는 흑막 같지 않은가.

얼굴을 찌푸리며 불평하자, 게일은 즐겁게 웃었다.

"칭찬입니다. 오히려 감탄하고 있는 걸요. 이건 바이레타 님의 영민에 대한 자비심에 바칩니다."

바이레타는 그가 건넨 글라스를 받아 함께 눈 위로 높이 들었다.

입에 가져가니 상큼한 감귤류의 향이 비공을 간질였다. 맛을 보자 게일이 장난스럽게 물었다.

"축배의 맛은 어떻습니까?"

"축배라니… 아직 멀었는걸요. 목표까진 한참 남았고 시간도 오래 걸리겠죠."

"훗, 역시 바이레타 님 답습니다. 위만 보면 끝이 없죠. 도련님과 헤어져도 영민들은 계속 지켜보실 생각입니까?"

"게일 님을 비롯해 유능한 담당자들이 있으니 제가 없어도 잘 해나가실 거예요."

"당신이 떠나면 저도 도망갈지 모릅니다."

"그건 큰 문제예요!"

"당신이 제게 와주신다면 기꺼이 잡혀드리겠습니다."

바이레타는 게일의 남자다운 얼굴을 바라보다 훗 하고 웃음을 터뜨렸다.

"게일 님이 이곳을 떠나기로 결심하셨다면 고국에 도저히 외면할 수 없는 사태가 일어났을 때겠죠. 그러니 고작 제 부탁 정도로는 만류할 수 없을 거예요.”

“제 신분이 발각되었나요?”

“이래봬도 정보통이에요.”

“그건 처음 만났을 때 알았습니다만, 당신이 거침없이 일을 맡기기에 혹시 모르는 건가 생각했습니다. 제 신분을 알고 있는 부하들은 아직도 절 어려워합니다.”

“어머, 너무해. 그럼 지금부터라도 공손하게 대해드릴까요?”

“일을 좀 줄여주시면 감사하겠습니다.”

입으로는 간청하고 있지만 눈동자을 보면 전혀 그럴 마음이 없다는 게 느껴졌다.

적재적소―역량을 가진 자에게 맞는 일을 분배한 것뿐이니, 그가 그만큼 유능하다는 증거다.

게일은 원래 나리스 왕국 현 국왕의 친여동생을 어머니로 둔 후작가의 차남이다. 왕위계승 서열 5번째라고 들었다. 보급부대의 부대장을 맡은 것은 혈통의 후광이 없지 않았겠지만, 검술 실력도 월등하고 부하들의 흠모를 한몸에 받고 있다. 통솔력도 뛰어나다.

나리스 왕국에서 타가리트 병이 번지지 않았다면 지금도 대단히 높은 지위를 누리고 있었으리라. 본인은 그 일로 왕후귀족에 환멸을 느껴 가이핸더 제국에서 수방사업을 돕고 있지만, 그래도 고국에 비상 사태가 발생하면 즉시 돌아갈 준비를 갖추어둔 것도 알고 있다.

애초에 고국을 등진 것은 본인의 의지일 뿐, 나리스 왕국에서는 왕위계승권도 박탈하지 않았다고 한다. 여전히 돌아오길 바라는 것이다.

왕가의 전염병 대책이 실패했을 때 음지에서 지원을 아끼지 않았던 게일의 행동을 아직도 고마워하는 국민이 있기 때문에 나리스도 게일을 추방하기 어려울 것이다. 한 부대를 이끌고 전선을 이탈한 죄는 처벌받아 마땅하지만 그후 죄를 사면받고도 남을 정도의 공적을 세웠으니.

참고로 곡물은 게일이 사재를 털어 구입한 것으로 아름답게 포장되었다. 구입처를 얼버무려놓았기 때문에 공식적으로는 스완건 영지에서 도난당한 곡물과 아무 관련이 없다.

"게일 님은 워낙 일을 사랑하시니 줄여드려도 어디서 또 찾아내실 걸요. 당신이 요즘 제대로 쉬는 날이 없다고 부하분이 걱정하는 걸 들었어요."

"그건 과대평가입니다. 저도 쉴 때는 쉽니다. 그러지 않으면 기사로 버틸 수 없으니까요."

"마음은 여전히 기사로군요. 귀족이 싫어졌다고 하셨지만 때로는 돌아가고 싶지 않나요?"

그의 본질은 기사다. 누군가를 지키며 사는 삶이 게일에게는 어울린다.

"글쎄요. 기사의 성분이 좀처럼 빠지질 않네요. 지금도 작위엔 관심 없지만, 왕위계승권을 이용해서 높은 지위에 오르면 혹시나 당신을 가질 수 있을까 생각하니 노력하고 싶어집니다."

"동기가 좀 불순한 거 아닌가요?"

"아니요, 더할 나위 없이 순수합니다. 오로지 당신을 사랑하는 마음 때문이니."

"게일 님….."

뒤뜰에서 받았던 고백은 그의 마음을 알게 된 것, 그 이상으로는 깊이 생각하지 않기로 했다.

고백 이후에도 그는 관계의 발전을 꾀하는 행동을 일체 하지 않고 평소처럼 자연스러운 태도를 유지했기 때문이다. 하지만 게일에게는 그게 시작이었던 것 같다.

그렇다면 그의 앞에서 얼굴을 붉히면 안 된다. 동요한 목소리를 내서도 안 된다.

그가 알아채면 틀림없이 바이레타를 따라오려 할 테니까. 어떤 어려움 속에서도 그녀를 지키려고 할 테니까.

"부군을 떠나실 때 모쪼록 저도 데려가 주십시오. 기사의 진면목을 제대로 발휘하겠습니다."

"말씀만 들어도 너무 든든하네요."

농담처럼 응수하며, 바이레타는 글라스를 입에 가져갔다.

그럴수록 그에게 응석부리면 안 된다고 굳게 다짐하며.

한 모금을 담아 그대로 삼킨다.

그 모습을 관찰하고 있던 게일이 곤란한 표정으로 입을 열었다.

"당신은 정말 강하고 현명한 사람입니다. 그러니 아마 제게 기대면 안 된다고 생각하고 있겠지요? 하지만 내게 매달리는 사람이 있다는 건 남자로서 기쁜 일입니다."

"매달리지 않는 여자는 매력 없나요?"

짐짓 도발해본다. 제가 생각해도 매력 없는 말이긴 하지만, 게일은 그런 걸로 쉽게 화낼 남자가 아니다.

실제로 그는 겸연쩍게 웃었을 뿐이다. 마치 다 알고 있다는 듯한 그의 표정에, 바이레타는 내심 후회했다.

주변에 똑똑한 남자들이 너무 많다.

숙부, 아널드, 그리고 이 남자도.

"매달리지 않는 당신은 아름답습니다. 반해버릴 정도입니다. 너무 늠름해서 옆에 나란히 서기만 해도 몸이 긴장됩니다. 영광이란 이런 거구나, 라고 실감하면서요."

"저… 칭찬에 익숙하지 않아서… 이제 그만해주세요."

도저히 버틸 수가 없어서 달아나고 싶다.

이성의 유혹을 처음 겪는 것은 아니다. 하지만 워낙 악녀라고 소문이 자자했던 탓에 지레 얕잡아보고 접근하는 남자들이 대다수였고, 바이레타는 그런 그들을 가차없이 퇴치했다. 워낙에 지기 싫어하고 괄괄한 성격이라 걸어오는 싸움은 절대 피하지 않는다는 신념이 있기 때문이다.

대신 노골적인 칭찬에 약하다.

특히 게일의 말이 진심이라는 걸 알기에 더욱.

그의 눈은 끝을 알 수 없는 애정으로 가득했다. 어떤 의도도, 계산도 없는 순수한 호의이기에 더 편치 않다.

나는 그렇게 가치 있는 사람이 아니라고 외치고 싶다. 당신이 보는 것은 그저 이상향이라며 부정하고 싶다. 그래봤자 아니라고 하겠지만.

"칭찬받으면 고장나는 점은 무척 귀엽다고 생각합니다."

"게일 님은 참 얄미운 분이에요."

"음? 그런 말은 처음 듣습니다. 좋은 사람이라는 말을 듣는 것보다는 나은 것 같습니다만. 그건 내 것으로 삼기엔 뭔가 부족한 존재라고 말하는 것처럼 들리니까요."

"…으음, 그럼 좋은 분이라고 말하고 싶네요."

하지만 말할 수 없다. 바이레타가 부끄러워서 어쩔 줄 모르는 모습을 즐기며 약올리는 게일은 정말이지 얄미운 사람이다.

"이런 말하면 당신이 화낼지도 모르지만… 저는, 당신에게 연약한 면도 있다는 걸 알고 있습니다. 그래서 더 제게 매달려주길 바랍니다."

바이레타는 흔들림 없는 기사를 바라보며 한숨을 쉬었다.

살면서 제게 이토록 다정하게 대해준 남자가 있었던가.

타인의 기대에 부응하기 위해 노력하며 살아왔다.

그래서 지금의 결과가 있다. 성장시켜주는 자, 시련을 주는 자, 지켜주는 자, 의지해주는 자. 제 주변에 있던 남자들을 떠올려봤다.

게일은 자신의 응석을 받아줄 사람이다.

문득 어젯밤의 남편이 떠올랐다.

표정이 없고 이기적이고 심술궂고, 속을 알 수 없는 남자.

아내를 공짜로 이용할 수 있는 여자처럼 취급하고 내키면 아무렇게나 안는 주제에 가끔은 더없이 다정하게 군다. 과시용 퍼포먼스인가 싶으면 아무도 없는 곳에서도 연기하듯 행동하는 그.

'휴가가 끝나 당분간 볼 수 없을 것 같습니다. 다음에 볼 때까지 결과를 기대하지요. 부디 달거리가 오지 않길 바랍니다.'

바이레타의 납작한 배 위에 직접 입을 맞추며, 미모의 남편은 고혹적인 미소를 지었다.

실컷 탐하다 최후의 최후에 중요한 말을 하는 남자. 의식이 멀어지는 순간이 아니었다면 주먹을 날렸을 것이다. 그 정도로 화가 난다.

그때 끓어오른 열기가 아직도 뱃속에 뭉근하게 고여 있다.

다음 날 아침 홀로 침대 위에서 눈을 떴을 때, 꿈이 아니었음을 확인한 바이레타는 결심했다.

그에게 절대 패배하지 않겠다고.

한 달의 내기는 끝났다. 다음 달거리가 오기 전까지는 결과를 알 수 없으니 당분간은 부부 상태가 유지된다. 하지만 더 이상 남편은 제 몸을 멋대로 가질 수 없다. 그렇기에 다음에는 당당하게 마주할 수 있다.

자신은 공짜로 이용할 수 있는 여자도 아니고, 그런 인격모독적인 내기를 들이대는 파렴치한이 아니라고. 더는 사람 모욕하지 말라며 보란 듯이 이혼장을 던질 것이다.

"고맙습니다, 게일 님. 그런 때가 온다면 잘 부탁드립니다."

그는 똑똑하니 이것이 예의상 하는 말임을 잘 알 것이다.

간장(間章) 쿠데타의 최고 간부

"긴급 호출장이 떨어지니 그제야 등장하시는군?"

제도로 복귀하자마자 군무부에 있는 모브리스의 집무실에 얼굴을 비추자, 그는 입을 열기 무섭게 거친 야유를 쏟아냈다. 하지만 이 정도는 일상이라, 아널드는 대충 눈을 내리까는 것으로 대처했다.

"뭐, 그쪽 동향을 살펴주길 바란 건 사실이지만, 전황이 썩 좋지 않다는 걸 알면서 혼자만 세상 느긋하고 말이야. 그래서 휴가는 실컷 즐겼나?"

"이번 소동 덕분에 휴가 후반부는 거의 일하느라 바빴습니다. 스완건 영지 시찰을 명한 것은 각하십니다. 모르십니까?"

"뭐 어때. 어차피 사랑하는 아내와 실컷 즐기다 온 것은 사실이잖나. 그럼 충분히 휴가지."

바이레타와 보낸 시간은 한 달.

내기 종료와 함께 제도로 복귀한 셈이다. 마지막으로 그녀를 안은 밤이 떠올라, 아널드는 슬쩍 시선을 회피했다.

"그러고 보니 군에서 쿠데타가 일어났다고 합니다."

"하아, 응… 웃, 앗."

스완건 영주관의 부부침실 침대 위에서 아내의 신음을 들으며 허리를 움직인다. 아내의 내부는 늘 뜨거워서 이성을 잃고 만다. 푹 빠져버린다는 게 이런 걸까. 그래서 정신없이 몸을 겹치다 뒤늦게 할 말이 있었다는 것을 떠올렸다.

학수고대하던 건 아니지만 슬슬 때가 되었다 싶던 차에 제도의 모브리스에게서 호출 명령이 온 것이 그날 오후였다. 편지의 내용으로 파악한 제도의 긴박한 상황은 당장 출발해도 모자랄 지경이었지만, 결국 밤이 되어도 아널드는 영지를 떠나지 못했다. 욕망을 두세 번쯤 풀어내지 않으면 머리가 제대로 돌아가지 않으니 아내의 몸은 참으로 마성이다.

"내일 아침 제도로 돌아갈 겁니다."

때가 왔다.

아니, 자정이 넘었으니 오늘이라고 해야 할까. 게다가 아침보다는 새벽이 맞다. 아마도 아내는 한창 잠에 빠져 있을 시각일 것이다.

바이레타는 하루 종일 회의하느라 바빴다. 테란잠 시장을 비롯한 지역 핵심인사들의 탄원을 듣고 대책을 의논하는 자리였다. 그동안 시찰해온 결과로는 충분히 그들을 설득할 수 있을 것으로 보였다. 자료를 작성하기 위한 면밀한 준비 과정을 코앞에서 지켜본 아널드는 그저 감탄할 뿐이었다. 누군가의 아내로 썩기에는 아까운 수완이었다.

자신이 없어도 그녀가 곤란을 겪을 일은 없지만, 갑자기 자취를 감추면 걱정할지도 모른다. 아니, 아무 생각 없을지도. 하지만 몇 없는 친구의 충고에 따르면 집을 비우기 전에 아내에게 행선지를 알리는 게 의무라고 했다. 이제 저도 남편이 되었으니 의무를 지켜야 마땅하다.

"앗, 아아, 응, 지, 지금… 그런, 말."

마주보며 몸을 겹치고 있어서 바이레타의 표정이 잘 보였다. 쾌락에 빠진 그녀에게 평소의 야무진 모습은 보이지 않는다. 그저 요염하고 아름답고, 귀엽다. 그러나 지금은 분노 같은 기색이 어렴풋이 보여, 아널드는 힘껏 밀어붙였다.

"아아앗―."

"미안합니다. 당신을 소홀히 여겨서가 아니라… 훗, 당신은 여길 좋아하지요? 기분 좋습니까? 당신의 기대라면 얼마든지 채워드리겠습니다."

달콤한 신음소리는 듣기만 해도 유혹당하는 기분이다. 물론 그녀가 욕망하고 있는 건 틀림없지만.

"당신이 달콤하게 조르면 나는 정신을 차릴 수가 없습니다. 음란한 아내를 만족시키려니 손이 많이 가는군요."

"당신이… 이렇게 만들었잖아…."

"완고한 아내가 나 때문에 변했다면 그보다 기쁜 일이 없지요. 자, 이대로 쾌락에 빠져버려요."

그때 문득 중요한 보고를 잊었다는 생각이 떠올랐다.

"휴가가 끝나 당분간 볼 수 없을 것 같습니다. 다음에 볼 때까지 결과를 기대하지요. 부디 달거리가 오지 않길 바랍니다."

바이레타의 납작한 배 위에 직접 입을 맞추며, 아널드는 아내에게 보고의 의무를 다한 것에 뿌듯해졌다.

"무슨 생각을 하기에 그리 히죽대는 거지? 아, 젠장. 이래서 머릿속에 음마가 낀 부하는 싫다니까. 물론 자네가 그렇게 될 줄은 상상도 못 했지만."

"전혀 아닙니다. 그저 아내가 생각보다 귀여웠다는 생각을 했을 뿐입니다. 어쨌든 휴가니 즐겼습니다, 충분히. 조사 보고서는 지금 제출할까요?"

"거 봐, 즐긴 거 맞잖아. 뭐, 됐고. 간결하게 설명해주겠나?"

"스완건 영지에서도 전직 군인들의 폭동이 수차례 발생했습니다. 승전에도 불구하고 보상금 지급이 지연된 것이 최초의 발단으로 보이지만, 선동의 기미도 여러 곳에서 포착되었습니다. 상인이나 지역민들과도 말썽이 있었다고 합니다."

"그렇군. 제도도 마찬가지야. 곳곳에서 발생한 폭발 소동으로 주요

다리가 다 무너졌어. 하여간 큰일이야. 생활기반인 중심부로 통하는 중요한 다리인데, 대체 무슨 속셈인 건지. 자네도 제도로 복귀할 때 우회해서 왔지?”

“무장력을 과시하기 위한 퍼포먼스로 보여집니다. 군 관계자들끼리 싸우면 일반인들에게 알려지기 어려우니까요.”

“정말 골이 아파. 부수는 건 한순간이지만 다시 지으려면 얼마나 시간이 들겠냐고, 알다시피. 그건 그렇고 기렐 의장의 동향은 파악됐나?”

“아직입니다.”

제국은 기본적으로 정치를 다루는 행정부와 사법을 관장하는 입법부가 있는데, 카리제인 기렐은 입법부의 의장이다. 심지어 후작위를 가진 상급귀족이다. 상급귀족의 후광으로 의장직도 맡을 수 있었겠지만. 어쨌거나 구름 위의 존재다.

군의 예산은 입법부에서 결정하지만 군인과 직접적으로 엮일 일은 없다. 백작가 적자이긴 해도 일개 군인인 자신과는 아무 접점도 없는 사람이었다.

그러나 그를 이번 쿠데타의 주모자로 점찍은 모브리스는 무슨 이유에선지 아널드가 표적이 되었다고 하며 의장의 동향을 파악하라는 지시를 내렸다.

평판에 따르면 그는 놀랍도록 선량한 인품의 소유자였다. 즉 방심할 수 없는 자란 뜻이다. 그래서 아널드도 노골적으로 경계할 수 없는 상황이었다.

“적을 쳐부수고 온 지 얼마나 됐다고 벌써 새로운 적이 나타나냔 말이지. 신이 의도한 바라면 참 대단한 재치야. 그렇지 않나?”

“각하의 입에서 신이라는 단어가 나온 것에 놀랐습니다.”

“자네가 재치 없는 사람인 걸 깜박했군. 자네의 사랑하는 부인이라면 이럴 때 정곡을 찌르는 대꾸를 했을 텐데.”

“제 아내는 언급하지 말아주십시오.”

바이레타와 모브리스에 대한 이야기를 나눈 적은 없지만, 그에 대한 감정이 그리 좋지 않으리란 것은 쉽게 상상할 수 있었다. 자꾸 놀리는 것도 불쾌하지만 그 이전에 상관은 성격이 나쁘다. 그의 저질스런 면모를 잘 알기에 아내와 엮이는 것은 달갑지 않다.

모브리스는 아널드의 말에 갑자기 눈을 크게 뜨며 웃음을 터뜨렸다.

“열렬하구먼. 과거의 그 인형 같던 모습은 어디로 갔는지 의심스러워.”

“그러십니까.”

“이런, 자각이 없나, 아니면 모르는 척을 하는 건가? 자네의 처는 그리 인내심이 강한 편이 아닌데?”

그의 말대로 바이레타는 성질이 급하다. 그저 겉으로 드러내지 않을 뿐이다.

수틀리면 대뜸 무력을 행사하곤 하지만 웬만한 분노는 미소로 삭히곤 한다. 웃으면서 조용히 화를 내는 것이다.

상사의 말은 지금 자신에게 꼭 필요한 말이었다.

하지만 아니꼬운데. 아널드는 조금 뜸을 들이다 입을 열었다.

“…어떻게 하면 됩니까.”

“푸핫, 뭐야 뭐야, 그걸 나한테 묻는 거야? 진짜 재미있네, 이거. 설마 자네가, 응? 하아, 역시 바이레타라고 해야 하나…. 자, 이 상사가 뼈와 살이 되는 충고를 하나 해주지. 본인의 마음에 둔감하면 소중한 사람을 잃을 수 있다네. 그리고 돌이킬 수 없는 관계가 되어버린 뒤에야 깨닫게 되지. 그러니까 자네는 마음을 솔직하게 말로 표현하도록 해.”

“음, 왠지 어렵게 들립니다.”

“흐응? 어떤 사람은 아주 쉽게 하는걸?”

“제게는 난이도가 높습니다. 어떤 말이 아내를 화나게 만드는지 잘 모르겠습니다.”

입 꼬리를 끌어올리며 웃는 상사는 오싹할 정도로 악마처럼 아름다웠다.

“그렇다고 말을 아끼면 틀림없이 후회할 거야.”

후회 정도로 끝난다면 다행이다.

자신은 계속 그녀에게 상처를 주고 있다.

달거리로 힘겨워하는 그녀를 마차에 태워 영주관으로 돌아갈 때도 결국은 부축해준 것이 전부였다. 괴로워하며 잠든 얼굴을 바라보다, 문득 그녀가 힘들거나 아프다고 앓는 소리를 한 적이 한 번도 없다는 걸 깨달았다. 생각해보면 초야 때도 아프다는 말은 하지 않았다. 그래서 익숙한 것으로 오해하고 말았다.

늘 뭔가와 싸우는 사람처럼 가시를 세우고 있다. 자신이 옆에 있으면 더욱.

아버지는 그녀가 남자를 싫어한다고 했지만, 위드는 눈에 보이지 않는 것을 중시한다고 말했다. 눈에 보이지 않는 배려나 말이 무엇일까 고민하는 자신과 대조적으로, 그런 것을 스스럼없이 해내는 게일의 센스는 감탄스러웠다. 그의 말대로 약한 소리를 할 줄 모르는 그녀에게는 그런 배려가 꼭 필요하다.

배울 점이 많은 연적이었다.

불쾌하지만 고맙기도 한 존재 같아 묘한 기분이 든다.

그러나 무엇보다 중요한 것은 아내의 마음이다.

이렇게 차곡차곡 쌓아가다보면 그녀가 곁에 남아줄까.

지금처럼 힘을 빼고 기대어 줄까.

내기가 끝나 그녀와의 연결고리가 약해졌다. 그동안의 행동을 돌이켜보니 그녀가 제 곁에 있는 미래가 좀처럼 떠오르지 않아 쓴웃음이 나왔다.

"한심해…."

산에서 돌아오는 마차 안에서도 아널드는 같은 말을 중얼거렸다. 툭 떨어진 말이 몸을 파고들었다.

그녀의 마음은 더없이 고결하다. 그에 비해 그녀를 갖고 싶어 발버둥 치는 자신의 모습은 얼마나 우스운지.

바이레타가 알면 환멸을 느낄 거라고 생각하다, 애초에 그녀는 제게 호의를 품은 적조차 없다는 사실을 깨달았다. 억지로 몸을 취했고 흥미로워하는 화제도 모른다. 거부한 적은 없지만 진심으로 기뻐한다고 느낀 적도 없다. 그런 착각을 할 정도로 어리석지는 않다.

평소의 조용하고 침착한, 당당한 모습과 침실에서의 요염한 모습밖에 모른다.

이러면 답이 없다는 것을 알지만 어떻게 해야 좋을지 모르겠다.

정말 꾸준히 한심한 인간이다.

그래서 상사의 말도 어딘가 공허하게 들렸다.

단순한 후회로 끝나지 않을 것이다.

"좌절한 사람에게 더 쐐기를 박는 것 같아 유감이지만, 바지아 그루즈벨 전 대장 각하가 납치당하셨다."

바지아 그루즈벨은 지난 축승회에서 퇴역한 전 대장이자 모브리스의 직속 상사다. 군에서도 꽤 높은 지위에 오른 역전의 영웅이지만 은퇴를 결심한 뒤로는 군에서 완전히 물러났다. 지금은 그저 일반인 신분이다. 과거 남부전선과는 다른 전쟁에서 한 부대를 지휘하고 있을 때 부하 중

배신자가 있었다. 적국의 스파이였던 그는 정보를 조작해서 제국을 곤경에 빠뜨렸다. 결론만 말하자면 그에게 미끼를 던져 체포에 성공했는데, 그때 조언을 해준 사람이 바지아다. 그날 이후로 그는 아널드의 은인이었다.

영지로 날아온 호출장은 복귀해서 시찰 결과를 보고할 것, 그리고 적이 움직였다는 내용이 전부였다. 움직였다기에 뭔가 일이 터졌음을 예상하긴 했지만 설마 은퇴한 과거의 영웅을 납치했을 줄은 상상도 못 했다. 아널드에게는 은인이자 모브리스에게는 전 직속 상사이지만, 그들에 비하면 군부에 미칠 영향력은 현저히 낮은 인물이다.

"그를 납치했다면 그간의 움직임에 일관성이 없습니다."

입법부의 목표는 군인파의 세력을 꺾는 것이다. 그래서 첫 단계로 내부 분열을 일으켰다. 보상금 지급을 미뤄 귀환병들의 불만을 부추겼고, 그 결과 상급 장교와 하급 사관 이하로 갈라져 대립하는 구도를 만들었다. 이것이 이번 쿠데타 소동이다.

그러나 바지아 납치 사건으로 군 상층부가 저항을 멈출 거라고 보긴 어렵다. 물론 요구를 수용할 리도 없다.

"무슨 소리야? 자네가 한 짓이잖아."

"무슨 말씀입니까?"

상사를 응시하자, 그는 짓궂은 표정을 거두고 속을 알 수 없는 음흉한 미소를 짓고 있었다.

"이번 쿠데타의 최고 간부는 자네라고, 아널드 스완건 중령. 제도의 주요 교량을 무너뜨리고 군 고관의 저택을 습격했지 않나. 자, 다음엔 어딜 공격할 계획이지?"

제5장 보이지 않는 남편의 본심

아널드가 제도로 복귀하고 보름 정도 지나 바이레타가 시아버지와 함께 스완건 영지에서 돌아와 보니, 제도의 상황은 완전히 뒤집혀 있었다.

전승 무드로 들떴던 분위기는 싹 가라앉고 거리의 시설 곳곳에 무너진 흔적이 보였다. 길에는 미처 치우지 못한 잔해들이 쌓여 있었다. 상업 지구는 정상영업 중이었지만 평소 북적였던 거리는 썰렁하기 그지없었다. 다들 몸을 사리고 있는 것이다.

제도를 감싸듯 우뚝 솟은 미텔호른 산의 계곡에서 흘러오는 지류 위에 세워진 다리가 무너진 것이 무엇보다 큰 증거였다. 그곳외에도 다리가 있긴 해서 제도로 돌아오는데 큰 문제는 없지만 우회가 불가피했다.

남편이 마지막으로 남겼던 쿠데타라는 말이 뇌리를 스쳤다.

바이레타는 백작가로 돌아오자마자 집사 도노반에게 제도의 신문을 가져다달라고 부탁했다.

거실 소파에 앉아 잠시 기다리니 도노반이 신문 더미를 잔뜩 가지고 왔다. 바이레타는 그가 가져다준 며칠치 신문을 즉시 훑어보았다. 시아버지도 그녀의 맞은편에 앉아 날짜 순으로 신문을 읽기 시작했다.

대략적으로 실린 기사에 따르면 역시 군부 쿠데타로 보였다.

하사관 이하의 병사가 상층부에 항의하는 의미로 공격을 시작했다고 적혀 있었다. 전쟁 보상금 지급 문제로 갈등이 있었다고 한다.

"군 고관의 저택과 주요 시설 등이 폭파되었대요."

"영지에서도 쿠데타 이야기를 듣긴 했지만 설마 제도 전체를 쑥대밭으로 만들어놓았을 줄은… 신문에 나온 거 말고, 그 녀석에게 뭐 들은 얘기는 없냐?"

언짢은 기색이 역력한 어조는 단순히 아들의 안부를 걱정하는 마음만은 아닌 것으로 보였다. 하지만 그밖에 어떤 감정이 담겨 있는지는 알 수 없었다.

"아널드 님은 바깥 일은 좀처럼 말씀을 안 하시니… 축승회 때 입법부의 의장보좌관에게 보상금 지급 지연 문제를 문의하시는 건 봤어요."

"흥, 그 자식."

"기사에는 나와 있지 않지만, 아무리 생각해도 귀족파의 사주가 아닐까요?"

"언론도 당연히 통제됐을 텐데 사실대로 쓸 리가 있나. 없어. 제국 귀족파의 간섭이 있다는 걸 아는 자가 얼마나 있는지 의심스럽군."

주변국들이 통합되어 세워진 가이핸더 제국은 제국의 모체가 된 귀족들이 모인 제국 귀족파와 평민이나 주변 속국의 요인이 모인 군인파의 양대 파벌이 있다. 제국 귀족은 내정을 관장하는 행정부와 입법부의 사무관에 주로 재적 중이고 군인파는 이름 그대로 제국군 소속 군인들이 대부분이라 외교를 담당하고 있다.

그러나 전쟁이나 내분을 다루는 군의 예산 결정권을 입법부가 쥐고 있기 때문에 제국 귀족파 쪽이 더 큰 권위를 갖고 있는 것으로 볼 수 있다. 다만 전쟁에 매진했던 역대 황제들이 군부에 융통성 있는 태도를 취해왔고, 황제의 뜻을 받드는 행정부도 군인파에 친화적인 입장이어서 군인파도 나름대로 권력을 갖고 있었다. 따라서 양자의 세력 구도는 어느 한쪽으로 기울어짐 없이 팽팽하다. 애초에 군의 수장이 황제다. 제국에서 황제에게 반기를 들 수 있는 자는 없다.

제국 귀족파는 그 점이 불만이었다. 내란이나 분쟁이 일어나면 즉시 군이 출동해 제압하는데, 군에 예산을 분배하지 않으려 드는 것은 그들의 권력이 커지는 것을 막기 위해서다. 즉 군인파가 일으키는 내란을 우려하고 있다고도 할 수 있다.

그래서 남부전선의 승리는 기쁘지만 어떻게든 그들의 힘을 축소시키고 싶었던 제국 귀족파 입법부 관료들은 기어이 문제를 일으켰다. 하사관 이하 병사들과 퇴역군인에게 보상금을 지급하지 않은 것이다.

입법부는 갖은 핑계를 대며 지급을 거부했다. 예산이 없다, 패전국의 배상금 지불이 지연되고 있다, 등등. 군 상층부는 계속 지급을 요구하고 있지만 감감무소식이다.

그들은 자금 지불에 비협조적인 이유로 8년간 지속된 전쟁에서 군인파의 타격이 심각하지 않다는 점을 들었다. 전쟁에 승리했음에도 중심인물이 진급하지 못한 것은 빈 자리가 없기 때문이라고. 요컨대 전사자가 없다는 것이다. 약화된 상대의 허점을 노릴 생각이었던 귀족파가 쉽게 지불할 리 없다.

그렇게 실랑이를 벌이는 동안 불만이 차곡차곡 쌓인 하사관 이하 병사들과 퇴역군인들이 군 상층부에 반기를 들었다. 최종적으로는 입법부로 향하겠지만 우선은 자신들을 억누르고 있는 상층부에 반감을 표시한 것이다. 이것이 군 쿠데타로 발전했다.

그들의 칼끝은 군 간부를 향했다. 여기서 군인파의 대립을 부추겨 세력을 갈라치려는 귀족파의 의도가 강하게 느껴진다. 그들의 작전이 성공하여 현 상태에 이른 것이고, 쿠데타 당사자들은 꼭두각시 노릇을 하고 있다는 의식조차 없을 것이다. 참으로 교묘한 수법이다.

이들의 실을 당기는 것은 입법부의 최고 책임자인 의장 카리제인 기렐 후작이다. 구제국 귀족파의 수장이기도 하다.

그러나 기사에 구제국 귀족파에 대한 언급은 일절 없었다. 단순히 군 내부의 문제로 보고 있다. 시아버지의 말대로 정보 조작 가능성이 상당한데도.

역시 아널드에게 직접 상황을 듣는 것이 빠를 것 같아 방 입구에서 대기하던 도노반을 불렀다.

“아널드 님은 저택에 계셔?”

“도련님은 돌아오지 않으셨습니다. 주인님과 함께 영지에 계신 줄 알았지요.”

“보름 전에 제도로 돌아왔을 텐데? 영지에는 1주일 정도만 계셨거든. 쿠데타가 일어나서 제도로 돌아간다고 말씀하셨어.”

“그렇습니까.”

“애당초 집에 들를 놈이 아니다. 네가 없으니 당연하지.”

아널드가 집에 있었던 것은 내기도 있지만 휴가를 받았기 때문이다. 휴가가 끝나면 군으로 복귀하는 것은 당연하다. 자신의 존재 여부와는 상관없이.

그러나 반론은 넣어두고 신문을 접었다.

“그럼 여기 있어봤자 할 수 있는 일이 없네요. 가게에 잠시 얼굴이나 비추고 오겠습니다.”

“어서 오세… 아아, 바이레타 님.”

바이레타가 경영하는 양장점에 얼굴을 비추자, 점장이 안도한 표정으로 환영해주었다.

“제도를 떠난 시간이 길어서 잘 하고 있나 보러 왔어. 별일 없었지?”

“가게에는 문제가 없습니다. 그런데 바이레타 님이 가게에 들르면 좀 잡아두라고 회장님께서 당부하셨어요. 안쪽 방에서 잠시 기다려주시겠어요?”

“숙부님이? 무슨 일이지? 알겠어, 방 안에서 장부나 보고 있지 뭐.”

“네.”

바이레타는 상점 안으로 들어가 서류와 신규 입하 예정인 상품을 둘러봤다. 가게를 둘러본 뒤 공장도 들르려 했는데 오늘은 틀린 것 같다.

비서의 뾰로통한 얼굴이 떠올라 절로 한숨이 나왔다.

“뭐가 그리 심각해?”

어느새 찾아온 사뮤즈가 성큼성큼 방 안으로 들어왔다. 언제나 멋진 고급 슈트 차림은 여전히 빈틈이라곤 없다.

“숙부님, 바쁘신데 이렇게 찾아와주셔서 감사해요.”

“됐다, 귀여운 조카를 만날 수 있으니 나야 좋지. 영지는 어땠니?”

“그럭저럭 수습된 것 같아요. 그보다 무슨 용건이죠?”

“아마 너희 영지 이야기와 무관하지 않을 것 같구나. 바이레타, 지금 군에서 쿠데타가 일어난 거 알고 있니?”

“네. 신문도 읽었어요. 제도가 완전히 쑥대밭이 되었는데 모를 수가 없죠.”

“그럼 그 쿠데타의 주체가 스완건 백작가인 것도 들었니?”

“네에?”

“그렇군, 역시 몰랐구나…. 잘 들어라, 바이레타. 지금 당장 이혼하고 백작가를 나와. 네 남편이 이번 쿠데타의 최고 간부로 지목되고 있다.”

“헉, 저… 아널드 님이요? 대체 어쩌다 그렇게 된 거죠?”

군에서도 발이 넓은 숙부다. 그가 입수한 정보라면 꽤 정확할 테지만 바이레타는 도저히 믿을 수 없었다. 아널드는 쿠데타가 일어났다고 말하며 영지를 떠났는데, 제도가 이 정도의 타격을 입은 것을 바이레타는 오늘에서야 알았다. 그 주모자가 스완건 백작가이고 총책이 제 남편일 거라는 생각은 꿈에도 해본 적 없다.

"전쟁 중에도 스완건 영지는 수입이 크게 떨어진 적이 없다. 심지어 흉년일 때도. 그건 수입원이 주로 온천이어서 치료를 위해 찾는 자가 줄지 않았기 때문이지. 전쟁에서 부상을 당한 병사들이 단체로 요양을 한 덕분도 있겠고. 그래서 지금 상태도 넉넉한데, 나리스 사람들을 고용했다면서? 그게 쿠데타를 성공시키기 위해 외국의 힘을 끌어온 것으로 의심받고 있다. 혹시 장관(將官)급 기사를 기용했다는 말이 사실이냐?"

게일 이야기다.

동향만 보면 더없이 수상해 보일 수도 있다, 하지만 잘못 짚어도 한참 잘못 짚었다.

"그런 이유로 스완건 백작가가 의심받고 있다고요?"

"자금원이 무엇인지 확보하고 싶은 거겠지. 그리고 쿠데타에서 하사관 이하는 별다른 목표 없는 어중이떠중이 무리인데 남부전선에서 유명해진 '회색여우'가 지휘하니 이미 성공한 거나 다름없다고 떠들어대고 있다. 그가 지략에 뛰어난 건 유명하니까."

"제국 귀족파의 음모 아닐까요? 전쟁 보상금 지급 문제를 쿠데타 소동으로 덮으려고요."

영지를 소유한 스완건 백작가는 구제국의 귀족이다. 제국 귀족파가 군인이 되는 경우는 매우 희귀한데, 이것은 평소 와이널드나 아널드와 접하며 깨달은 부분도 있다.

와이널드도 퇴역군인이니 원래 호전적인 면이 집안 내력인지도 모르지만, 무엇보다 이들은 정치에 관심이 없었다. 아니, 군의 분위기를 좋아하는 것 같다.

갓 시집왔을 무렵에는 아널드가 군에 침투한 귀족파의 첩자가 아닐까 하는 의심도 해봤지만 실제로 만나 보니 그럴 만한 인물이 아니었다.

사자신중충(주1) 노릇을 하기엔 지나치게 개성이 강하다.

그를 조종할 수 있는 자가 과연 있을까. 속으로 생각한 건 다 내뱉고 드러내야 직성이 풀리는 시아버지도 마찬가지다. 사실 작위를 가진 영지 소유자가 제국 귀족파와 대립한다는 것은 말이 안 된다. 와이널드는 알면서도 개의치 않는 것 같지만 남편은 어떨까.

아널드가 쿠데타의 최고 간부라면 그 나름대로 그럴 만한 이유가 있었을지도 모른다.

그러나 바이레타와는 무관한 일이니 걱정해봤자 의미가 없다. 최고 간부로서 충분히 역량을 발휘하길 비는 수밖에.

다만 못마땅한 것은 스완건 백작가만 의심받고 있다는 사실이다.

쿠데타의 배후는 제국 귀족파가 틀림없다. 이 시기에 쿠데타를 일으켜봤자 군인파는 아무 이득도 없기 때문이다.

"얼굴을 보아하니 도망칠 생각은 없는 것 같구나."

"시댁이 억울하게 의심받고 있어요. 남편이 쿠데타의 최고 간부로 지목되었다고 도망친다면 여자로서 형편없다고 생각합니다."

그가 이번 쿠데타의 주모자든 아니든 영지까지 끌어들여 스완건 백작가의 명예를 실추시킨 것은 용서할 수 없다. 애초에 영지 경영에는 바이레타의 지분도 있다. 게일을 기용한 것이 자신이니까. 이것만은 누가 뭐래도 결백한데 의심을 받으니 참을 수가 없다. 최선을 다해준 영지 사람들에게 면목이 없다.

"그런다고 형편없는 여자가 되진 않는단다, 바이레타… 남편이, 쿠데타의 최고 간부야. 숙녀라면 졸도를 해도 이상하지 않은 상황이야."

"이런 때만 숙녀 취급인가요? 숙부님도 참 짓궂으세요."

주1) 사자신중충: 獅子身中蟲 불제자이면서 불교(혹은 동료)에 해를 끼침의 비유. 내부에서 분쟁을 일으키는 자. 본디 사자 몸 안의 벌레라는 말로 사자의 몸 안에 살며 그 덕을 입는 벌레가 오히려 사자의 살을 먹고 그를 해친다는 뜻에서 유래함.

“또 장난스럽게 넘어갈 생각이지? 네가 불의를 못 참는 여장부인 건 잘 안다만 걱정하는 내 마음도 이해해다오.”

“네, 죄송해요. 하지만 걸어오는 싸움은 피하지 않는 게 장사꾼이잖아요.”

“네게 건 싸움이 아니잖니.”

“아직은 스완건 백작가의 식구인 걸요. 영지 경영에 조언도 자주 했고 각 방면에 협력을 구한 것도 저예요. 그 일련의 움직임이 의심을 받고 있다면 제게 건 싸움이나 다름없다고 생각해요. 몸에 불똥이 떨어지면 무조건 걷어내는 게 제 신조랍니다.”

“그게 이혼하고 싶은 아내가 할 말이냐… 아아, 좀 더 빨리 이혼시켰어야 했는데.”

“숙부님의 마음을 무시하려는 건 아니에요. 오히려 감사하죠.”

“안다, 네 숙부로 산 지가 벌써 몇 년인데 그걸 모를까.”

이해한다는 피붙이의 말이 마음에 쿡 박혔다. 그만큼 자신의 성격을 잘 안다는 뜻이기에 바이레타는 대담하게 웃을 뿐이었다.

“숙부님은 스완건 백작가 말고도 막강한 자금력을 가진 집안을 알고 계시죠?”

“그래그래, 그렇게 나올 줄 알았다. 라이데윌 백작가다.”

라이데윌이라면 카라의 가문이다. 축승회 때 아널드 때문에 견제를 당한 기억이 있다. 남편에게 집착하는 여자들은 많았지만 그중에서도 발군인 여자였다.

“그 집안은 무기 등 병기를 팔고 있죠. 당연히 남부전선에서 돈을 쓸어 담지 않았겠어요?”

라이데윌 가문은 산간에 위치한 영지에 병기공장을 세웠다. 근처에서 양질의 철이 생산되기 때문이다. 총, 검은 물론이고 폭탄 따위도 생산한다고 들었다.

"맞다, 덕분에 쿠데타 후보로 의심을 사지 않는 거다. 현재 독보적으로 돈을 번 것은 이 두 집안뿐이야."

다음 날, 바이레타는 제도에 있는 본인 소유 봉제공장의 공장장실을 찾았다.

아침부터 산더미처럼 쌓인 보고서를 처리하고 있노라니 거대한 옷감 두루마리를 끌고 비서가 찾아왔다. 키가 큰 남자는 원래 숙부 밑에서 장사를 공부하던, 소위 동문 같은 존재였다. 언젠가부터 바이레타의 비서로 일하게 된 그는 조용하고 침착한 인상에 비해 완고하고 무서운 일면을 갖고 있다. 그런 그가 수레에 실은 옷감 더미를 조용히 밀고 들어왔다.

추가 업무다. 알고 있다. 이곳에서는 어떤 직급을 가졌든 본인이 할 수 있는 일은 직접 하는 것이 철칙이다. 공장장인 바이레타도 예외 없이.

"공장장님, 이쪽 원단 견본은 어디로 옮길까요?"

"아, 그건 여기 빈 곳에 펼쳐둬."

"알겠습니다."

열 명 정도가 회의할 수 있는 넓은 탁자에 견본을 늘어놓느라 분주한 비서의 곁으로 바이레타가 다가갔다.

"이건 밀그에서 소개한 겁니다. 이 더미는 데타나트, 이건 사일스의 원단 도매상에서 보낸 거고요. 모두 각 사입처 지역에서 자랑하는 옷감이라고 선전하더군요."

"끊임없이 옷감을 보내는군."

"지난번에 군수품으로 합격한 외투의 원단이 반향을 부른 것 같습니다. 자기네 지역도 모쪼록 후원해달라는 뜻이겠지요. 그런데 정말 기가 막힌 걸 발견하긴 했어요."

대형 원단 도매상이 취급하는 품목 중에 마음에 드는 것이 없어서 지방으로 눈을 돌렸다. 지역 특유의 기후나 특산품을 이용해 생산한 옷감을 군 외투용으로 사들였는데, 이것이 대박이 났다.

군인들은 매일 단련을 하고 국경 수비를 위해 각지에 파견된다. 행군은 말할 것도 없다. 보병이나 공작원은 무거운 중화기를 등에 메고 하루종일 뛰어야 할 때도 있다. 남부가 아직 따뜻해도 제도로 올라오면 제법 추워진다.

기존의 것은 비를 맞으면 물을 흡수해 무거워지고 습기가 체온을 빼앗아 추위에 취약했다. 그래서 열거한 단점들을 보완한 방수재질의 튼튼하고 따뜻한 외투가 필요했다.

이러한 조건에 완벽하게 부합한 것이 북방의 야하웰바 황국에서 생산되는 옷감이었다. 이것은 놀랍게도 생물의 가죽을 무두질한 것이었다. 어떤 생물의 가죽은 방수 성질이 있어, 그 가죽으로 외투를 만들었다. 봉제가 까다로워 특수 바늘과 엄선한 실을 썼다. 공장에서 가장 뛰어난 봉제사들에게 맡겼음은 말할 것도 없다.

실력도, 체력도 뛰어난 그들은 휴식도 수면도 마다하며 열심히 만들어주었다. 고생했지만 지금은 좋은 추억이다.

이렇게 만든 군용 외투가 대박을 친 덕분에 제도의 원단 도매상들은 새 옷감을 발견하면 무조건 바이레타의 공장으로 견본을 보내고 있다.

바이레타가 제도에 공장을 세운다고 했을 때 눈길 한 번 주지 않던 그들이었다. 손으로 직접 만든 한 점만을 존중하는 풍조 속에서 대량 생산한 기성품이 팔리겠느냐 비웃어댔다. 그러나 이제는 손바닥 뒤집

듯 태도를 바꾸었다. 팔린다면 뭐든 상관없다는 심산일 것이다. 하여간 줏대 없는 인간들.

"의뢰가 계속 밀려들어오니 힘내자고."

"한 달 넘게 제도를 비운 것은 공장장님인데요?"

아널드가 돌아오자마자 곡물 횡령범을 잡으러 스완건 영지로 내려갔다. 바로 돌아오긴 했지만 축승회에 참석한 뒤 치수공사 중지를 요구하는 민원을 해결하러 다시 내려갔으니 제대로 공장을 찾은 것은 한 달만인 셈이다.

"그래서 그 점은 미안하다 했고 이렇게 열심히 일하고 있잖아. 그리고 스완건 영지에서 편지를 얼마나 보낸 줄 알아?"

"그건 알지만 역시 직접 보는 편이 빠르니까요."

"네, 반성합니다. 그러니 일이나 하자고요."

"참 나… 하지만 일이 쌓여 있는 건 맞으니 오늘은 봐드릴게요."

"영원히 바빴으면 좋겠네."

바이레타가 고개를 절레절레하자, 비서는 몰래 웃음을 터뜨렸다. 이제야 제도의 일상으로 돌아온 것 같아 덩달아 웃음이 나왔다.

그러나 바이레타는 곧 얼굴을 굳혔다.

"군에서 쿠데타가 일어났는데 이쪽에 영향은 없을까?"

"직접적으로는 없을 겁니다. 그런데 군 사관용 셔츠를 납품하러 갔을 때 당분간 연락이 어려울 것 같다는 말은 들었습니다. 쿠데타를 주도한 일당은 남부전선에 종군한 퇴역군인들 중에서도 하사관 이하 일반병이라고 합니다. 보상금 미지급 문제로 제도 각지에서 폭동을 일으키고 있다고… 그리고 스완건 백작가가 연루되었다는 말도 들었습니다."

"벌써 들었군. 나는 어젯밤 숙부님이 알려주셨어."

비서는 대외적 용건을 정리해주는 업무를 맡고 있어 발주처에도 자주 드나들며 각종 주문을 받아온다. 비서 겸 민완 영업담당이라고 할 수 있다.

그가 차분하게 설명하는 내용을 들은 바이레타는 무겁게 한숨을 쉬었다.

"지금 폭발 소동으로도 난리인데 아무래도 가족이시니 조심스러우시겠어요."

"아직 나한테까지 뭔가 여파가 온 건 없어. 남편은 어떻게 되고 있는지 모르겠지만."

그는 감감무소식이었다. 군 내부에서 뭔가 도모하고 있겠지만 얼굴 볼 기회도 없으니 그저 알아낸 정보를 토대로 분석하는 수밖에 없다. 아직 비보가 오지 않은 걸 보면 살아 있긴 한 모양이다. 그가 사망하면 내기고 뭐고 바로 자유로워질 수 있겠지만 왠지 속이 답답해졌다.

역시 살아 있는 그에게 내기로 이겨서 당당하게 이혼하고 싶다.

"두 분이 꿀 떨어진다는 소문을 들은 게 얼마 전인데 갑자기 이런 위험한 상황이 돼버렸네요. 역시 공장장님답습니다."

"무슨 뜻이지?"

"축승회에서 사랑스러움이 철철 넘치셨다고 하던데요? 카덴헤게의 독꽃이 냉철한 여우를 사로잡았다느니, 얼음 중령은 실종되었다느니, 재미있는 이야기를 잔뜩 들었습니다. 군에 납품하러 갔더니 거기서도 화제의 중심이셨죠. 결론은 전부 공장장님을 소개해달라는 부탁이었습니다만. 그 중령님과 부부끼리 어떤 대화를 하냐는 등 암튼 오만 가지를 물어대는 통에 제가 아주 혼났습니다."

카덴헤게는 가시가 있는 보라색 꽃으로 독을 갖고 있다. 바이레타의 보라색 눈동자에서 따온 비유치고는 상당히 날이 선 농담이다. 그런 별

명이 있는 줄도 몰랐는데, 솔직히 영원히 모르는 게 나았다.

"스완건 중령님도 저런 달달한 표정이 가능하구나, 하고 부녀자 사이에서 인기가 폭발했다고 하던데요. 배우자가 있어도 상관없다고 아우성치는 부인들이 한둘이 아니랍니다. 지금이야 군 쿠데타 소동으로 한풀 꺾였지만요. 단순한 로맨스에 그치지 않고 무력이 첨가된 피비린내 나는 전개가 돼버린 점이 역시 공장장님 답다고 생각합니다."

"나하고 상관없는 이야기잖아?"

남편이 사교계에서 부인들의 인기를 독차지한 것도, 쿠데타를 일으켜서 아우성을 잠재운 것도, 무엇 하나 바이레타가 개입해서 이루어진 부분이 없다.

"그런데 소동이 이 정도로 커졌는데 아직도 행방을 모르시는 겁니까? 그나저나 라이데윌 여백작님과의 관계는 들으셨어요?"

돌연 비서가 카라의 이름을 꺼냈다.

"남편과 무슨 관련이 있어?"

"중령님이 밀회를 가졌다는 소문이 돌고 있습니다. 군부에서는 외도 아니냐며 꽤나 시끌시끌한 모양입니다. 일단 부군의 부하분들이 공장장님을 몹시 걱정하더군요."

"쓸데없는 걱정. 정말 외도 중이라면 반품 불가로 반송해줘. 지참금까지 쥐여서 보내버리고 싶을 정도인걸."

정말이지 바라는 바다. 가뜩이나 이혼이 소원인 바이레타에게 불만이 있을 리가. 상대가 카라여도 괜찮다. 화낼 생각도 없다. 왠지 모르게 좀 불쾌한 마음이 들긴 하지만 상관없다.

냉큼 대답하자, 비서는 눈을 커다랗게 뜨고 짓궂은 미소를 지었다.

"그러니까 그만큼 부군의 애정에 자신이 있다는 말씀이신 거죠? 공장장님도 남편 자랑을 하실 줄 아셨네요?"

“누가 자랑을 해. 멋대로 해석하지 마.”

“아니요? 자랑 맞습니다. 영지 따윈 나 몰라라 하던 방탕한 아들이 아내가 생기자마자 꽁무니를 쫓아다니기 바쁘다며 제국 귀족파분들도 난리였답니다. 스완건 영지에서 부부 사이가 아주 깊어져서 오셨다고요.”

영지에서는 수방공사 시찰을 하고 온천에 들어가고 꼬장꼬장한 노인네들과 설전을 벌인 게 전부다.

저야 영지 업무를 했다지만 아널드는 대체 무얼 하러 영지에 내려갔는지 모르겠다. 가끔 시찰에 동행하긴 했지만 홀연히 사라져버린 적도 많았다.

오히려 퇴역군인의 동태를 살필 목적으로 시찰에 동행한 것 같은 느낌도 든다.

“그분도 일만 했어. 아마 쿠데타 정보를 쥐고 있으니 지방 상황을 살피러 내려간 거겠지. 아니면 지휘관이니까 어느 정도 사태로 발전했는지 확인할 목적이었을 수도 있고. 결국 1주일 정도 머물다 바로 제도로 복귀했으니 계속 붙어 있었던 것도 아니야.”

한 달 동안 휴가라고 했지만 아예 할 일이 없는 것은 아닐 터였다. 그러나 그런 것치고는 종일 바이레타를 따라다녀서 뭔가 이상함을 느꼈다. 승전 후 휴가라고 쳐도 너무 길고, 귀환해도 처리할 자잘한 업무들이 남아 있을 것이다. 아무튼 의아한 점이 한둘이 아니었다.

임무가 있었다면 납득이 간다.

그리고 분노가 스멀스멀 올라온다.

그 와중에도 멋대로 자신을 안았다고 생각하니 정말 화가 난다.

심지어 내기로. 음란한 몸이네, 아내가 유혹하네, 까다로운 아내를 기쁘게 해주려니 손이 많이 가네, 등등 죄다 제 탓인 것처럼 몰아가놓고.

언제, 어디서, 누가, 그런 짓을 했다는 거야!

"바이레타 님이 대놓고 화내시는 모습은 처음 봅니다. 사랑하는 부군의 일이라 질투하시는 겁니까? 여지껏 영지에서 꿀 떨어지는 시간을 즐겨놓고 서운해지신 거냐고요."

"누가 들으면 직접 본 줄 알겠어. 헛소리는 그만하고, 거의 시간 되지 않았어?"

기둥 시계를 힐끗 보니, 10시 10분 전이었다.

비서가 한숨을 쉬었다.

"아아, 일이 도무지 진행이 안 되네요⋯."

"누가 그렇게 오래 떠들래? 아무튼 이건 어쩔 수 없어, 대신 오후부터 제대로 할게. 그보다 손님 대접은 깍듯하게 해. 무슨 목적으로 방문하는 건지 모르겠지만 어쨌든 여기까지 와주신 거니까."

"요격 준비는 저만 믿으십시오."

의기양양하게 웃는 비서에게 비장하게 고개를 끄덕여준 뒤, 바이레타는 응접실로 향했다.

봉제공장은 여성 직원들이 모인 작업장, 그리고 상담용 회의실이나 접대용 응접실을 갖춘 건물로 나뉘어 있다. 바이레타의 공장장실은 후자에 있었다.

응접실 소파에 앉아 잠시 기다리자 비서의 안내를 받아 한 남자가 들어왔다.

"지난 축승회 이래로 처음 뵙네요, 그라체 님. 오늘은 무슨 일로 오셨나요?"

"흥, 인사는 건성이고 대뜸 용건이나 묻다니 이 무례한⋯."

오자마자 응접실 소파에 거만하게 앉아 긴 다리를 꼰 이 남자는 에밀리오 그라체다.

그는 인사하기 위해 예의상 서 있던 바이레타에게 턱짓을 했다. 앉으라는 뜻이다. 그는 바이레타가 운영하는 공장에서 제 집처럼 거만하게 행동하고 있었다.

뒤에서 하나로 묶은 흰색에 가까운 백금의 장발은 그의 움직임에 따라 찰랑찰랑 흔들렸다. 그 모습을 바라보며, 바이레타도 맞은편 자리에 앉았다.

숙부와 오랜 사이인 비서는 당연히 바이레타도 오래 전부터 알았다. 그래서 학원 시절 에밀리오와의 악연도 알고 있기 때문에 등 뒤에서 대기 중이다. 학원 시절에는 교사들조차 제 편이 아니었는데 지금은 그때와 달리 내 편이 있으니 얼마나 든든한지.

오늘도 제도의 양복점에서 맞춘 고급 슈트를 차려입은 남자는 한없이 거만했다. 날카로운 아이스블루 눈동자는 사람을 깔보는 빛이 가득했다.

공장에서 양산되는 기성품 따위는 눈길도 주지 않는 자다. 사실 업무상의 목적이 아니었다면 이런 곳에 발길을 옮길 일조차 없었을 것이다.

구제국 귀족파인 그라체 후작가의 적자라는 자신의 출신을 무엇보다 자랑스럽게 여기고 있는 남자니까.

"입법부의회 의장보좌관님이 워낙 바쁘시니까요."

"알잖아. 오늘은 학원 동급생의 인연으로 이렇게 충고하러 왔어. 고맙게 생각해."

"네에…?"

에밀리오는 스타시아 고등학원 시절의 동급생이 맞긴 하지만 빈 말로도 좋은 사이라고는 할 수 없었다. 애초에 바이레타가 악녀에 창녀라는 소문을 퍼뜨린 것이 바로 그다. 학원시절 바이레타가 자신을 폭행하려는 남학생을 격퇴하다 칼부림 사태를 일으켰을 때도 사건의 주모자는 그였다. 그런 그와 엮이고 싶을 리가.

그나저나 이제 와서 무슨 용건? 축승회의 밤에도 얄미운 소리만 실컷 늘어놓다 꼬리를 말고 내뺀 주제에.

그때 그가 쓸데없는 말을 떠들지 않았다면 아널드에게 복잡한 감정을 가질 일도 없었을 텐데. 바이레타는 애먼 원망을 품으며 상대를 노려봤다.

"제도에서 일어난 폭발 소동은 알고 있지? 남편의 영지로 도망쳤다더니 의외로 순순히 돌아왔네? 잘 길들여놓은 남편이 도망쳤어? 네가 싫어졌대?"

"돌아온 지 얼마 안 된 걸 알고 있으면서 굳이 약속을 잡아서 이 아침부터 헐레벌떡 찾아온 당신도 어지간하다고 생각해요."

"흥, 알다시피 난 바쁜 사람이야. 이런 시시한 일에 낭비할 시간이 있을 만큼 하찮은 인물이 아니라고. 하지만 동급생의 목숨이 위험하다는 걸 알면서 나 몰라라 할 만큼 비정한 사람은 못 되거든."

"목숨이 위험하다니 보통 일이 아니네요."

"대단한 독부도 여우를 다루는 건 만만치 않은가봐. 너 말이야, 목숨을 노리는 자가 있어."

"무슨 말씀이죠?"

"전쟁에서 돌아왔는데도 아내가 통 매력 없게 구니까 남편이 정나미가 떨어진 거 아니야. 이번 쿠데타의 최고 간부가 네 남편이란 말 들었지? 쿠데타를 틈타서 그 자식이 널 죽이려 한다는 정보를 입수했어. 울면서 좀 매달려보지 그래? 그럼 내가 도와줄 수도 있고."

"농담도 참."

아무리 목숨이 위험해도 울며 애원할 생각은 눈곱만큼도 없다. 늘 권위를 앞세워 바이레타를 굴복시키고 싶어하는 그를 알고 있기 때문이다.

"남편이 목숨을 노린다고 냅다 도망치는 건 제 성미에 맞지 않아요."

어차피 스완건 백작가를 나갈 몸이다. 이혼하고 싶다고 입이 닳도록 말했는데 굳이 죽이는 수고를 들일 필요가 있나. 이해할 수 없다. 나가주길 원한다면 얼마든지 나갈 텐데 번거롭게 그런 고생을 왜 한담.

에밀리오가 이런 화제를 꺼내는 것 자체가 이상하다. 동급생 운운에 현혹당할 바이레타가 아니다.

요격 준비는 끝났다고 비서는 말했다. 설마 남편이 저를 죽이려고 한다는 충고일 줄은 상상도 못 했지만, 뭐가 됐든 그와 손을 잡을 일은 결단코 없다.

바이레타는 에밀리오를 보며 생긋 웃었다.

"입법부의회 의장보좌관님께서 괜한 고생을 하셨네요. 저는 남편과 아주 잘 지내고 있거든요."

이혼을 건 내기를 해서 지금은 다음 달거리를 기다리고 있는 상황이다. 마무리도 순조로울 것으로 예상한다. 모쪼록.

"손님 돌아가십니다, 배웅해드리세요."

"알겠습니다."

"하여간 여자다운 맛이 없어! 너, 나중에 울며 매달리기만 해봐!"

요란하게 쿵쾅대며 나가는 에밀리오를 바라보며 바이레타는 깊은 한숨을 쉬었다.

역시 입법부, 아니, 귀족파의 음모에 휘말린 느낌이 강하게 들었다. 순순히 돌아간 것도 뭔가 찜찜하다. 그가 원한 것은 궁지에 몰린 바이레타가 제게 매달리게 만들어서 손아귀에 넣는 거였나. 계획의 주모자는 학원 동급생이라는 인맥에 주목한 것 같지만, 에밀리오를 선택한 시점에서 바이레타를 끌어들일 가능성은 제로가 되고 말았다.

무엇을 꾸미고 있는지 모르겠지만 제발 너희들끼리 알아서 하라고 하고 싶다.

그날 밤, 바이레타는 스완건 백작가 시누이의 방에서 야단맞고 있었다. 아널드의 이복 여동생인 미레이나는 결 좋은 긴 금색 머리를 찰랑대며 물빛 눈을 제법 매섭게 뜨고 꾸짖는 중이었다.

"왜 레타 언니에게만 일을 떠맡기는 거죠? 그리고 주는 대로 다 맡는 언니도 문제예요."

14세의 다감한 소녀가 볼이 통통 부어서 화를 내는 모습이 너무 귀여워서 절로 웃음이 나왔다. 아널드와 절반은 피가 이어져 있다는 사실이 믿기지 않을 만큼 감정이 풍부하다. 그도 미레이나처럼 알기 쉬웠다면 참 대하기 편했을 텐데.

"다 끝났어. 남은 건 아버님이 노력하시기에 달렸지. 하지만 미레이나가 화내주니 기쁘다. 걱정해줘서 고마워."

내기 기간은 끝났다. 임신한 기미가 없으니 내기는 바이레타의 승리다. 즉 이혼 성립이다. 더는 스완건 백작가에 매여 있을 필요가 없다.

"언니는! 또 놀리는 거죠!"

"진심이야. 그럼 감사의 뜻을 담아 다음에 우리 같이 놀러갈까?"

"정말요? 영지에 오래 있어서 제도에서 할 일이 많을 줄 알았는데. 언니랑 나가는 거 좋아요."

"우리 귀여운 시누이가 원한다면 얼마든지 환영이지. 뭐 갖고 싶은 거 있어?"

“으응, 언니랑 나가는 게 기쁜 거라구요. 너무해.”

“그래그래, 고마워. 그럼 언제가 좋을까?”

“내 말 안 믿는 거죠?”

“후훗, 미안, 농담이야. 나도 기뻐. 우리 어디 갈까? 요즘 제국 가극단이 연출에 아주 공을 들여서 관객들이 깜짝 놀랄 정도래.”

“어머니가 그러는데, 샤자의 그림 전시회도 한대요. 그리고 디틸 대로에 새 레스토랑도 생겼구요!”

“와, 몸이 열 개라도 모자라겠네.”

순수하다, 라는 말은 미레이나 같은 사람을 두고 하는 말일 것이다. 해맑게 기뻐하는 미레이나의 환한 웃음에 얼마나 마음이 치유되는지 모른다.

바이레타는 작은 행복을 만끽했다.

“작은 마님, 잠깐 괜찮으십니까.”

노크 소리에 이어 집사인 도노반이 얼굴을 내밀었다.

“대화 중에 실례합니다. 공장에서 심부름꾼을 보냈는데, 급히 작은 마님을 뵙고 싶다며 현관에서 기다리고 있습니다.”

“뭐지? 미안해, 미레이나. 잠깐 가봐야겠다. 그럼 먼저 날짜를 잡아 보고 있을래?”

“알겠어요. 나중에 다시 얘기해요.”

“그래, 나중에 봐.”

미레이나가 방문 밖까지 배웅을 해주었다. 명랑하게 웃는 얼굴을 떨쳐내고 바이레타는 바쁘게 복도를 걸어갔다.

행복한 시간을 방해한 긴급 용건이 과연 무엇인지 머리를 굴리면서.

현관 홀로 나가보니 간소한 외투를 걸친 남자가 서 있었다.

공장의 용건을 전하러 온 것치고는 낯선 얼굴이다.

공장 여성 직원의 남편인가 싶지만 뭔가 비장한 표정이 마음에 걸린다. 비장하달까, 몹시 음울한 얼굴이다.

게다가 서 있는 모습이 왠지 모르게 군인을 떠오르게 한다. 그러나 현직 군인의 느낌은 또 아니었다.

아널드만큼 날카롭지는 않지만 군인 특유의 아우라를 뿜고 있다. 아주 팽팽하게 당겨진 실 위에 선 듯 긴장감을 품은 분위기. 아버지도 군인이었기에 바이레타는 그런 느낌에 익숙했다.

―전직 군인인가.

순식간에 신분을 추정하고 그의 현재 상황을 분석한다.

각지에서 쿠데타가 일어나고 있다. 가담자인가, 아니면 돈을 갈취하러 왔나. 그도 아니면 아널드와 관련이 있는 자인가.

그리고 긴급 용건이란 구실을 대며 저택을 찾아온 이유는 무엇인가.

왜 바이레타를 만나려 하는가.

"공장에 급한 용무가 있다고요?"

연이어 떠오르는 의문을 정리한 바이레타는 도노반을 제지하며 조금 떨어진 거리에서 말을 걸었다.

그러자 남자는 고개를 들더니 히죽 웃었다.

"당신이 바이레타 스완건?"

그가 직원이라면 직장 오너의 이름을 함부로 부를 리 없다. 옆에 선 도노반의 안색이 바뀌는 것이 보였다. 남자가 거짓말을 했다는 걸 알아챈 것이다.

그러나 바이레타의 머리는 냉정해졌다.

곧 이혼할 예정입니다만, 이라고 속으로 덧붙이며, 남자의 물음에 가볍게 고개를 끄덕였다.

"하하, 죽어라. 야 게이바세!"

경례와 함께 남자의 우렁찬 외침이 현관홀에 울렸다. 의미는 충성을, 혹은 영광을, 대충 그런 구호였다.

군인들이 출정 전이나 상관에게 대답할 때 붙이는 인사인데 정확한 의미는 잘 모른다.

아침에 에밀리오가 했던 말이 떠올랐다. 쿠데타를 틈타 바이레타를 죽이려는 음모가 있다던.

즉 아널드가 꾀했든, 아니면 다른 누구든, 음모가 실제로 존재했다는 뜻이다.

남자가 품에서 뭔가를 꺼내듯 움직인 순간, 약품 냄새가 코를 찔렀다.

바이레타는 지체 없이 도노반을 잡고 뒤로 힘껏 몸을 날렸다.

"자, 작은 마님?!"

나중에 도노반은 아널드의 앞에서 무릎을 꿇고 몇 시간이나 울며 사죄했다고 한다.

늙고 유능한 집사에게 어떻게 그런 잔인한 짓을. 정말 불가항력이었다. 자빠뜨린 것도 덮친 것도 아니다. 그야말로 긴급사태였단 말이다.

사람은 살리고 봐야할 것 아니야!

침대에 누워 있는 자신에게 고압의 분노를 뿜어대는 남편에게 몇 번이나 해명을 해야만 했다. 하지만 그런 내일이 올 거라는 걸 현재의 자신이 알 리 없다.

쾅 하고 고막이 찢어질 것 같은 굉음과 함께 밀어닥친 강렬한 폭풍과 열기에 날아가면서, 도노반을 안은 팔에 힘을 꽉 주었다.

남자의 광기에 찬 웃음소리 같은 환청 속에서 바이레타는 의식을 잃었다.

◆◆

"보고는 이상인가?"

모브리스가 주위를 둘러보며 가볍게 고갯짓을 했다.

상냥한 어조지만 표면상으로만 그렇다는 걸 그 자리의 모두가 알고 있었다.

마른침을 삼키며 모브리스의 말을 기다리는 면면을, 아널드는 모브리스의 뒤에 서서 조용히 응시했다.

그들은 현재 쿠데타 대책본부 회의 중이었다.

30명 정도가 착석 가능한 널찍한 ㄷ자형 테이블의 좌우 양쪽에는 각각 편성된 대대의 주요인물이 앉아 있었다. 그리고 그 중심에 있는 모브리스의 자리에서는 테이블 전체가 한눈에 보였다.

붉은 융단이 깔린 바닥에 흑단 테이블이 매우 돋보였지만 이런 것에 마음을 빼앗기고 있을 만큼 한가한 자는 없었다.

테이블의 중앙에 제도의 지도가 펼쳐져 있고 옆에는 쿠데타에 대한 정보가 적힌 작은 종이가 놓여 있었다. 폭발이나 습격이 발생한 날짜와 시간, 목격된 습격범의 수, 폭발 규모와 사상자의 수가 자세히 기록되어 있다. 이 정보로 쿠데타의 규모를 파악하고, 나아가 주요 거점을 찾아내려는 것이다.

지도 위에 올려진 말은 정보통괄본부, 영관 이하 상관용 숙소, 연병장, 대장과 중장의 저택 등, 군 관련 시설과 사관의 저택을 표시한 것이다. 습격 대상은 주로 전승회에서 진급한 자들이었다. 모브리스도 그중 한 명이다. 그는 마차에 올라타는 도중에 습격당했다.

"쿠데타는 기습이 기본이다. 전략적으로는 소수부대로 최대한 신속하게 진압하는 것이 중요한데, 그런 점에서 우리는 선수를 빼앗겼다."

진압을 위한 편성은 기능도 중요하지만 무엇보다 신뢰관계가 중요하다고 모브리스는 말했다. 즉 대규모 회의는 의미가 없다. 누가 아군이고 누가 적인지 파악할 수 없기 때문이다.

쿠데타를 선동한 주체가 입법부의 의장인 것은 확실하지만 실제로 군 쿠데타의 지휘를 맡은 최고 간부의 정체는 아직 밝혀지지 않았다. 군 상층부에 입법부에서 파견한 첩자가 있는 것으로 짐작 중이지만 도무지 꼬리를 잡을 수가 없다.

다만 그 후보로 유일하게 지목된 것이 아널드였다.

"그, 그러나 각하…, 놈들이 매우 민첩하고 단서를 남기지 않아 정보 수집에 한계가 있습니다. 게다가 주모자가 여우 아니냐는 소문도 돌고 있습니다. 그 부분에 대해 설명이 필요하다고 생각합니다."

"루미엘 대령, 보고는 이상이냐고 물었네. 발언을 한 이상, 다른 정보가 있다고 봐도 되겠지? 신빙성 낮은 소문 따위를 근거로 내 직속 부하를 규탄할 여유가 있다면 더 유의미한 정보를 제공할 수 있겠군."

"하… 하지만, 신빙성 낮은 소문으로 치부할 수 있습니까? 실제로 그의 지휘로 다리를 무너뜨렸다고─."

"그 추궁의 끝은 유의미한 결론으로 이어지겠지?"

모브리스의 얼굴에 웃음기가 사라져 있었다. 상대가 보유한 정보가 어느 정도의 신빙성을 갖고 있는지 묻는 말이지만, 대치 중인 상대에게는 함부로 입을 놀리지 말라는 메시지로 들릴 수밖에 없다. 그쯤 되면 정보에 어지간히 확신이 있지 않고서야 더는 말할 수 없게 된다.

"아닙니다, 죄, 죄송합니다."

결국 사죄의 말이 나왔다. 모브리스의 오른쪽에 있던 그의 부관이 소리를 죽여 웃었다. 이런 회의는 시간 낭비라는 듯이.

애초에 이 회의에서 거론된 정보들은 아주 까다로운 조사가 필요했다. 하물며 소문 수준의 정보 따윈 들을 가치도 없다.

제도에서 추가로 폭발 소동이 발생한 장소와 사상자 수는 방금 회의에서 본 자료에 나와 있다. 그러나 모브리스가 입수한 정보와 회의에서 보고된 목격정보의 내용에 일부 어긋나는 부분이 있다. 범인은 8명 정도였고 그중 몇 명이 도주했다고 들었는데, 범인은 3명이고 전원 폭사한 것으로 기록되어 있다. 그렇다면 어느 단계에서 정보가 왜곡되었는가.

이것들을 전부 조사하고 따져야 한다 생각하니 진저리가 났다. 최고 간부의 정보는 중요하지만 소문 따위에 귀 기울일 시간이 없다.

"시간이 아깝군. 그럼 이상으로 마치겠네."

모브리스의 말로 회의는 종료되었다.

"자네, 굉장한 소문이 돌고 있군. 당장 구속해버릴까?"

"그러시든지요."

아널드가 최고 간부로 체포되어도 쿠데타 계획은 그대로 진행된다. 모브리스도 그걸 알고 있기에 내버려두고 있는 것이다.

"하여간 재미 없는 녀석. 자네 부인과 이야기하고 싶군. 하룻밤만 빌려주면 안 되나?"

아내의 얼굴을 마지막으로 본 것이 벌써 2주도 넘는다. 그녀도 그저께 제도로 돌아왔다고 들었다. 제도로 복귀한 후 집에 들르지 않고 집사 도노반을 통해 아내의 동향을 파악하고 있는데, 돌아오자마자 일 삼매경에 빠졌다고 한다. 대단한 일 중독자다.

남편인 저도 못 만나고 있는데 모브리스가 뭐라고 아내를 만나나. 그리고 빌려달라는 건 또 뭐냐.

"아, 그리고 보니 스완건 중령 부인이 바람기가 많다고 했지? 혹시 나도 상대해주려나? 그럼 각하 다음에 나도 빌려줘."

모브리스의 옆에 앉아 있던 부관인 중장이 히죽 웃으며 말했다.

아널드는 즉답했다.

"단호하게 거절합니다."

"우왓, 무서워. 나 이래봬도 자네 상관이야? 어디서 하극상을. 상관 명령을 무시하고 군규를 위반한 혐의로 군법회의에 보내버릴 수도 있어!"

상관의 명령에 복종해서 아내를 빌려줄 바에야 쿠데타를 일으켜 버릴 것이다. 뱃속에서 부글부글 끓어오르는 불쾌함을 실어 아널드는 진지하게 경고했다.

"제 아내를 요구한 것, 후회하게 만들어드리겠습니다."

"우와, 진심이군⋯."

"미안 미안, 그냥 좀 놀린 거야. 이 녀석, 아내가 예뻐서 아주 푹 빠졌구먼."

모브리스가 끼어들었다.

"그러고 보니 직속 부하들에게도 소개하지 않았다며? 녀석들 축승회에서 난리였다네. 코앞에서 존안만이라도 뵙게 해달라고."

"안 됩니다. 닳습니다."

모브리스의 중재 덕분에 부관의 얼굴에도 놀리는 웃음이 떠올랐다. 하지만 애초에 말을 꺼낸 사람이 모브리스였기에 아널드는 기분이 좋지 않았다.

"푸핫, 닳긴 뭐가 닳아. 이거 안 되겠네. 완전히 맛이 갔어. 이 냉혈여우를 이렇게 만든 여자라면 역시 욕심이 난단 말이야."

"남의 것에 손을 대려면 나름대로 각오가 되어 있겠지? 특히나 상대의 소중한 것이라면."

"대장 각하 같은 난봉꾼이 할 말은 아닌 것 같습니다. 게다가 먼저 말을 꺼낸 건 각하십니다. 아니, 얼마나 푹 빠졌기에 각하까지 아실 정도야? 어, 그런데 자네, 분명 축승회 밤에 라이데월 여백작과 밀회를 갖지 않았나? 가끔 비밀리에 만남을 갖고 있다고 들은 것 같은데.”

축승회에서 카라와 만난 건 맞지만 바이레타의 이야기를 잔뜩 늘어놓은 기억밖에 없다. 그걸 밀회라고 수군대다니.

그러고 보니 오늘 아침에도 카라에게 편지가 왔다. 이쪽에서 의뢰한 것에 대한 답신이자 정식 초대장이었기 때문에 버릴 수 없었지만 내용을 확인하기가 짜증날 정도였다.

그동안 카라는 여러 번 편지를 보냈는데, 대부분 중요도가 낮은 하찮은 문자의 나열이라 요점을 파악하려면 꽤나 힘이 들었다. 주로 식사 제안이고 쿠데타에 대한 지시는 거의 없었기 때문에 대충 날림으로 훑고 말았다.

그 편지에 적힌 날짜는 언제였는지 기억을 더듬고 있노라니 모브리스가 어깨를 으쓱했다.

“이봐들, 그렇게 장난처럼 굴 때가 아니야. 습격 간격이 짧아졌어. 이 자리의 누가 습격당해도 이상하지 않으니 다들 조심하게. 뭐, 알아서 잘 하겠지만.”

모브리스가 주의를 주는 순간, 요란한 발소리와 함께 한 남자가 회의실로 들어왔다.

“뭐야.”

“죄송합니다! 긴급 사태입니다.”

아널드의 부하였다. 무슨 일인지 창백한 낯빛에 숨도 헐떡이고 있었다. 미친 듯이 달려온 게 틀림없다. 그가 온몸으로 뿜어내는 긴박한 분위기에 회의실을 나가려던 면면이 그에게 집중했다.

“스완건 백작가의 현관홀에서 폭발 사건이 일어나 아널드 스완건 중령의 부인이 의식불명이라는 소식이 들어왔습니다.”

순간 아널드는 자신이 들은 말을 이해할 수 없었다.

그러나 정신은 알아들었던 것 같다. 호흡이 멎는 소리를 들은 것 같았기 때문이다.

모브리스에게 양해를 구하고 서둘러 집으로 돌아간 아널드는 현관홀의 참상에 눈살을 찌푸렸다.

마중나와 있어야 할 집사 도노반은 보이지 않고, 메이드 몇 명이 넋이 나간 듯 멍하니 서 있었다.

그중 한 명, 아버지는 익숙한 듯 홀의 상태를 파악하고 있었다.

퇴역 군인인 그에게는 익숙한 풍경일 테다. 옛 솜씨가 아직 녹슬지 않은 듯 묵묵히 작업하고 있는 와이널드의 등을 보며 아널드는 말했다.

“저 왔습니다.”

“왜 이제 와!”

“최대한 서두른 겁니다.”

“시끄러워. 상황은 어디까지 파악했나?”

“우리 집 현관홀이 폭파되어 바이레타가 의식불명이다, 까지.”

아들에게도 변함없이 난폭한 모습에 메이드들이 벌벌 떨었지만, 아널드는 덤덤하게 대답했다.

아버지는 알았다는 듯 고개를 고개를 끄덕이더니, 언짢던 표정에서 일변하여 재미있다는 듯 웃었다.

불길한 예감이 들었다.

“그 녀석 공장에서 심부름을 왔다며 웬 남자가 찾아왔다는구나. 그런데 그 남자가 갑자기 자폭을 한 거다. 흑녹색 연기를 피우는 작약(주2)

주2) 작약: 炸藥. 포탄·폭탄 등의 속에 채워 넣던 폭약.

이었다. 이런 건 네가 더 잘 알겠지만."

"그렇군요, 이것도 쿠데타의 일부일 겁니다. 사실상 폭도나 다름없습니다. 사용한 폭탄도 같은 것으로 보이는군요."

일반적인 흑색화약을 사용한 폭탄은 흰 연기를 피운다. 그러나 이번 쿠데타에서 사용된 폭탄은 흑녹색 연기가 났다. 흑색 화약에 비해 월등한 위력을 가졌음은 주지의 사실이었다.

남부전선에서도 자주 보았다.

폭탄 관리는 군에서도 최우선적으로 확인하는 사항이기에 부정유출은 불가능하다. 아직 밝혀지진 않았지만 미확인 폭탄이거나 새로 제조했거나 둘 중 하나일 것이다. 군 무기는 대부분 라이데월 백작가가 경영하는 무기상에서 납품한다. 그들이 부정 유출이 없다고 회답했으니 더는 조사할 방법이 없다.

이번 쿠데타를 위해 제조한 것이라면 장소와 자금이 필요했을 것이다.

방금 전 돈의 흐름을 추적해 보았지만 군의 자금에 수상한 점은 없었다. 귀족파도 대충 조사해보았지만 딱히 미심쩍은 부분이 없었다. 그나마 남부전선에 무기를 조달했던 라이데월 가문의 자금이 가장 활발하게 움직였다.

종합하면 미확인 폭탄이 존재한다는 뜻이다.

남부전선의 물자를 몰래 횡령한 누군가가 있다. 그렇다면 이 쿠데타는 그때부터 계획되었던 것이다.

"그 녀석이 먼저 알아채서 도노반을 안고 기둥 뒤로 몸을 날렸다고 하더라. 봐라, 저 기둥 뒤. 폭발음이 나기에 현관에 나가보니 반쯤 무너진 기둥 구석에 웬 얼싸안은 남녀가 뒹굴고 있는 게야. 간이 떨어질 뻔했다. 세상에 며느리와 집사가. 가까이 가보니 그 녀석이 도노반 위에 엎어져 있지 뭐냐. 녀석이 정신을 잃은 와중에도 도노반한테 찰싹 들러붙어서 절대 떨어지지를 않는 게야, 아주 큰일이었지. 어찌 어찌 방으로 옮기긴 했는데 그때까지 옷자락을 꽉 쥐고 놓지 않더라. 집사를 그렇게 생각하는 줄 내 오늘 처음 알았네. 사람이 둘이나 달라붙어서 겨우겨우 떼어서 눕혀놨다.”

“그렇군요.”

“하긴 네가 돌아오기 전부터 둘이 묘하게 잘 맞았지. 집사도 작은 마님, 작은 마님 하면서 호들갑을 떨고. 그 녀석도 무슨 일이 있으면 꼭 도노반에게 상담하고. 그렇게 친밀한 관계였으니 내버려둘 수 없었겠지. 오죽하면 제 몸을 던져서 감싸고 정신을 잃어도 놔주지 않았겠어.”

바이레타가 시집 와서 급속도로 집사와 친해진 것은 와이널드가 쓸모없는 주정뱅이였던 탓이 크지만 그런 부분은 일절 밝히지 않는다. 아버지의 생각을 대충 알긴 하지만 얄미운 웃음을 흘려가며 아들을 놀리는 아버지의 말에 아널드는 급격히 언짢아졌다.

“그래서 아내는 어떻습니까?”

“뭐야. 재미없는 놈. 길길이 뛸 줄 알았더니. 네 아내는 지금 의사가 진찰 중이니 용태는 거기 가서 물어봐.”

“알겠습니다.”

도노반과 바이레타는 상황 파악을 마친 뒤 호된 가르침을 줄 것이다.

하지만 아버지에게 알려줄 생각은 추호도 없다.

아널드는 2층으로 이어지는 계단을 말없이 뛰어 올라갔다.

아내가 누워 있는 방에 들어가자, 응급처치를 받은 도노반이 가장 먼저 머리를 숙였다.

아버지가 말했던 의사는 바이레타의 치료도 끝냈는지 진찰가방을 정리하고 있었다.

“면목 없습니다, 도련님.”

“사죄는 나중에 듣지. 바이레타의 용태는 어때?”

방치할 생각은 없지만 지금은 그녀의 용태를 살피는 것이 우선이었다.

“등에 1도 화상과 가벼운 찰과상을 입었습니다. 일단 열이 날 때를 대비해 해열제와 진통제를 처방했습니다. 머리에 충격을 받은 흔적은 없지만 만일을 위해 내일 하루는 안정을 취하게 해주십시오.”

스완건 백작가의 주치의는 중년 남자였다. 오래되어 허물없는 사이인데도 아내의 몸을 보았다고 생각하니 기억을 말살시키고 싶어진다. 가능하다면 전부 자신이 조사하고 싶었다. 군에서 어깨너머로 배운 수준의 의학지식밖에 없지만.

“알겠습니다. 감사합니다.”

“아닙니다. 아주 용감한 부인이십니다. 신속하게 기둥 뒤로 몸을 날린 판단도 훌륭했습니다. 덕분에 비교적 경상으로 그친 것 같습니다. 깨어나면 잘 보살펴주세요.”

의사는 밝게 웃으며 방을 나갔다. 도노반은 배웅을 위해 따라나가고 아널드는 바이레타에게 다가갔다.

그녀는 깊은 잠에 든 것처럼 고르게 숨을 쉬고 있었지만 깨어날 기색은 보이지 않았다.

이불이 천천히 들썩이는 것을 내려다보며 살며시 뺨을 만졌다.

뭔가에 긁혔는지 붉은 선이 여러 개가 그려진 뺨이 아파 보였다.

경상은 무슨.

아널드는 평소보다 생기를 잃은 아내의 얼굴을 바라보며 주먹을 꽉 쥐었다. 얼굴은 물론 이불 아래 가려진 몸도 상처투성이일 것이다.

잠든 아내를 꽉 안아주고 싶은 충동이 덮쳐왔다.

품안에 힘껏 가두고 두 번 다시 놓고 싶지 않다.

아내는 인상을 쓰며 거부하겠지만.

그때 조심스러운 노크 소리가 들렸다.

돌아보니 미레이나가 메이드를 데리고 방으로 들어오고 있었다.

"오라버님, 돌아오셨군요."

"응. 군에 보고가 들어와서. 그건 뭐지?"

메이드가 가위를 안고 있는 것이 보여 물어보니, 미레이나는 비통한 표정으로 미간을 찌푸렸다.

"언니 머리카락이 타서 정리해주려고요."

"지금 필요한가?"

늘 기죽은 모습으로 모친의 뒤에 숨어 자신을 훔쳐보던 인상밖에 없던 여동생은 아널드를 매섭게 노려보았다. 남부전선에서 돌아왔을 때도 겁먹은 시선으로 저를 쳐다봤던 아이다. 그때 불안하게 눈치를 봤던 눈동자가 지금은 뚜렷한 증오심을 담고 있었다.

"도노반이 그러는데 언니는 억울하게 휘말린 거래요. 그러니까 오빠와 이혼만 했다면 이렇게 다칠 일도 없었다는 거죠. 8년이나 방치해놓고 왜 이혼을 안 해주는 거예요? 벽창호에 고집쟁이인 오라버님이 억지를 부리지 않았다면 언니는 안전한 곳에 있었을 거예요."

"이미 일어난 일을 탓하는 건 시간낭비야."

이랬다면, 저랬다면을 외치면 한도 끝도 없다.

그녀가 무사한 것은 행운이었다고밖에 할 수 없다. 자칫하면 잃었을지도 모른다. 자신 때문에 가족이, 소중한 아내가 희생될 거라는 생각은 한 번도 해본 적 없다. 아니, 전쟁에서 악명을 떨쳤으니 어디선가 보복당할 수 있다는 생각은 했다. 그러나 그녀가 아닌 다른 사람이 희생되었다면 이 정도로 감정이 요동치진 않았을 것이다.

그래서 회의실에서 아널드는 머릿속이 하얘질 정도로 충격을 받았다.

그리고 이번에야말로 실수하지 않도록 전략을 짜야 했다.

행운이 몇 번이나 계속되지 않는다는 것을 알기에.

생명은 허무할 정도로 쉽게 잃을 수 있다.

전장에서는 당연한 일이라 수도 없이 목격했다. 그때의 광경을 떠올리니 순간 천지의 경계가 흐려지는 기분이었다.

아내에게 완전히 중독되어버린 것 같다. 잃고 싶지 않다고 빌게 될 줄이야.

"여자 마음도 모르는 오라버님은 나가주세요!"

여동생의 서릿발 같은 호통에, 아널드는 조용히 방에서 나갔다.

잠든 아내를 깨우고 싶지 않았기 때문이다.

미레이나는 바이레타의 머리를 손질해주고 곧바로 돌아간 모양이었다. 아널드가 다시 와보니 방에는 그녀 혼자 잠들어 있었다.

그때부터 바이레타의 모습을 지켜보다 날이 밝았다. 그녀는 밤새 한 번도 눈을 뜨지 않았다.

아침햇살이 드리워진 뽀얀 얼굴을 물끄러미 보고 있는데 도노반이 찾아왔다. 어제 잔소리를 잔뜩 들어서인지 그는 조금 의기소침한 모습으로 아내의 손님이 방문했음을 알렸다. 이른 아침부터 찾아올 용건이 무엇일까.

집사의 말로는 아내의 비서라고 했다. 어제 일도 있어서 조금 경계하며 현관홀로 나갔지만 곧 기우인 것을 알았다. 엉망이 된 현관에는 아주 세련된 차림새의 남자가 서 있었다.

“아침 일찍 찾아온 무례를 용서하십시오. 저는 바이레타 님의 비서입니다. 어젯밤에 바이레타 님이 습격당했다는 연락을 받고 도저히 가만히 있을 수가 없어서 외람되지만 이렇게 오게 되었습니다. 상태는 좀 어떻습니까?”

미간을 잔뜩 구기며 어쩔 줄을 모르는 모습에서 바이레타를 진심으로 걱정하는 마음이 느껴졌다.

“등에 화상을 입었지만 대체로 경상이라고 합니다. 다만 만약을 위해 오늘 하루는 안정을 취하라는 주치의의 당부가 있었습니다.”

“그렇군요. 그럼 죄송하지만 21번 원단으로 답신을 보내겠다는 전언을 부탁드려도 되겠습니까? 회신 기한이 오늘이라 바이레타 님께서 심려가 크실 것 같아서요.”

“알겠습니다. 아내가 깨어나면 전하겠습니다.”

아널드가 대답하자 비서의 표정이 조금 밝아졌다.

“부군께서는 이야기로 들은 것과는 조금 다르신 것 같습니다.”

“들었다니⋯ 아내가 제 이야기를 했습니까?”

“바이레타 님은 부군에 대한 말씀은 거의 하지 않습니다. 업무상 군에 자주 드나들어 그쪽에서 조금 주워들었습니다.”

“네?”

군에서 들었다고 하니 불길한 예감만 들었다. 아니나 다를까 비서가 들려주는 이야기는 썩 좋은 내용은 아니었다.

“융통성이 없고 도량이 좁다고요. 부군의 직속부하분들로 보였습니다.”

“그렇군요.”

축승회에서 아내를 소개해주지 않은 것을 꽤나 원망하고 있는 모양이다. 고작 그 정도로 아우성을 치는 부하라면 더 소개하고 싶지 않은 마음이 강해진다.

"예쁜 아내를 두면 이래서 고생이지요."

놀림 섞인 말에 아널드는 조금 놀랐다.

그녀의 비서는 아널드에게 적개심이 없는 것 같다. 그녀의 숙부는 굉장했는데.

굳이 말하자면 그녀의 부친을 만났을 때와 같은 기시감을 느꼈다.

"아내와 오래된 사이라고 알고 있습니다."

"바이레타 님이 학생 시절부터 알고 지냈죠. 숙부되시는 분이 제 스승님이랄까, 장사의 기초를 가르쳐주신 분이거든요. 참, 드릴 말씀이 한 가지 더 있습니다. 이것은 다른 이야기인데, 에밀리오 그라체라는 남자를 아십니까?"

"입법부의 의장보좌관, 말입니까?"

"맞습니다. 바이레타 님의 학창시절 동급생입니다. 당시에도 공장장님께 상당히 집착하는 면이 있었다고 하던데, 최근 도를 지나치고 있습니다. 주의가 필요할 듯합니다."

"의장보좌관이 아내에게 마음이 있는 건 알고 있습니다만, 특별히 경계해야 할 어떤 이유가 있습니까?"

"공장장님이 학창 시절 폭행사건에 연루된 적이 있는데, 혹시 아십니까?"

남자는 떠보듯 아널드를 보았다. 최종학년일 때 그녀가 자신을 습격한 상대를 칼로 찌른 사건을 말하는 것 같다. 아내를 조사한 보고서에 그의 이름은 없었다.

아내와 함께 축승회에 참석했을 때 몇 마디 대화를 나눈 정도다. 또한 최근의 사태로 화제에 오른 인물이기도 하다.

"그 사건의 주모자가 그라고 들었습니다. 실행범을 부추긴 뒤 자신은 뒤에 물러나 주시하고 있었다고… 그 무렵부터 집요하게 수를 쓰고 있는 것 같습니다. 한때는 정부로 삼을 생각까지 했고요. 남들에게는 비밀로, 후작가에서 일해보지 않겠냐는 제안을 했죠. 그건 그럴싸한 명분이고 실제로는 정부로 삼을 의도인 것을 알아챈 바이레타 님의 아버님께서 즉각 대처하셨다고 들었습니다.”

그가 주모자였다는 말에 축승회에서 바이레타의 모습이 떠올랐다. 그래서 뭔가 불편한 기색이었던 건가.

게다가.

정부?

바이레타를?

어지간히 모욕적인 제안에 저도 모르게 입꼬리가 실룩 올라갔다.

“참으로 어이없는 이야기군요.”

“네, 스승님도 냉소하셨습니다. 그런데 그때 포기한 줄 알았는데 근래 또 나타났지 뭡니까. 부군께서 바이레타 님의 목숨을 노리고 있다는 충고를 남기고 돌아갔습니다. 물론 바이레타 님은 상대도 않고 돌려보내긴 했지만요. 그런데 그 직후 이런 사태가 벌어져서 마음에 좀 걸렸습니다.”

“내가 아내를 죽이려 한다고 했다고요?”

그녀는 그를 상대해주지 않았다고 한다. 그렇다면 자신을 믿고 있다는 뜻인가. 아니면 믿고 말고 할 가치도 없는 존재라는 뜻인가.

아널드는 도무지 판단할 수 없었다.

◆◆

몸이 몹시 무겁다. 아니, 아프다고 해야 하나.

뭔가 불편함을 느꼈지만 꿈자리가 사나워서 그런 거라 생각하며 눈을 뜬 바이레타는 곧 이 불편한 기운을 야기하는 원흉을 깨닫고 눈치를 보며 말을 걸었다.

"아, 안녕히 주무셨어요…?"

심기불편이란 말을 사람으로 만든 듯한 남편이 침대 옆에 서 있었다.

스완건 백작가의 부부 침실이라는 장소를 파악하는 것보다 먼저 남편의 심상찮은 기색이 눈에 들어왔다.

오랜만에 목덜미가 선득해졌다.

도망치고 싶은데 도망칠 방법이 없다.

저절로 눈을 뜬 건지, 이 암흑과도 같은 기운에 깨워진 것인지 판단하기 어려웠다.

언제나 바쁜 아널드가 해가 중천에 떴는데도 집에 있다.

도노반의 말로는 집에 오는 일이 거의 없다고 했다.

실제로 바이레타도 영지에서 돌아온 이후 그의 털끝 하나 본 적 없다.

쿠데타의 최고 간부라면 들를 새가 없는 것은 당연하다.

그런 그가 왜 여기에.

"잘 잤습니다. 이미 오후지만."

"오, 오후…? 앗, 선정한 원단을 답신해줘야 하는데!"

"그 건은 아침 일찍 당신의 비서가 와서 회답하겠다고 알려줬습니다. 의사의 말로는 오늘 하루 정도는 집에서 안정하랍니다."

"아, 다행이다. 그 21번이 광택이 죽이거든요. 그거면 저렴한 가격으로 근사한 상의를 대량생산… 죄송해요. 안정할게요."

쿠구구구 하는 환청이 들릴 정도로 어둠이 짙어졌다.

일 이야기를 떠들 때가 아니다.

여기서 선을 넘으면 남편이 괴물이 되어버릴지도 모른다.

"맞다, 폭발! 어떻게 됐어요? 도노반은 무사─."

아널드의 안색이 눈에 띄게 바뀌었다. 그것도 아주 극적으로.

설마 집사가 죽었나?

바이레타는 창백해졌다.

의심을 품은 시점에서 도노반을 더 뒤로 물러나게 했어야 했다. 설마 자폭할 줄은 몰랐다. 쿠데타를 일으켜 각지에서 폭발물을 터뜨리는 놈들이다. 더 신중하게 대처했어야만 했는데.

후회가 가슴을 찌른다.

그때 아널드가 조용히 입을 열었다.

"쓰러져 있는 두 사람을 발견한 것은 아버지입니다. 도노반을 꽉 끌어안고 기절한 당신을 떼어놓느라 몹시 애를 먹었다고 아주 길게 말씀하셨습니다. 아주 찰싹, 단단히 달라붙어 있었다고요."

"네? 도노반은 무사한가요?"

"당신이 몸으로 폭풍과 열을 다 막아준 덕분에 그는 날아가다 얼굴을 살짝 긁힌 정도의 부상으로 그쳤습니다. 덕분에 이미 업무에 복귀했지요."

"하아아… 다행이다. 정말 다행이에요. 그런데 말투에 왜 가시가 있는 것 같죠?"

은근히 비난을 실어 쏘아보니, 남편은 냉소를 띠고 있었다.

오? 표정근을 쓰고 있다. 집 안에서는 이런 적이 거의 없는데.

아니, 저를 대할 때는 표정에 신경을 썼던 것도 같지만 그래도 냉소한 적은 없었다.

지금 여기서 왜? 보여줄 사람도 없는데.

그보다 그런 얼굴은 처음 뵙습니다만….

목덜미의 서늘함은 찌르는 듯한 자극으로 바뀌었다.

도망치고 싶다. 아니, 도망쳐야 한다, 1초라도 빨리.

"당신은 등에 1도 화상을 입었습니다. 머리도 조금 타서, 상한 부분은 미레이나가 하녀를 시켜 정리했습니다."

"아, 네. 고마워요. 나중에 미레이나에게도 인사해야겠어요."

센스 있고 다정한 시누이는 걱정이 많다. 늘 바이레타의 머리를 예쁘다고 칭찬했으니 저 이상으로 상심했을 그녀를 상상하기란 어렵지 않았다.

그러나 아널드는 아내의 반응에도 개의치 않고 거침없이 말을 이어 나갔다.

"저택의 현관홀은 절반 이상 날아갔고 남자는 고깃덩어리가 되었습니다. 메이드들이 도저히 청소할 엄두를 못 내며 괴로워하고 심지어는 기절까지 해서 전문업자를 불렀습니다. 그 김에 현관홀도 수리 중이고요. 업자의 말로는 시간이 좀 걸릴 것 같다는군요. 하긴 살상력이 매우 높은 폭약이었으니."

"그렇군요."

"그런데 당신은 도노반을 걱정하고 그 다음은 미레이나에게 인사를 해야겠다고 했습니다. 맞습니까?"

"앗, 그럼 안 되나요?"

"네, 불쾌합니다."

"왜요?!"

뭐가 불쾌하다는 거야?

대단한 칭찬을 기대한 건 아니지만 그래도 사람을 구한 건 잘했다고 해줄 수도 있지 않나. 그리고 기특한 시누이에게 인사하는 것도 당연하다.

그런데 불쾌하다고?

바이레타는 혼란스러웠다.

그후에도 아널드의 설교는 한참을 이어졌다. 정리하자면 집사랑 밀착한 점을 꾸짖고 있다는 느낌이 강하게 드는데, 인명구조를 우선한 것이 이렇게까지 혼날 일인가 싶다. 게다가 집사 다음으로 생각난 게 시누이고 옆에 있는 남편에게 할 말은 정녕 없느냐고 묻기에 그래서 인사하지 않았냐고 대꾸했다가 그의 분노에 기름을 붓고 말았다.

이해할 수 없다.

하지만 자꾸 토를 달아봤다 좋을 것이 없다… 아마도. 그래도 인명구조는 중요하고 시누이의 배려는 고마운 게 맞다. 이 점을 남편에게 말하자, 그는 절대 0도의 미소를 보였다.

그리고 끝없이 잔소리를 하는 남편에게 바이레타는 변명과 사죄를 반복해야만 했다.

"당분간 외출은 금지입니다."

장황한 설교의 마무리는 폭군 같은 한 마디였다. 상전이 따로 없다.

기죽어 있던 바이레타도 이 말에는 반항정신이 끓어오르지 않을 수 없었다.

"그건 횡포예요! 일 때문에 곤란하다고요."

"사태가 가라앉을 때까지입니다. 목숨과 일, 어느 쪽이 중요합니까?"

"뭘 그렇게까지… 사람은 그렇게 쉽게 죽지 않아요."

사실 실행범은 폭사했고 근처에 있던 자신도 위험했다는 것을 안다. 그러나 그건 말하고 싶지 않았다. 인정하기 억울한 마음도 있다.

오는 말이 고와야 가는 말도 곱지.

그러나 아널드의 눈빛이 순식간에 날카로워졌다.

"흠, 그런가요. 그럼 폭탄이 터져도, 검에 베여도, 총에 맞아도 당신은 죽지 않겠군요.”

“그렇게 말하진 않았어요. 그런 건 인간이 아니잖아요. 어린애처럼 억지 부리지 말아요.”

“나는 벽창호에 고집쟁이니까요. 게다가 융통성도 없고 도량도 좁아서 그런가봅니다.”

“무, 무슨 말이에요?”

갑작스런 자기 비난에, 바이레타는 어이가 없어졌다.

덕분에 분노가 푸스스 가라앉고 황당한 마음만 남았지만 본인은 신경 쓰는 기색도 없이 자기 할 말만 했다.

“아무튼 외출은 금지입니다. 계속 고집 부리면 움직이지 못하게 만들어줄 수도 있습니다.”

남편의 에메랄드그린 눈동자가 수상하게 빛났다.

그가 침대로 올라오는 소리에, 바이레타는 저도 모르게 베개를 집어 그의 얼굴을 힘껏 눌렀다.

“내기 기간은 한 달이었잖아요. 끝났으니까 다시는 제게 손대지 마세요.”

부부생활을 한 달 동안이었다.

아널드는 베개를 치우고 잠시 생각하다 입을 열었다.

“하지만 당신은 내 아내입니다.”

“지금은 그렇지만 이혼해주신다면 바로 응하겠어요.”

“어쩌면 아이가 생겼을지도 모릅니다.”

“그렇다 해도 부부생활은 한 달만 한다는 약속이었어요.”

“아이가 생겼으면 부부생활은 계속하는 겁니다. 아직 달거리는 없지요?”

“없지만 안 생겼을 가능성도 있잖아요. 그럼 이혼해야 하니 부부생활은 할 수 없어요."

그 무엇도 증명할 수 없으니 이혼하지 않았어도 부부생활을 거절할 사유로는 충분하다고 바이레타는 생각했다.

"하긴, 결과는 아직 알 수 없고 당신의 뜻을 바꾸기도 어려울 것 같군요. 그런데 이건 다른 이야기인데, 에밀리오 그라체와 만났다고요?"

"무슨… 그건 당신과 상관없는 일이잖아요."

아널드가 쿠데타의 최고 간부이고 아내를 죽일 생각 중이라고 알려 주러 온 것이니 사실 매우 상관이 있는 셈이지만, 정보를 알려준 사람이 에밀리오라는 점에서 신용도가 대폭 하락한다.

"내 아내는 정말 꽃 같군."

아널드가 얼굴을 일그러뜨리며 조소했다.

바이레타는 몸이 떨릴 정도로 분노가 치밀었다.

그의 말투는 자신의 더러운 소문을 듣고 수군대던 남자들을 연상시켰다.

좌르륵 소리와 함께 기억이 되살아난다.

언제나, 언제나, 언제나—.

"모두 일방적으로 접근하고 멋대로 떠들었어요!"

자신은 원한 적 없다. 그들은 언제나 멋대로 접근하고 함부로 자신을 유린했다. 말로도, 태도로도. 그때마다 여심은 상처 입었지만 아픔을 딛고 더 열심히 노력했다. 지켜주겠다는 손길조차 의도가 담겨 있다는 것을 안다. 그렇기에 오롯이 제 힘으로 서야만 했다.

모든 것이 바이레타의 뜻과는 상관없이 움직였다. 늘 휘말리고 떠밀리고 딱지가 붙었다. 소문에 휩싸였다. 독부니 걸레니 창녀니.

아무리 밀어내고 발버둥쳐도 끊임없이 쏟아지는 시선에 욕지기가 치민다.

욕망도, 타산도, 모멸도, 조롱도.

순수하게 자신을 쳐다봐주는 눈동자는 어디에도 없었다.

아니, 딱 하나 있다. 눈앞에 있는 아널드의 유리알 같은 에메랄드그린 눈동자는 무기질이다. 그러나 그 안에서 모종의 열기를 느끼게 된 것은 언제부터였을까.

처음부터였던 것 같기도 하고 처음과 달라진 것 같기도 하다.

하지만 욕망이 섞인 눈동자를 바이레타는 혐오했다.

그 똑바로 쏘아보는 눈빛이 마치 저를 꿰뚫어보는 것 같아서 도저히 마주할 수 없다.

그는 늘 바이레타의 기분을 상하게 하는 말만 하니까.

그의 본심이 보이지 않으니까.

그건 지금도 마찬가지다.

"바이레타, 당신 탓입니다."

언제나 나쁜 건 남자를 홀리는 미모를 가진 바이레타라고.

기가 세고 자존심이 강하고 거만한 태도를 가진 바이레타라고.

똑똑하고 눈치가 빠른 바이레타라고.

누가 잘못했나, 누구의 탓인가. 물어볼 때마다 늘 답은 자신이라고 한다.

지금도 그는 그렇게 말했다.

더 못생기고, 기가 약하고, 비굴하고, 멍청했으면 행복해졌을까?

하지만 그건 바이레타가 아니다.

바이레타는 아널드의 뺨을 냅다 올려붙였다.

제6장 당신이 너무 싫어

스완건 백작가 현관홀의 수리는 하루 만에 끝날 일이 아니었다. 폭발의 규모가 컸으니 당연하다. 한창 보수 중인 현관홀은 군데군데 천으로 덮여 있고 임시 문도 설치되었지만 원래의 중후한 문에 길들여진 눈에는 너무 경박해 보였다.

그리고 현관홀의 문을 가로막듯이 위풍당당하게 선 군복 차림의 남자가 무섭도록 위화감을 조성하고 있었다.

"호위는 필요 없는데요."

그 모든 것을 제쳐두고, 바이레타는 일단 한 마디를 건네 보았다.

그러나 그는 거만한 태도를 굽히지 않았다. 저택을 찾아왔을 때부터 일관된 자세를 취하고 있는 그는 바이레타의 심사가 어찌 되든 상관없다는 듯이 귀찮다는 기색을 온몸으로 풍기고 있었다.

"그렇군요, 저도 소문은 익히 들었습니다. 그래서 이 호위의 의미를 모르겠다는 점에 동의합니다."

"그럼 그만 가보셔도 됩니다."

"상관의 명령이라 불복할 수 없습니다."

"그런 건 상관을 따르나요?"

아널드를 화나게 만든 벌인가? 이런 식으로 응징을 하다니. 소문이나 주워듣고 편견을 갖는 호위는 필요 없다. 남편의 좁은 도량이 사실로 밝혀져 바이레타는 잠시 감탄했다.

"자, 작은 마님…, 이 분은…?"

옆에서 지켜보고 있던 도노반이 견디지 못하고 끼어들어, 바이레타는 그를 안심시키기 위해 방긋 웃었다.

"아널드 님의 부하."

사실은 바이레타야말로 큰 소리로 묻고 싶다. 이런 자를 갖다 둔 이유가 뭐냐고.

어제 아널드의 따귀를 날리는 사건이 있은 후, 그는 자신을 부르러 온 집사와 함께 방을 나갔다. 모브리스의 저택에서 농성이 일어나 급한 호출이 왔다고 했다.

뺨이 벌겋게 부어올랐지만 그는 아랑곳하지 않았다. 그래도 한 마디도 하지 않은 걸 보면 화가 난 것 같다.

이성이 돌아오자 그렇게 화를 낼 일도 아니었고 하물며 남편의 뺨을 때려서는 안 되었다는 후회가 들었다. 하지만 횡포를 부리는 남편에게는 제재가 마땅했다고 울컥하다 결국은 시무룩해졌다.

실은 한 달 동안 차곡차곡 쌓인 울분을 따귀 한 방에 쏟아낸 셈이다. 아니, 한 달이 아니라 오랫동안 쌓였던 감정이다. 사실 그의 잘못은 10분의 1 정도에 불과하다. 그래도 그가 잘못한 건 잘못한 거지만.

그는 바이레타의 기분을 상하게 만드는 게 천재적이다.

사실은 아널드를 만나면 군 쿠데타나 최고 간부로 지목당한 사정 등을 묻고 싶었는데 덕분에 싹 잊어버리고 말았다. 정말 아내를 죽이려고 획책 중인지도 알아보지 못했다.

그리고 그 후로 감감무소식이니 사과할 방법도 없다.

아침이 되어 일하러 나갈 준비를 하고 있는데 도노반에게 들켰다. 부상 치료를 우선하라는 그와 현관홀에서 실랑이를 벌이고 있는데 군복 차림의 군인이 찾아왔다. 아널드의 명령으로 제 호위를 맡게 되었다는 그는 기분이 퍽 언짢아 보였다.

외출은 금지라더니 부하를 호위로 보낸 것이 어처구니없다. 바이레타의 성질을 간파한 것인가, 아니면 나름대로 양보안을 제시한 것인가. 하지만 그의 얄미운 성격을 감안하면 역시 심술이 틀림없다.

습격의 걱정보다 남자의 불쾌한 태도 때문에 더 우울해지는 기분이었다. 이러다 노이로제라도 걸리면 위자료는 누구에게 청구해야 하나. 쿠데타를 일으킨 자? 아니면 이딴 호위를 붙인 남편?

"외출하시려는 것 같군요. 혹시 불륜 상대를 만나러 가시는 겁니까?"

도량이 좁은 남편을 함부로 긁지 말았어야 했다. 바이레타는 일하러 나갈 기력도 사라져서 마부에게 행선지의 변경을 알렸다.

제도의 상업지구로 갈 것이다.

"스완건 부인, 어디로 가시는 겁니까?"

호위가 의심 가득한 기색으로 물었지만 대답해주고 싶지 않았다.

바이레타는 맞은편에 앉은 그에게 입을 다물 것을 요구했다.

사실 바이레타는 속이 말이 아니었다.

스완건 백작가는 영지의 윤택한 재정 상황을 근거로 쿠데타의 주모자로 지목되었고 외국과 내통하여 군에 혼란을 야기했다는 의심을 받고 있다. 아널드가 쿠데타의 최고 간부이든 아니든 스완건 백작가는 억울한 누명을 쓰고 있다. 게다가 바이레타도 자폭 테러로 하마터면 목숨을 잃을 뻔했다.

이런 억울한 상황에서 가만히 있을 수는 없었다. 가능하다면 라이데월 상회에 들러 적진 시찰을 해야 한다는 생각이 들었다. 싸우려면 먼저 상대를 알아야 한다고 숙부에게 배웠다. 물론 장사의 경우지만.

"여긴 무기상입니까?"

제도의 상업지구 구석에 마차를 세워두고 바이레타는 거리를 걸었다. 바이레타의 시선을 따라간 호위가 조용히 물었다.

"라이데월 백작가의 자금으로 운영하는 무기상인데, 알고 있나요?"

"물론입니다. 군의 지급품은 대부분 그 회사에서 납품하니까요. 다른 무기상과도 거래가 있긴 합니다만. 어느 쪽이든 정부에서 일괄적으로 구매합니다.”

역시 떼돈을 벌겠군.

라이데월 백작가는 제국 귀족파이기 때문에 군에서 영향력을 가질 만한 빌미를 주어서는 안 된다. 그러나 모종의 정치적 이유로 거절이 어려웠을 것이다.

이런 강대한 상대와 어떻게 싸워야 할까. 슬쩍 기웃거려보니 분주하게 일하는 직원과 손님들이 보였다. 어디에도 미심쩍은 구석을 찾을 수 없는 평범한 상점이었다.

“무얼 하러 오신 겁니까?”

“적진 시찰. 정보는 아무리 사소한 것도 중요하니 봐둬서 손해 볼 건 없죠.”

“그렇군요. 역시 호락호락하지 않은 분이시군요.”

호위가 신음하듯 중얼거렸지만 바이레타는 그런 걸 신경 쓸 겨를이 없었다. 상점 뒷문에서 뭔가 위화감이 느껴지는 마차를 발견했기 때문이다.

덮개가 씌워진 마차는 무기 적재용으로는 너무 간소했다. 운반용으로 보기에도 너무 약해서 버틸 수 없을 것 같았다. 무엇보다 상점의 마크도 박히지 않은 평범한 포장마차였다.

거기까지 생각이 미쳤을 때, 헐렁한 자루를 멘 남자 두 명이 뒷문에서 나왔다. 그들이 마차의 짐칸에 자루를 내던지는 순간 자루 입구에서 뭔가가 툭 튀어나왔다. 유심히 보니 놀랍게도 사람의 손이었다.

자루 안에 사람이 들어 있다.

“지, 지금 봤어요? 저 마차를 따라가요.”

뭔지 잘 모르겠지만 범죄가 일어난 것 같다.

사람을 자루에 넣어 옮기는 상황이 범죄 말고 달리 무엇이 있을까.

할 수 있는 게 있을지는 모르겠지만 불의를 참지 못하는 바이레타에게 못 본 척한다는 선택지는 없었다.

"쳇, 멍청한 놈들…. 당분간 옆에서 감시나 하면 된다고 했지만… 어쩔 수 없군. 그냥 데려가기만 하면 되겠지."

"네?"

갑자기 호위의 말투가 바뀌어 돌아본 순간, 명치에 강한 충격을 느꼈다. 바이레타는 그대로 정신을 잃었다.

"…씨, 아가씨…."

의식의 저편에서 누군가의 목소리가 들려와 정신을 차려보니 어쩐지 낯이 익은 왜소한 노인이 자신을 들여다보고 있었다. 짧고 새하얀 머리가 마구 헝클어져, 전체적으로 몹시 초췌해 보였다. 고급품으로 보이는 간소한 디자인의 셔츠와 바지는 때가 잔뜩 묻어 더러웠고, 무엇보다 양손이 뒤로 결박되어 있었다.

"여기는….”

"다행이야. 정신이 들었군. 약물을 썼는지 두 시간이나 기절해 있었네. 시간은 늦은 오후 같은데 여기가 어딘지는 도무지 짐작이 가지 않는구먼. 나도 아가씨처럼 끌려왔거든."

그들이 있는 곳은 비교적 넓은 응접실 같은 장소로 보였다. 벽에는 세간 등이 장식되어 있고 난로 위에는 멋진 그림이 걸려 있었다. 창에는 두터운 커튼이 걸려 있어 아쉽게도 밖이 보이지 않았다.

바이레타가 누워 있는 곳은 소파였다.

노인은 바이레타의 옆, 융단이 깔린 바닥에 무릎을 꿇고 있었다.

같이 있는 걸 보면 라이데월의 무기상에서 목격했던 손의 주인이 이 사람인가? 아니면 각각 다른 장소로 옮긴 건가.

"혹시 마대에 갇혀 마차로 실려오셨나요?"

"아, 봤나. 그거 날세. 노인을 이리 거칠게 다루다니, 못된 놈들. 무슨 지하창고 같은 데 며칠 가둬두더니 갑자기 마대에 쑤셔 넣어 마차에 내던지지 뭔가. 사람을 무슨 콩 취급하고 있어. 물론 내가 좀 작긴 하네만. 겨우 마대에서 꺼내주나 싶었더니 이번에는 팔을 묶지 뭔가. 어른을 이리 대접해도 되냐 말이야."

"죄송합니다. 전혀 상황을 모르겠어요….."

"하하, 자네는 참 침착하구먼. 자네가 스완건 중령의 부인이지?"

"절 아세요?"

"암, 축승회에서 그렇게나 소문이 났는데. 냉혈 여우도 제 처 앞에서는 팔불출이 된다고 난리도 아니었다네. 하긴 그 녀석이 그런 얼굴을 하는 건 처음 봤어."

"뭐, 뭐라고요?"

어느 여우가 그러던가요….

일단 자신이 아는 그 여우는 아닐 것이다.

쿠데타의 최고 간부로서 대단한 수완을 발휘하고 있다는 말까지는 않겠지만, 그는 따귀 좀 맞았다고 싸가지 없는 부하를 아내의 호위로 보내 복수하는 속 좁은 남자다.

그러나 노인은 아널드에 대해서도, 축승회에 대해서도 잘 알고 있었다.

분명히 본 기억이 있다. 열심히 기억을 더듬던 바이레타는 뒤늦게 번뜩 기억을 떠올렸다.

"그루즈벨 대장 각하?"

바지아 그루즈벨은 역전의 영웅이라고 불리는 군인으로, 아널드의 은인이라고 들었다. 축승회 때 멀리서 봤던 왜소한 노인이 바로 그였다.

"얼마 전에 퇴임했지. 이렇게 멋진 아가씨가 알아봐주니 이거 쑥스럽구먼."

밝게 웃는 노인의 등 뒤로 악마 같은 남자가 떠올라 기겁했다. 역시 모브리스의 옛 상관이다. 오랜 세월 같은 공기를 마시면 닮아가나보다. 그럼 남편도 점점 모브리스를 닮아가는 건가.

무섭다. 희귀 전염병보다 더 끔찍하다.

"절 여기 끌고 온 게 군인이었나요?"

"그렇다네. 짚이는 게 있나?"

아널드가 보낸 호위는 처음부터 태도가 몹시 불손했다. 명색이 상관의 부인인데 공대하는 기색이 전혀 없었던 걸 보면 처음부터 납치할 생각이었나. 아무튼 자신을 기절시킨 게 그 남자이니 이 방에 데려다놓은 군인과도 동일인물로 생각하는 게 흐름상 자연스럽다.

"남편의 부하 같았어요."

"음? 그 녀석의 직속부하 치곤 태도가 너무 껄렁했는데. 흐음, 중간에 장난질을 치는 놈이 있나보군."

"남편의 부하도 알고 계신가요?"

"연대를 통솔하는 녀석이니 모두를 안다고 볼 수는 없지. 하지만 직속 부하와는 아주 친밀해 보였네. 남부에서는 부하들을 위해 여자를 소개해주거나 고급 창관을 빌리기도 해서 고마운 상사로 칭송이 자자했지."

비슷한 이야기를 위드에게서도 들었다. 군인들은 전쟁에 나가면 여자 이야기만 하나.

"냉정하고 냉혹한 작전 전문이라 적들에게는 두려운 존재였지만 부하들에게는 신임이 두터웠다네. 참, 그런데 축승회에서는 원성이 자자했지.”

“축승회에서요? 왜요?”

“그야 이렇게 예쁜 아가씨를 가까이서 볼 기회가 좀처럼 없지 않나. 부하들에겐 소개하겠거니 하고 내심 기대했는데 접근도 못 하게 했으니.”

그러고 보니 기억이 난다. 축승회 자리에서 아널드에게 인사하러 가지 않느냐 물었더니 본인이 가면 분위기만 깨진다고 덤덤하게 대꾸했었다. 그런데 실은 아내를 소개하고 싶지 않았던 게 본심이었나. 그때는 악녀라는 소문이 군에서도 돌고 있었으니 그들의 악의로부터 보호할 의도였을 수도 있다. 그러나 남편이 자신을 공짜로 이용할 수 있는 여자로 취급하는 것을 알아버린 이상, 도저히 그런 선의로 해석되지 않는다. 그저 골치 아픈 상황을 피하고 싶었던 게 아닐까.

“옛날에 그런 일이 있었지. 어떤 작전 중에 그 녀석의 부대 내부에 적의 공작원이 침투해서 정보를 유출한 적이 있네. 그 정보를 역이용해서 범인을 체포한 건 그 녀석이지만 실은 공작원을 가르쳐준 게 나였거든? 제 딴에는 큰 은혜를 입었다고 생각했는지 그 후로 나를 대하는 태도가 각별해졌지. 다들 냉혈 여우라고 하지만 의외로 의리 있고 가슴이 뜨거운 녀석이야. 뭐, 그 사건 이후로는 최대한 부하들과 유대감을 가지려 노력한다고 들었네.”

아널드는 바지아를 은인이라고 표현했다. 단순히 모브리스의 상사여서 존경한다고 생각했는데 정말로 큰 은혜를 입었던 것이다.

“그런 녀석이 부하가 아무리 아우성을 쳐도 끝내 아내를 소개해주지 않았으니 정말 재미있지 않나?”

바이레타는 대답할 말을 찾지 못해 고개를 푹 숙였다. 그냥 그럴 필요가 없는 존재라 그렇다고, 말해줬어야 하나.

아널드는 아무 말도 없었다. 하지만 저도 모르게 기대가 부풀어 뺨이 따끈해진다.

남들에게 소개할 가치도 없는 여자라고 생각해서 그런 거겠지.

그러나 생각과는 반대로 자꾸 두근거리는 심장에게 필사적으로 변명을 늘어놓는다.

지금도 그가 보낸 부하 때문에 이런 데 끌려와 있다. 그런 그에게 기대라니. 심지어 바이레타를 위험에 빠뜨렸던 폭발 소동도 에밀리오의 충고가 맞다면 아널드가 사주한 것이다.

하지만 그가 자신을 죽일 생각이 있었다면 그런 복잡한 계획을 짤 필요가 없다.

그렇게 걱정하며 화를 내지도 않았을 것이다.

그의 길고도 길었던 설교가 떠올라 바이레타는 왠지 마음이 간질간질해졌다.

틀림없이 그는 걱정해주었다. 바빠서 집에 돌아올 시간도 없는 일벌레가 아내가 다쳤다는 말에 헐레벌떡 달려왔을 만큼.

그건, 정말이지.

기쁜 것 같다.

하지만 아널드가 자신을 죽이려고 하지 않는다는 확신이 없다.

번민에 시달리고 있는데 문이 벌컥 열렸다.

"엇, 깨어났군."

들어온 것은 에밀리오였다.

"그라체 님…, 이게 어떻게 된 일이죠?"

"죽을 뻔한 널 내가 살려준 거지."

"그럼 그루즈벨 전 대장 각하는 어떻게 설명하실 거죠? 이렇게 묶여 있는데요.”

“드디어 적이 모습을 드러내나 했더니… 의장보좌관이었군. 역시 귀족파가 꾸민 일이 맞았어.”

바지아도 에밀리오를 아는 듯했다. 축승회에 의장 대리로 참석했으니 어쩌면 당연하다.

“내 권한은 그리 크지 않은데. 나를 잡아둔들 의미가 있나?”

“네, 여우 사냥에 필요합니다. 소굴을 막고 사냥터에 개를 풀어 포위한 뒤 말을 달리며 실컷 농락할 작정입니다. 당신은 여기에 필요한 중요한 장기말입니다.”

“그라체 님, 역전의 영웅인 각하께 말씀이 지나치십니다.”

바지아는 수많은 전장에서 셀 수 없는 공적을 쌓아왔다. 그만큼 제국의 수호에 앞장서 온 인물을 장기말 취급하다니. 에밀리오가 군인을 혐오하는 건 알고 있지만 그렇다 해도 너무 심한 말이다.

“흥, 군인 따윈 배려하고 싶지 않아. 장기말이라는 표현이 불쾌하다면 사냥개라고 해주지. 난 뭐든 상관없어. 그보다는 여우를 궁지에 모는 게 중요하니까.”

여우는 아널드를 가리키는 것이다. 즉 바지아를 인질로 잡아서 아널드를 조종하겠다는 뜻이다.

“쿠데타의 최고 간부를 스완건 중령으로 만들기 위해선가?”

“만들다니, 듣기 거북하군. 모든 계획은 중령이 세웠고 우린 그걸 저지하려 하는 거야. 그가 제 직속상사인 대장까지 해치려 들었으니까.”

직속상사는 모브리스를 말한다. 그의 저택에서 농성이 일어났다는 보고에 아널드가 달려간 것을 알고 있다. 그런데 그가 상사를 죽이려 했다고?

“의장이 짜낸 각본인가? 참으로 비열한 수를… 역시 귀족파는 음험해.”

바지아는 불쾌한 듯 미간을 찌푸렸다. 하지만 가까이 있는 바이레타는 그가 어깨를 떨고 있는 것을 알 수 있었다. 필사적으로 분노를 참고 있는 것이다. 귀족파는 아널드가 그를 은인으로 여긴다는 사실을 알고 이용한 것이다. 부지중에 그 음모에 휘말려버린 자신을 용서할 수 없다.

아까부터 에밀리오는 계속 여우사냥이란 말을 입에 담았다. 사냥터에서 포위한 여우의 숨통을 완전히 끊어놓는 것까지가 계획일 것이다.

즉 아널드를 쿠데타의 최고 간부로서 말살함을 뜻한다.

쿠데타를 일으켜 보상금 지급 문제를 묻어버리고 군의 중령에게 최고 간부의 직책을 뒤집어씌워 처형함으로서 일을 마무리한다. 이것이 구제국 귀족파의 계획이다. 이 작전이 성공하면 군인파는 큰 타격을 입고 제국 귀족파는 더 세력을 강화할 수 있다.

기본적으로 군인파는 평민들로 구성되어 있다. 모브리스나 바지아도 마찬가지다. 그 가운데 백작가의 적자인 아널드가 군에서 쿠데타를 일으킨다. 그것도 평민이 대부분인 하사관 이하의 일반병을 이끌고. 표적은 군인파의 상층부 인물이다.

귀족파가 아닌 스완건 백작가를 제물로 삼으면 작위를 가진 중립파 군인들에게 본보기를 보여줄 수 있는 동시에 귀족파의 권력도 과시할 수 있다.

쿠데타가 성공하면 아널드를 잡아두고 있으니 귀족파에 유리하도록 종결낼 수 있고 실패하면 아널드를 처형함으로서 군인파에 괴멸적 피해를 안길 수 있다.

결국 귀족파에게는 타격이 없고 군인파만 약화되는 결말이다. 어느 쪽으로 굴러가든 귀족파는 손해를 입지 않는 치밀한 계획이었다.

작위를 가진 군인파 가족이라면 누구든 상관없었겠지만 이번에는 아널드가 그 요건에 지나치게 부합하는 인물이었다. 전쟁 중에 돈을 벌었고 영지를 가진 적자이며 군부에서 유명인사였다. 게다가 남부전선에서 큰 공적을 세워 대장으로 진급한 모브리스의 직속 부하이니, 그가 배신했다고 하면 군부에 상당한 충격을 줄 수 있다.

남편은 어쩌다 이런 일에 휘말린 건지 머리를 쥐어뜯고 싶어진다. 그러나 한편으로는 안도하는 마음이 있었다. 그가 쿠데타의 최고 간부라는 말을 들었을 때부터 도저히 믿기지 않았던 제 감각이 옳았기 때문이다. 은인이 인질로 잡혀 있어 어쩔 수 없는 사정이었다면 이해할 수 있다.

하지만 그렇다면 바이레타를 해치기 위해 폭발을 사주한 건이 설명되지 않는다.

"어머, 드디어 깨어났군요."

요란한 소리와 함께 문을 열고 들어온 것은 금색 곱슬머리를 가진 화려한 여자였다.

여전히 놀랍도록 짙은 화장이었다.

"잘 지냈나요? 바이레타 스완건 부인."

카라 라이데월은 브루넷의 눈동자를 가늘게 떴다. 그 안에는 뚜렷한 적의가 담겨 있었다.

축승회에서는 보라색의 독기 가득한 드레스 차림이었는데, 자택에서도 눈이 아플 정도로 현란한 녹색 드레스를 입고 있다. 집에서도 이런 화려한 드레스를 입는다니 신기할 정도다. 하지만 놀라울 정도로 잘 어울렸다.

"라이데월 백작가에 온 것을 환영해요. 본저가 아닌 별저긴 하지만. 데려오라고 부탁한 분은 한 명인데 왜 엉뚱한 것이 달라붙어 왔는지 모르겠는데, 정신을 차렸으니 이만 나가주겠어요? 나는 당신을 초대한 적이 없거든.”

바이레타야말로 있고 싶어 있는 것이 아니다. 갈 수만 있다면 돌아가고 싶다. 누구의 지시로 끌려온 것인지 모르지만 적어도 카라는 아니다. 에밀리오의 짓인가?

“슬슬 시간이 다 되어가니 거기 노인네를 데려가야겠어. 그래도 최소한 사람다운 꼴은 만들어놔야지, 안 그러면 화낼지도 몰라.”

카라는 바지아를 데려가기 위해 온 것 같다. 그런데 누가 화를 낸다는 걸까.

에밀리오는 카라와 만날 사람을 알고 있는지 여유로운 웃음을 지었다.

“곧 올 겁니다. 라이데월 여백작님. 대접할 준비는 끝났습니까?”

“당연하지. 그가 좋아하는 술도, 요리도 전부 갖춰두었어. 어차피 저 아가씨는 그를 만족시키지 못 했을 테니까. 자, 그럼 가죠?”

카라는 드레스를 펄럭이며 바지아를 끌고 나가더니 문을 쾅 닫았다. 꼭 요란하게 소리를 내야 직성이 풀리는 모양이다.

코가 떨어지게 지독한 향수 냄새도 여전하다. 바이레타는 기침이 터졌다. 그녀는 사라지고 향만 남았는데도.

에밀리오와 둘만 남은 방에서 심하게 콜록거리자, 그가 초조한 듯 재촉했다.

“이봐, 가자. 여기서 꾸물대면 너는 죽어.”

“무슨 말이죠?”

“네 남편이 여기로 오고 있거든.”

“아널드 님이?”

카라가 맞이할 손님은 아널드였다. 바지아의 행색을 꾸며주려는 건

부당한 대접을 하지 않았음을 증명하기 위해서다. 그건 그렇고 자신은 왜 죽어야 하지?

"왜 도망가야 하는지 모르겠어요. 죽는다니, 왜 그런 험한 말을 하는 거죠?"

"스완건 중령을 때렸잖아. 그가 보복할 거라는 생각 안 들어?"

보복을 결심할 정도로 심하게 부었나.

바이레타가 말이 없어지자, 에밀리오는 뭔가 떠올랐는지 갑자기 히죽대며 어깨를 들썩였다.

"뺨이 벌겋게 부어서 군에서도 완전히 구경거리가 된 것 같더군. 게다가 하필 오늘이 의회 첫날이라 중령도 참가했거든. 그나마 붓기는 좀 빠졌지만 난리가 났지. 중령에게 그런 짓을 할 사람은 너밖에 없으니까."

그렇다면 군 동료들뿐만 아니라 의회에 참석한 의원들까지 다 보았다는 뜻이다.

하지만 제가 한 짓이라고 한 마디도 하지 않았는데 무슨 근거로 이렇게까지 확신하는 걸까.

자신을 쳐다보는 아이스블루 눈동자는 다분히 야유가 담겨 있었다. 당신 말이 맞다고 순순히 시인하려니 좀 아니꼬운 기분이 든다.

스타시아 고등학원 시절의 과거를 아는 자를 상대하는 건 몹시 거북한 일이다.

"대답을 못 한다는 게 곧 긍정이지. 역시 네 짓이 맞았군."

"즐거워 보이네요."

"그러게 충고할 때 귀담아 들었어야지. 자업자득이야."

충고란 축승회 때 그가 했던 말을 가리키는 건가. 에밀리오는 바이레타가 독부라는 소문을 흘렸을 뿐 따귀를 맞을 거라는 말은 하지 않았는데. 은근히 신난 모습에 괜히 약이 오른다. 그는 축승회 때의 일로 상당한 앙심을 품고 있다. 기껏 악처라는 소문을 알려줬는데 단칼에 퇴치당했으니 자존심에 크나큰 타격을 입긴 했으리라.

하여간 한결같이 음험하고 못된 자식.

"남편을 긁는 태도는 기특하지만 여백작에게는 함부로 까불지 마."

아널드를 때린 걸로 에밀리오에게 칭찬받고 싶은 생각은 추호도 없다. 그런데 카라에게 까불지 말라는 건 또 무슨 말인지.

"그 여잔 네게 원한이 많거든."

"저는 원한 살 짓을 한 적이 없는데요."

"나도 저 여자가 여우에게 왜 그렇게 집착하는지 이해가 안 되지만 아무튼 너를 눈엣가시로 여길 만큼 싫어하고 있어."

적반하장이군.

바이레타는 문득 떠오른 의심을 에밀리오에게 흘려보았다.

"죽이고 싶을 만큼 싫어하나요?"

에밀리오는 시선을 피하며 난감한 기색을 보였다. 침묵은 긍정이라고 말한 건 그였다

요컨대 쿠데타 폭발 소동에 편승해 바이레타를 죽이려 한 범인이 카라라는 뜻이다.

"왜 아널드 님의 짓이라고 거짓말했어요?"

"네가 문관을 무시하니까 그렇지!"

"네?"

무슨 이런 맥락 없는 문답이.

카라의 짓을 아널드가 한 것으로 오해하게끔 만든 이유와 문관을 무시한 게 무슨 상관인가.

"넌 옛날부터 군인이나 상인들하고만 친하게 지내고, 결국 백작가의

중령에게 시집가버렸잖아…. 내 집에 오라는 권유는 귓등으로도 듣지 않고."

"권유요?"

"후작가에 일하러 오라고 했잖아. 응했다면 지금쯤 내 정부가 되어 호강하고 있었을 텐데."

그런 이야기는 들은 적이 없다. 하지만 군인파인 아버지가 귀족파인 후작가의 타진을 거절했을 것이 뻔하다. 그의 말처럼 정부로 삼기 위한 구실인 걸 눈치챘다면 더더욱.

그딴 걸 호강이라고 표현하는 에밀리오의 태도에서 고위 귀족의 거만함이 여실히 드러난다. 그런 거라면 무시당해도 싸다.

"16세 소녀에게 정부가 되라니, 제정신으로 하는 말인가요?"

후작가 적자의 정부라는 위치가 꽤나 대단하다고 여기는 모양이다. 바이레타는 그들의 교만함에 한숨이 나왔다. 아무리 말싸움을 해도 이 간극은 메워질 수 없을 것이다.

그러니 정부 이야기는 거론할 가치도 없다. 중요한 것은 에밀리오의 노력 문제다.

"당신은 예전부터 입법부 의회에 들어가 의원이 될 거라고 했죠. 저는 노력해서 꿈을 이룬 사람은 무시하지 않아요. 애초에 군인이든 문관이든, 직업으로 사람을 차별하지 않습니다."

"너는…. 그런 사소한 것까지 기억하는 주제에―왜 이렇게 날 화가 나게 하는 거야?!"

"칭찬인데 왜 화가 나요?"

"늘 주제 넘게 건방진 소리만 해대니까 그렇지… 제길, 여자는 남자 밑에서 그냥 응석이나 부리면 된다고."

그런 여자를 원한다면 바이레타 말고 다른 여자를 찾으면 된다.

반박이 목젖까지 올라왔지만 입 밖으로 꺼낼 수는 없었다.

천천히 다가온 에밀리오가 바이레타의 턱을 쥐고 위로 치켜들었기 때문이다.

백작가의 소파가 푹신했던 덕분에 떠밀려 쓰러져도 등을 다치진 않았지만 잡힌 턱이 무척 아팠다.

숨이 닿을 만큼 가깝게 다가온 그의 아이스블루 눈동자가 가늘어졌다.

"무슨 짓이예요?!"

"이런 상황에서도 겁먹지 않는 건 이미 익숙하기 때문인가. 하긴 넌 음탕한 여자니까. 널 기쁘게 만들어주고 싶은 생각은 없지만 원한다면 들어주지."

"무, 슨―으읍."

희열로 일그러진 입술이 제 위로 짓눌려져, 바이레타는 눈을 부릅떴다.

그는 바이레타를 싫어한다. 아니, 미워한다.

그런 그가 아무리 모욕을 줄 심산이더라도 이런 행위를 할 줄은 상상도 못 했다.

방심했다.

아무리 그래도 군인의 아내다. 그토록 무시하는 군인, 그것도 남의 아내에게 이 교활한 남자가 설마 손을 댈 거라고는 상상도 못 하고 있었다.

그런데 그가 입을 맞추고 있다.

그 사실에 격렬하고 지독한 혐오감이 몸속을 관통했다.

온몸이 비명을 지르는 것처럼 소름이 돋았다.

싫어.

그와는 너무나 다르다.

어지럽게 굴러가는 사고의 흐름 속에서 제 이름을 부르는 목소리가 들려온다.

'바이레타, 이걸 원하는 거죠?'

제멋대로 하는 것 같아도 행위 하나하나에 다정함이 배어 있는 것을 안다.

늘 살피듯이 묻는 것은 배려하기 때문이다.

그러다 그만 이성을 잃고 자신의 몸에 몰두해 버리는 남자를 몽롱한 의식 속에서 기껍게 받아들인다는 걸 알고 있다.

평생 혐오했던 자신 내면의 여자 부분이 자신을 원하는 남편의 욕망을 기뻐하고 있었다.

그리고 지금은.

상대가 누구든 다 좋은 게 아니란 것을 깨달았다.

"하앗, 이제 좀 얌전해지―?! 왜, 왜 우는 거야."

에밀리오가 당황한 듯 손을 놓았다. 겨우 자유로워졌지만 바이레타는 몸이 얼어붙은 듯 꼼짝도 할 수 없어 굵은 눈물만 뚝뚝 흘렸다.

"뭘 이런 걸로… 울 거면 처음부터 매달리지 그랬어."

에밀리오는 인상을 쓰며 다시 바이레타의 턱을 잡아 올렸다.

"그냥 내 정부가 돼. 귀여워해줄 테니까."

머리로는 죽이고 싶을 만큼 화가 났는데 몸은 다시 다가오는 입술을 멍하니 쳐다보고만 있다.

알고 있으니 피할 수 있다. 턱을 잡은 손을 뿌리치기만 하면 되는데 ―눈물을 흘리며 에밀리오를 노려본 순간, 시야를 덮치는 광경에 바이레타는 숨을 삼켰다.

◆◆

"이봐… 부탁이네. 가뜩이나 이런 시국인데 제발 조용히 좀 있어주면 안 되나?"

첫날 회의가 종료된 후, 반성회라 칭한 저녁 식사 자리에서 모브리스의 보좌관인 부관이 아널드를 원망했다.

상관과 함께 하는 식사인 만큼 테이블 위에는 진수성찬이 차려져 있었지만, 부관은 요리에는 눈길도 주지 않고 쉴 새 없이 투덜거렸다.

"쿠데타의 농성 현장에 벌겋게 손바닥 자국이 찍힌 뺨을 보란 듯이 드러내고 오질 않나. 물론 와서 깔끔하게 해결한 건 잘했어. 그런데 그 다음 날은 군에서도 회의에서도 다들 네 뺨만 쳐다보고 있으니 이걸 어떡할 거야. 준장님까지 자네만 쳐다보고 계셨어."

욱신거리며 아팠던 뺨은 이미 멀쩡해졌다. 사실 아내치고는 살살 때린 셈이니 붓기도 그리 심한 편은 아니었다. 진심이었다면 따귀로 끝났을지… 상상하다 잠시 등골이 서늘해졌다.

어쨌든 검을 다루는 사람이니 손바닥으로 끝난 게 다행이었다. 아내의 상냥함을 느낀 것 같아 피식 웃음을 터뜨리자 옆에 있던 부관의 얼굴이 희게 질렸다.

"이 녀석, 뺨을 쥐고 웃고 있네…."

4분기마다 열리는 제국의회는 1개월에 걸쳐 토론을 실시한다. 법률 개정이나 새로운 제도의 결정부터 제정(帝政)에 대한 탄원 등을 다룬다. 전원 귀족들로 구성된 의회 의원들만 참가할 수 있기 때문에 군인은 기본적으로 소장 이상의 권한을 갖고 있지 않으면 참가할 수 없었다. 바꿔 말하면 장관 이상의 권한을 가지거나 그들이 인정한 자만 참가 가능하다.

이번에는 모브리스의 부관인 중장과 군 참모역인 준장이 참석하고 아널드가 그들을 수행했다. 모브리스는 어제 발생한 농성에서 중상을 입어 현재 의식불명인 상태로 어딘가에 몸을 숨기고 있다—고 대외적으로 알려져 있다. 따라서 의회는 불참했다.

의회는 귀족파가 중심이기에 그들이 모여 세력을 강화하는 자리였다. 여기서 군인파의 기를 얼마나 누르느냐가 관건이다.

"또 사랑하는 부인 생각이나 했겠지. 아, 너무해. 기혼자는 독신자에 대한 배려가 너무 없다니까. 혼자 어두컴컴한 집으로 돌아가야 하는 내가 불쌍하지도 않나? 좀 어울려달라고."

모브리스가 말했다.

"어제 농성으로 댁이 반파되어 이런 데서 저녁을 드시는 거 아닙니까? 군말 없이 어울려드리는 부하도 좀 생각해주시면 안됩니까?"

부관이 팩 쏘아붙였다.

어제 모브리스의 집에서 벌어진 농성은 상대와 10시간에 걸친 대치 끝에 폭탄을 던져 소대를 진입시키는 것으로 끝이 났다. 무사히 인질을 구출하고 범인을 체포하는 데 성공했지만 상사는 한동안 집에 돌아갈 수 없게 되었다. 게다가 중상에 의식불명 상태로 사경을 헤매고 있다는 날조 정보를 퍼뜨리기 위해 어제부터 집무실에서 숨어 있는 중이다. 최대한 퍼뜨려야 하지만 군 상층부는 이 사실을 필사적으로 숨기는 것처럼 보여야 하는 아주 까다로운 작전을 수행 중이라 모브리스는 꽤 무료한 상태였다.

그래서 바쁜 부하들을 붙잡고 함께 저녁을 먹고 싶다는, 눈치는 개나 준 응석을 받아줘야 하는 꼴이 되었다. 부관이 아니어도 넌더리가 날 수밖에 없는 상황이다.

"그리고 각하는 속박당하는 건 질색 아니십니까? 배려 따위 필요 없는 분이시잖아요.”

“그렇지 않아. 그러니까 아끼는 부하에게도 신부감을 소개시켜줬지.”

“물론 중령은 행복해 보입니다. 하지만 본인은 결혼을 안 하시는 게 그 증거 아닙니까.”

모브리스가 쓴웃음을 지으며 입을 내밀자 부관히 차분하게 반박했다. 불쌍한 척하면서도 느긋하게 잔을 기울이며 술까지 즐기고 있다.

애초에 의회에 제출한 서류는 페이크였다. 군부는 이번 쿠데타의 의도를 아직 파악하지 못했다, 라는 것을 의회에 어필할 목적이다. 보상금 지급이 지연되는 것에 분노한 귀환병들이 쿠데타를 일으켜 막대한 피해를 입었다는 내용만 보고하고 의회에 속한 귀족파의 입김이 들어간 부분은 전부 덮었다. 그리고 지휘를 맡을 대장의 부재를 필사적으로 숨기고 있는 것처럼 꾸몄다. 의회의 의원들은 모브리스의 출석을 지속적으로 요구했지만 횡설수설 변명을 늘어놓으며 거부하는 소극적인 태도를 보였다.

결과적으로 의회는 귀족파들이 일방적으로 군을 규탄하는 형태로 종료되었다.

그러나 실제로는 본 작전의 실행부대는 완벽하게 꾸려져서 각자에서 작전을 수행하고 있다. 그들이 색출해서 파괴한 쿠데타 가담자들의 거점이 벌써 여러 곳이다.

그밖의 면면도 모두 신속하게 움직이고 있다. 이 와중에 느긋하게 석식 모임이나 벌이고 있는 모브리스가 오히려 이상하지만 이 자리엔 그것을 꾸짖거나 말릴 만한 인물이 없었다.

“슬슬 저도 출동할 시간입니다만.”

“아아, 그랬지.”

아널드가 버티다 못해 입을 열자 모브리스가 너그럽게 고개를 끄덕였다. 그러나 우울한 저녁식사 모임은 한 남자의 난입으로 단숨에 긴박한 공기로 바뀌었다.

"실례합니다. 닐바의 움직임이 포착되었습니다."

"음? 벌써?"

닐바는 구 제국어로 부지런한 쥐라는 뜻이다.

대륙공용어를 공식 언어로 채택하고 있는 제국에서 구제국의 언어는 오직 구제국 귀족 출신들만 사용하고 있다. 그런 이유로 의회에서는 곧잘 쓰이지만 군 내에서는 사용하지 않는다.

간혹 의회나 제국 귀족파를 조롱하는 의미로 작전명에 사용하는 정도다.

그런데 이번에는 쿠데타에 가담한 제국 귀족파 군인의 총칭으로 사용되고 있다. 배신자나 스파이와 같은 의미인 셈이다.

단어 자체는 문제가 없었다.

문제는 보고하러 온 남자였다.

대번에 아널드가 눈을 가늘게 떴다.

"사이톨 중위, 호위 임무는 완료했나? 왜 자네가 닐바의 보고를 하지?"

한기를 품은 나지막한 음성에 사이톨은 경례를 붙이며 살짝 떨었다.

"부하를 괴롭히면 쓰나."

"그는 지금 아내의 호위를 하고 있어야 합니다. 각하께 승인을 받았으니 아실 테지요. 그런데 지금 쥐에 대한 보고를 하고 있으니 이를 문책해야 마땅합니다."

바이레타가 습격당한 뒤, 아널드는 다시는 같은 일이 일어나지 않도록 아내에게 호위를 붙여달라고 모브리스에게 건의했다.

"하지만 여기 와 있는 걸 어떡하나. 일단 보고를 듣는 게 우선이지."

모브리스가 느긋하게 대꾸하자 사이톨이 빠른 속도로 상황을 설명했다.

"넵, 보고하겠습니다. 대장의 부인이 닐바에게 납치되었습니다. 스완건 백작가의 마부는 거적에 말려 빈 마차와 함께 백작가로 돌려보내졌습니다."

그 순간 아널드의 손 안에 있던 잔이 쨍 소리를 냈다.

하지만 아널드는 그 소리가 몹시 아득하게 들렸다.

"그거 골동품인데… 몇 대 전 황제가 애용했다나 뭐라나… 아무튼 황제 폐하의 하사품인데."

"각하께서 골동품을 좋아하시는지 미처 몰랐습니다."

"그건 아니고. 그저 부하의 실수를 지적하기 위한 거지. 그나저나 신기하군. 자네의 그런 얼굴은 처음 봐."

눈앞에서 여유롭게 희극을 펼치고 있는 이 남자들을 베어버려도 될까.

그러나 그 정도로는 폭풍처럼 몰아치는 감정을 해소하기엔 역부족이었다.

"각하가 꾸민 겁니까?"

아널드는 바이레타에게 호위를 붙여달라고 모브리스에게 부탁했다. 그리고 승인을 받자마자 제 수하인 사이톨을 보냈다. 그는 아널드의 직속 부하로 꽤 신임을 받는 자였다.

바이레타에게는 백작저에서 나올 생각도 말라고 당부했지만 제 명령에 순순히 따를 여자가 아님을 알았다. 그렇기에 반드시 필요한 일이었다.

그런데 호위가 제 임무를 팽개치고 쥐의 동태나 보고하고 있다. 심지어 아내가 시궁쥐와 함께 사라졌다는 내용이다. 이것은 틀림없이 누군가의 의도가 개입된 것이다.

쥐를 아내의 호위로 붙이고 사이톨이 그를 감시한 것이다. 그리고 그런 지시를 내린 것은 눈앞에서 웃고 있는 이 남자가 틀림없다.

"허? 정말 날 의심하는 건가? 자네 부인이 습격당할 걸 내가 어떻게 알겠나?"

"호위를 붙여달라고 부탁드린 건 이러한 사태를 염두에 두었기 때문입니다. 각하께서 예상하지 않았을 리 없습니다."

"후후. 하긴 자네 부인은 사고를 치는데 천재니까. 그나저나 자네, 여기서 한가롭게 날 규탄하고 있을 시간이 있나?"

히죽 웃는 모습이 실로 악마 같다.

이런 괴물에게 인간의 면모를 기대한 놈은 누구인가.

가능하다면 사태 수습은 제대로 하고 저세상으로 가길.

애초에 애꿎은 사람을 제물로 삼지 말라고 하고 싶다. 모브리스를 얌전하게 만들고 싶었다면 그를 노리면 된다. 서로 칼부림을 하든 어쩌든 1대 1로 맞붙어서 해결을 보면 될 일이다.

그러나 적은 아주 천천히 공들여 일을 꾸몄다.

이 사태를 종결하려면 시간이 더 필요하다. 그러나 기다릴 수 있을까? 아니, 그럴 수 없다.

행동은 신속하게, 최소한의 움직임으로 최대한의 공격을.

제국 군인에게 새겨진 표어다.

"장소는 어디야?"

사이톨을 휙 돌아보자, 부하는 즉시 대답했다.

"라이데월 백작가의 별저, 세이데버그 관입니다. 이안 거리와 단다이아 거리의 남동쪽에 있는 저택으로, 핸더 지구 제7구획에 있습니다."

어디서 들어본 장소다. 아널드는 뭔가 미심쩍은 점을 느꼈지만 말없이 부하의 옆을 지나쳤다.

"중령님, 저도 함께 가도 되겠습니까?"

사이톨이 경례를 붙이며 외쳤지만, 아널드는 분노를 참는 것이 고작이었다.

"같이 가도록 해. 제3중대를 움직여도 좋아, 피켈 중위다. 제압해."

참으로 간단한 제압 명령이었지만, 지금의 아널드는 가능할 것 같았다.

분노로 돌아버릴 것 같아서.

경상이라고는 하지만 바이레타가 다친 것은 사실이다. 게다가 아직 회복도 되지 않았는데 납치까지 당했다.

죽이려고 한 상대를 납치하는 것은 일관성이 없다.

적이 한 몸이 아닐 수도 있고 그녀가 죽든 말든 상관없다고 생각하는 것일 수도 있다.

그녀의 죽음으로 아널드를 견제할 수 있으면 좋고 살아 있으면 인질로 삼겠다는 뜻인가.

그런 놈들의 수중에 아내가 있다.

유능한 호위가 붙어 있었다면 막을 수 있었던 일이다. 그런데 부하에게 배신당하고 상사의 명령으로 권한을 빼앗겼을 줄이야.

바이레타가 처한 상황을 상상하는 것만으로도 속이 뒤집힐 듯 화가 난다. 이런 기분은 처음이다.

누군가의 무사를 비는 것도.

하지만 뭐라도 붙잡고 매달리고 싶다.

현기증과 이명이 지독하게 시끄럽다.

아널드는 이를 악물고 빠르게 복도를 걸었다.

◆ ◆

바이레타는 에밀리오의 몸이 허공을 날아가 벽과 충돌하는 것을 망연히 바라보고 있었다.

시선 끝에는 회색 머리를 가진 미모의 남자가 바이레타를 지그시 내려다보고 있었다.

"아널드 님… 어떻게."

놀람과 동시에 그가 눈앞에 있다는 것이 불안해졌다.

아니, 오는 것은 알았다. 카라가 불렀다고 했으니까. 다만 문제는 그가 바지아가 아닌 바이레타에게 왔다는 사실이다.

그런 심경 따윈 모르는 아널드는 회색 머리를 찰랑이며 성큼성큼 다가와 바이레타를 힘껏 끌어안았다. 호리호리한 체격이지만 팔 힘은 의외로 강하다. 매끄러운 군복의 감촉이 부드럽게 그녀를 감싼다.

익숙한 그의 냄새를 맡고서야 비로소 현실인 것을 인지했다.

무의식중에 몸이 굳어버린 그녀의 등을, 그는 천천히 쓰다듬었다.

아내의 불안감을 달래고자 하는 몸짓이었지만, 바이레타는 화가 나서 미처 깨닫지 못했다.

"왜, 여기로 온 거예요? 그루즈벨 전 대장 각하는 별실에…."

"그가 울렸습니까?"

"안 울었어요!"

에메랄드그린빛 눈을 가늘게 뜨고 얼굴을 들여다보는 아널드에게, 바이레타는 발끈하며 대답했다. 사실 방금 전까지 눈물을 흘리고 있었으니 뺨 위에 젖은 흔적이 남아 있을 것이다.

하지만 지금은 울지 않는다.

그런 걸로 오기를 부려봤자 의미가 없다는 걸 안다. 하지만 인정하기분하다. 고집스런 성질이 발동한 결과다.

그는 바이레타의 눈시울에 고인 눈물을 긴 손가락으로 살짝 닦아주고 한숨을 폭 내쉬었다.

그리고 보란 듯이 손가락을 핥았다.

"짭짤하군요."

"핥지 마요!"

"훗, 고집은."

순간 그는 다정하게 입술을 겹쳤다.

"웃… 후앗… 잠깐, 잠깐만요!"

아널드의 품 안에서 버둥거리자, 닿을 것 같은 거리에 있는 그의 에메랄드그린 눈동자가 다정하게 깜박였다.

"왜요?"

"이러고 있을 때가 아니에요! 왜 여기에―."

"아널드 스완건! 이 개자식, 내게 이런 폭력을 휘두르고 무사할 것 같아?!"

벽에 내던져졌던 에밀리오의 안색이 좋지 않았다. 그는 고통을 참는 듯 얼굴을 찡그리며 주춤주춤 일어섰다.

"나이는 내가 더 많습니다. 가문의 위상이 더 높을 경우 이름을 부를 수도 있다고는 하지만 아직 작위도 잇지 못한 후계자 나부랭이가 그리 부르는 건 경우가 아닌 듯합니다."

"그 녀석에게서 손 떼. 다가가지 마….."

"내 아내입니다. 그러고 보니 바이레타, 집에 돌아가면 벌을 줄 겁니다. 내가 집에서 한 걸음도 나오지 말라고 경고했을 텐데요."

"싫다고 했잖아요!"

지금 그걸 따질 때인가.

노기를 담아 외치자, 아널드가 얼굴을 일그러뜨리며 바짝 다가왔다.

그리고 깊은 입맞춤이 이어졌다.

"잠, 후웃, 자, 잠깐…으응."

에밀리오가 공격해올지 모르는데 등을 보이다니 제정신인가. 게다가 보란 듯이 입을 맞추다니.

"내 아내가 너무 귀여워서 어쩔 수 없었습니다."

"미쳤어요?!"

다가오는 얼굴을 밀어내는 순간, 경악하는 에밀리오가 시야 끝에 비쳤다. 공격할 기세로는 보이지 않았다. 적을 등지고 당당하게 키스신을 선보이는 아널드에게 질려버린 느낌이었다.

창피해서 얼굴이 빨개지자 아널드의 웃음이 더욱 짙어졌다.

"봐요, 이렇게 귀엽다니까요."

"그만해요!"

말이 통하지 않는다.

외국인과 대화하는 기분이 들어 현기증이 났다.

하지만 아널드는 즐겁게 웃기만 했다. 이 상황에 웃을 정신이 있다니.

"당신이 누구의 아내인지 가르쳐주고 싶었습니다."

그렇게 말하며 다시 입을 맞췄다.

어린 눈으로 보아도 어머니는 무척 아름다운 분이었다.

아버지와 숙부는 자신이 어머니를 쏙 빼닮았다고 했다. 두 사람은 어머니를 몹시 사랑한다. 아버지는 어머니의 단아하고 아름다운 자태와 유연하면서도 단단한 성품에 반했고, 숙부는 어머니의 손에서 자라 친

모 이상으로 누나를 아꼈다.

어머니를 닮아서 널 귀여워하는 거다, 라고 말한 적도 있다.

어머니를 닮아서 사랑받는다는 것은 일찌감치 알았다.

두 사람의 근저에 있는 것은 어머니다.

바이레타는 그 다음이었다. 그래서 어머니가 하지 않을 것 같은 행동을 해봤다.

검을 잡고 장사를 배웠다.

하지만 두 사람은 여전히 자신에게서 어머니를 본다. 바이레타를 부정하는 것은 아니지만, 사소한 행동 하나하나가 어머니를 닮았다며 기뻐한다.

바이레타의 세상은 오랫동안 좁고 갑갑했다.

그래서인지 언젠가부터 아무도 자신을 모르는 곳에서 살고 싶다는 꿈을 꾸게 되었다.

사랑을 동경하는 마음은 있다. 하지만 가슴 설레는 로맨스보다는 자유를 원한다. 손에 일을 거머쥐고 자립하고 싶다.

그렇게 끊임없이 갈망하며 살아왔다.

아버지는 제국군인다운 사고의 소유자였다. 여자는 보호받는 존재, 결혼을 해야 비로소 행복해지는 존재라고 믿었기에 엄청나게 싸워야 했다. 물론 애정을 의심하진 않는다. 그러나 결혼은 자신의 행복이 아니라고 아무리 외쳐도 철부지의 어리광으로 일축해 버리는 완고한 사고방식을 깨부숴주고 싶었다.

그러나 격렬한 반항 끝에 시집간 시댁은 뜻밖에도 편안했다.

시아버지는 술만 마시지 않으면 나름대로 쓸만한 구석이 있는 단순한 사람이었다. 바이레타에게 어떠한 여성상도 강요하지 않았다. 그저 미친 듯이 일만 부려먹었다. 시집을 왔으면 그게 당연하다며.

물론 그의 오만한 명령에는 짜증이 난다. 그러나 스완건 백작가의 영지 경영은 장사와는 또 다른 느낌으로 재미있었다.

이익을 제쳐두고 무언가를 만드는 이유는 사람을 위해서다. 막대한 예산이 들어가는 공공사업은 결국 그 땅을 풍요롭게 만들고자 하는 목적임을 깨달았다.

장사라고 눈앞의 이익만 좇는 것은 아니지만 애초에 사고의 방향이 다르다. 약자를 돕기 위한 지혜가 필요하다. 대신 타인을 납득시키기 어렵다. 이익을 추구하는 자들에게는 돈만 낭비하는 헛짓으로 보이기 때문이다. 그들은 그 돈을 수익성이 있는 곳에 투자해야 마땅하다고 주장한다.

근본적으로 다른 문제라고 호소해도 듣지 않는다. 애초에 원만한 해결책 따윈 없지만, 그래도 적당히 당근을 쥐어주는 방책을 짜내는 것은 골치 아프면서도 재미있었다. 머리를 환기하는 것 같아 즐거웠다는 걸 부정하지 않겠다.

욕심이 났던 것도 같다.

백작가가 스완건 영지에서 벌이는 사업은 사방이 문제투성이었지만 암중모색하는 기분으로 그럭저럭 해결해나갔다. 보람을 느꼈다. 성별이나 용모와 상관없이 일에만 몰두할 수 있는 환경이 정말 좋았다.

남편은 영원히 돌아오지 않을 수도 있다.

편지 한 장, 눈길 한 번 받은 적 없는 아내.

그래서 바이레타는 생각했다.

어쩌면 스완건 백작가의 며느리로 지금처럼 자유롭게 살아가도 좋겠다—라고. 그렇게 안심한 순간 귀환한 남편에게 당했지만.

그는 초야를 내세우며 멋대로 몸을 겹쳤다. 혼란에 빠져 전혀 저항하지 못한 게 분하다. 그런 밤이었다.

말도 없고 속도 알 수 없어 번번이 짜증이 치밀게 만드는 남자였지만.

그래도 그가 마음을 써주고 있다는 걸 알았다. 서툰 배려를 느낄 때도 있었다.

가끔은 열기가 어린 눈동자로 자신을 바라보는 그를 알고 있다.

하지만 자신을 창부 취급하고 남자를 홀리는 그녀의 잘못이라고 했다.

그럴 때마다 생각했다. 역시 남편은 자신을 좋아하지 않는 거라고.

에메랄드그린 눈동자에 자신이 어떻게 비치는지 신경 쓰며 일희일비하는 감정이 한심하게 느껴졌다.

내기의 승패로 이혼해도 좋다는 바보 같은 말을 꺼낸 것도 싫고, 소문과 같은 문란한 여자로 여겨지는 것도 싫다. 그렇다고 어린 시절부터의 꿈도 버리지 못한다. 이혼하고 싶지만 이혼하고 싶지 않다. 요동치는 복잡한 심경, 마음 한 구석에 그가 자리잡고 있었다.

완전히 뿌리를 내려버렸다.

그래서 더욱 그의 족쇄가 되고 싶지 않다.

자유롭고 싶어 하는 자신이 상대를 구속하는 장애물이 된다니, 악몽 같다.

"그만하라고 했잖아요!"

아널드의 입술을 양손으로 막으면서 화를 내자, 그는 재미있다는 듯 눈을 가늘게 떴다.

"이럴 때가 아니라고요. 대체 왜 여기로 온 거예요?"

"아내를 구하는 것은 남편의 의무니까요."

"이게 덫이란 걸 아시잖아요. 어서 그루즈벨 각하를 구해주세요. 이렇게 꾸물대다 진짜 쿠데타의 최고 간부가 되고 싶어요?!"

“그럴 생각 없습니다.”

“당신은 없어도 저쪽은 있다고요. 도대체 뭘 믿고 그렇게 자신만만한 거예요?!”

“사랑하는 아내가 위험에 빠졌는데 어떻게 딴 곳에 갈 수 있습니까? 나는 그게 더 이상합니다. 게다가 한 번도 눈물을 보인 적 없던 당신이 울고 있는데 어떻게 내버려둡니까?”

지금은 안 운다고! 당신이 본 건 땀이야!

그리고 자신을 여기로 납치한 건 그가 보낸 그 잘난 부하란 말이다.

“당신 부하가 절 여기로 끌고 왔어요.”

“당신은 내 사랑스러운 아내를 납치하도록 부하에게 명령한 게 나라고 믿는 겁니까? 어이가 없군요. 이건 드레스런 대장 각하의 지시입니다. 쥐새끼를 함정에 빠뜨릴 의도였겠지요. 진짜로 당신을 호위했어야 할 내 부하는 아내가 쥐새끼에게 납치되는 걸 가만히 구경이나 하다 뒤늦게 보고하러 왔더군요, 뻔뻔하게도.”

들려서는 안 될 수식어가 들린 것 같지만 일단 모브리스라는 이름에 납득했다.

바이레타를 미끼로 던져 쿠데타를 단숨에 진압할 생각이었나. 그 정도는 아니어도 발판 정도로 삼으려곤 했던 것 같다.

위자료 청구 대상이 결정된 순간이었다.

“그런데 그게 왜 이 남자와 연결된 건지 모르겠습니다. 아무튼 방법은 차치하고 아내의 목숨을 지켜주려 한 것은 감사합니다.”

아널드의 말에, 무심코 에밀리오에게 시선을 돌렸다.

그는 바이레타를 살려주겠다고 말했다. 비유가 아니라 사실이었던 것이다. 역시 바이레타를 이곳으로 데려온 것은 에밀리오의 지시였다.

“그를 단순한 적으로 생각하는 건 아니라는 뜻인가요?”

"내게는 적입니다. 당신을 빼앗아갔으니까."

뻔뻔하게 대답하며 또 입술을 붙이려는 남자를 휙 노려보자, 아널드는 그제야 얽은 팔을 풀고 설명을 시작했다.

"쿠데타 계획은 나를 최고 간부로 세우는 겁니다. 그래서 그루즈벨 각하를 납치하고 다른 곳에도 지시를 내린 것이지요. 나는 그대로 움직였습니다. 그러니 인질을 더 잡을 필요가 없지요. 당신을 납치하거나 죽일 필요가 없다는 말입니다. 그럴 필요가 있다면 쿠데타와는 상관없는 문제일 겁니다."

아널드는 짧게 숨을 내쉬더니, 못 말린다는 듯 바이레타를 쳐다봤다.

"내 아내는 정말 인기가 많군요."

카라가 자신을 죽이려 했다면 그건 무조건 아널드 때문이다.

인기와는 무관한 일이다. 애초에 인기가 있었던 적도 없고.

어쨌든 카라의 마수로부터 바이레타를 구하려고 한 건 에밀리오였다. 남편의 짓으로 뒤집어씌우긴 했지만 목숨이 위험하다고 알려줬고 방금도 카라에게서 도망치라고 충고도 해주었다.

"으음, 그건, 옛 동급생의 인연을 봐서, 일까요?"

접점이라곤 같은 학원 출신이라는 점밖에 없는데 그가 왜 그토록 자신을 지켜주려 했는지 모르겠다. 동급생에게 그렇게 뜨거운 의리를 갖고 있는 사람인 줄 몰랐는데. 역시 동문의 유대감이란 생각보다 특별한 것 같다.

"큭큭…, 가끔 당신은 놀랍도록 둔감하군요. 그런 점도 귀엽습니다."

칭찬인지 욕인지 모르겠지만, 놀리고 있다는 건 알 수 있었다.

아널드를 매섭게 노려보자, 그는 짓궂게 웃으며 에밀리오를 돌아봤다.

"아무래도 당신의 마음은 전해지지 않은 것 같습니다."

“몰라도 상관없어. 동정하지 마.”

“둘이 아주 잘 맞겠군요. 당신도 꽤나 고집스러운 걸 보니.”

질린 듯 말하는 목소리에는 어쩐지 연민의 감정이 묻어난다.

바이레타는 혼자 따돌림을 당하고 있는 것 같아 기분이 상했다.

“그래서 이제 어떻게 할 겁니까?”

“흥, 이깟 일 정도로 내가 어떻게 될 것 같아? 의장 각하가 어떻게 나오실지 기대하기나 해.”

“그건 내가 할 말입니다. 어차피 당신의 독단으로 벌인 일일 테니. 의장은 똑똑한 자를 좋아하고 무능을 혐오하지요. 버림받지나 않으면 다행일 겁니다.”

에밀리오는 불리한 입장인 것을 깨달았는지 조용히 입술을 깨물었다.

“어머, 아널드 님. 여기 계셨군요.”

조용히 들어온 사람은 카라였다. 요란했던 아까와는 사뭇 달라진 태도였다. 화사한 웃음 속에 교태가 숨어 있고 목소리는 한없이 달콤하다.

그러나 그녀의 등 뒤로 비치는 광경은 몹시 험악했다. 카라의 뒤에서 포박당한 바지아가 남자에게 제압된 상태로 들어왔다. 사람 꼴은 만들어놔야 한다며 데려간 것치고는 잔뜩 헝클어진 머리에 처참한 몰골이었다. 아마도 저항을 시도했던 모양이다.

바지아를 제압하고 있는 인물은 바이레타의 호위였던 남자다. 카라와 함께 나타난 걸 보니 그녀의 수하로 보인다.

“현관에서 맞이하려 만반의 준비를 갖춰놓았는데.”

“죄송합니다. 사랑하는 아내가 이곳에 있다는 말을 듣고 정신없이 달려오다 그만.”

그의 애처가 연기는 언제까지 계속될 것인가. 스완건 영지에서도 그러더니 이러는 이유를 모르겠다. 도대체 누구에게 보이려고 이러는지 모르겠지만 상대를 좀 가려가며 해야하지 않나.

아니면 카라의 질투심에 불을 질러 더 화나게 만들려는 작전인가.

이제 바이레타는 아널드의 아내도 아니다. 내기 기간은 끝났고 승자는 바이레타로 결정되었다. 달거리는 아직 오지 않았지만 조짐이 보였다. 그러나 바이레타는 이 상황에서 그걸 따지고 있을 만큼 신경이 두껍지 못했다.

"각하, 환경이 많이 열악했습니까?"

"무슨, 서부 해적과 싸울 때에 비하면 아무것도 아니야. 우리 해군은 너무 취약했거든. 그때는 조타술도 형편없고 배멀미에 시달리는 녀석들이 너무 많아서 제대로 싸울 수도 없는데 반 년 이상 육지로 돌아오지 못했다네. 그땐 정말 힘들었지."

"그렇군요. 일단 폭력은 사용하지 말라고 당부했는데."

"포로 신세 치고는 나름대로 쾌적했네. 나도 이제 나이가 나이라 마대에 들어가 마차 짐칸에서 굴러다니는 건 좀 힘들었네만."

평화롭게 대화를 나누는 두 군인을, 카라는 질린 듯한 눈빛으로 쳐다봤다.

"별실에 식사를 준비했습니다. 대화는 그쪽에서 나누시면 어떨지요."

"아니요, 고맙지만 사양하겠습니다. 저는 각하의 건강한 모습을 본 것으로 충분합니다. 아내는 몸이 다소 불편한 상태라 오늘은 이만 데려가겠습니다."

"그래요? 그럼 지금까지의 상황을 보고 부탁드릴게요."

"의회에서도 보고했으니 이미 알고 계실 테지만 쿠데타의 주요 장소는 진압을 완료했습니다. 최종적으로 모브리스의 직접 암살은 실패했지만, 그는 어제의 농성 폭발로 중상을 입어 생명이 위독합니다. 아마 숨을 거두는 건 시간문제일 겁니다.”

아널드의 담담한 설명에 바이레타는 고개를 갸웃거렸다.

어제 바이레타를 살피러 온 아널드는 모브리스의 저택에서 일어난 농성 사태 때문에 출동해야 한다며 집을 나갔다. 오늘 의회의 출석 여부는 모르지만, 바이레타가 납치당하도록 일을 꾸민 것이 모브리스라고 들었다.

그런데 지금 중상을 입어 생명이 위독하다고?

카라는 만족스러워하며 고개를 끄덕였다.

“의회에 참석한 것도 부관이라고 들었지만 아무튼 그 악마가 수용된 곳이 궁금했답니다. 생명이 위독하다니. 의장께서 아시면 기뻐하시겠어요.”

“의장 각하께는 제가 보고드리겠습니다.”

에밀리오가 얼굴을 찡그리며 대답했다. 아까 아널드에게 내던져져 벽에 부딪친 곳이 아픈 모양이다.

“그래. 이것으로 군인파의 주요 상층부가 하나 줄었군. 아널드 님 덕분에 군인파의 최대 파벌인 드레스런 대장을 해치웠으니까. 이제 귀족파가 투입한 군인들이 상층부를 점령하게 될 거야. 그럼 내 귀여운 아드님의 앞길은 탄탄대로지.”

카라는 라이데월 여백작으로 불리지만, 사실 백작가의 당주는 그녀의 아들이다. 아직 어려서 카라가 임시로 당주직을 맡고 있을 뿐이다. 그러나 그 아들도 내년에는 15세로 성인이 되어 입법부 의원으로 부임이 결정되었다고 한다. 조만간 작위도 물려받을 것이다.

대립하는 군인파의 세력이 약해지면 그녀의 아들은 더 편한 길을 걷게 된다. 모친이 귀족파에 해준 것이 있다면 더더욱. 대단한 모성애다.

아들을 위해 이렇게나 깊이 귀족파에 가담하다니.

바이레타가 감탄하고 있으니, 의기양양하게 웃던 카라가 갑자기 살기 어린 눈빛으로 바이레타를 노려봤다.

"그럼 마지막으로 부탁드릴게요. 아널드 님, 그 여자를 죽여주시겠어요?"

"…그게 무슨 말입니까?"

"도무지 납득할 수 없어서요."

아양을 떠는 듯한 목소리는 여전하다. 그러나 바이레타는 전혀 다른 사람인 양 느껴졌다. 한없이 냉랭하고 무겁게 바이레타를 짓누르는 목소리다.

"저도 독부로 불리며 사교계에서 온갖 소문을 뿌리고 다녔지요. 죽은 남편은 나이도 많고 냉혹한 백작. 무기나 팔아서 돈을 버는 장사꾼이라며 욕을 먹었고 귀족파에서도 은근히 천대받는 지위였어요. 나를 지켜줄 사람은 아무도 없었답니다. 남편에게 사랑받은 기억도 없어요. 후계자를 낳으면 내 쓸모는 끝이라니, 사람을 어떻게 이렇게 무시할 수 있죠?"

카라는 한숨을 쉬며 슬픈 눈빛으로 아널드를 바라보았다.

"오직 내 힘으로 여기까지 힘겹게 올라온 거예요. 남자들 사이를 오가며 아양을 떨었어요. 할 수 있는 건 뭐든 다 했죠. 그래서 이젠 귀족파에서도 제법 높은 지위에 올랐답니다. 그런데 왜 내 앞에서 보여주는 거죠?"

"네?"

아널드는 이해할 수 없다는 듯 눈썹을 찌푸렸다.

그러나 바이레타는 이해하지 못하는 남편이 조금 기뻤다. 그는 제 아내를 독부로 생각하지 않는 것이다. 카라와는 전혀 다르다고.

에밀리오는 알고 있다. 카라가 왜 그토록 바이레타를 증오하는지.

사교계에서 나란히 독부라 불리는 사이.

그리고 상당한 연상과 결혼했다. 그러나 한쪽은 남편의 사랑을 받지 못했고 한쪽은 일단 사랑받는 것처럼 보인다. 이렇게 구하러 와주기도 하니까.

죽도록 고생한 것도 악명을 떨치는 것도. 정말 닮은 경우지만 처지는 하늘과 땅만큼 다르다.

그렇다고 순순히 죽여줍쇼, 할 생각은 추호도 없지만

"아널드 님, 당신의 소중한 영감님은 돌려드릴 테니 내가 보는 앞에서 부인을 죽여주세요."

"거절하겠습니다."

"그럼 저 영감님을 여기서 죽여드릴까요?"

"내가 쿠데타에 협력하기로 한 첫 번째 조건은 각하를 무사히 돌려보내주는 거였습니다. 그런데 왜 내 아내를 걸고 넘어집니까?"

"납득할 수 없어서라고 말씀드렸잖아요."

미소 짓는 카라는 무척 아름답고 우아했다. 그러나 바이레타를 향해 뿜어내는 증오는 시커멓고 위압적이다. 바이레타는 그 압력에 짓눌릴 것 같아 숨이 막혔다.

"숙부도, 시아버지도 가리지 않고 유혹하는 문란한 여자예요. 게다가 제 성질을 못 이겨 아널드 님의 뺨을 때렸다지요? 그렇게 제멋대로 구는 데도 사랑받는 게 너무 부러워요."

카라는 분노 가득한 표정으로 바이레타를 벌레 보듯 내려다보았다. 부러워하는 사람의 눈빛이 아니다. 그럼에도 그녀는 웃고 있었다. 그것이 카라의 자존심이다.

"내가 왜 당신을 납득시켜야 합니까?"

냉철한 남편아, 제발 눈치 좀.

지금 카라에게 필요한 것은 연민이다.

적어도 공감하는 시늉이라도 해주란 말이다.

바이레타는 벽 가장자리에 선 에밀리오를 휙 쳐다봤다. 그러나 안색이 희게 질린 그가 도움이 될 리 없다는 건 보기만 해도 알 수 있었다.

"그리고 전에도 말했지만, 내 아내는 대단히 아름답고 믿기지 않을 만큼 귀엽습니다. 이런 여자를 어떻게 사랑하지 않을 수 있습니까?"

"좀—아무 말이나 떠들지 말고 상황 파악을….'

"아무 말이 아닙니다. 그리고 당신의 요염한 모습은 아는 건 나뿐입니다. 그 점은 오해 마시길."

당부하는 부분을 전혀 이해할 수 없다. 심지어 약간 자랑스러워하고 있다.

왜 온 거지? 구하러 온 거 아니었나?

손 안 대고 죽이고 싶어서 이러는 건가.

"꿀이 떨어지는군요…, 정말 부러워. 하지만 아널드 님은 저와도 밀회를 즐겼잖아요. 저런 지루한 여자와는 즐길 수 없는 것을 실컷 했고요."

아널드가 카라와 하룻밤을 보냈다는 이야기는 그녀에게 직접 들었다. 그의 동정을 가져간 잊을 수 없는 첫 상대라고 했다. 상상하니 형용할 수 없는 불쾌감이 끓어올랐다. 이제는 이것이 질투라는 걸 솔직하게 인정할 수 있다.

예전부터 군에서 돌았던 소문이기도 하고 바이레타가 스완건 영지에 머무는 동안에도 밀회를 가졌다는 말을 들었다. 그러나 그토록 친밀한 여성을 대하는 아널드의 태도는 너무하기 짝이 없다. 그래서 바이레타는 왠지 모르게 기뻤다. 그런 자신이 추하다고 느끼면서도 이것이 사랑인가, 하는 생각도 들었다.

다른 남자가 자신을 만지는 건 참을 수 없다. 그리고 저 아닌 다른 여자가 그에게 접근하는 것도 용서할 수 없다.

"강제로 당한 기억은 있습니다. 하지만 이젠 아무래도 좋은 기억이군요. 아내가 너무 요염해서 다른 건 다 잊어버렸으니까요."

"악, 입 좀 다물어요!"

이 남자는 입만 열면 이 지경이다. 바이레타는 참다 못해 사나운 말을 내뱉었다.

그러나 아널드는 의아한 얼굴로 바라볼 뿐이다. 전혀 알아들은 기색이 아니었다.

"부부의 내밀한 이야기를 남들에게 해서 화가 난 겁니까? 두 사람만의 비밀이라서?"

"아뇨, 전혀 아니에요. 완전히 잘못 짚었어요. 그러니까 그만 닥치라고요!"

남편의 실실 웃는 얼굴을 보고 바이레타는 딱 잘라 부정했다. 그러나 아널드는 그것조차 즐거운 것처럼 보였다. 그의 목적은 오로지 카라를 미치게 만드는 것인지도 모른다.

왠지 두통이 밀려왔다. 정말 답이 없는 건가.

"…적당히 해요!"

카라가 바이레타의 뺨을 내리치려 손을 날렸다.

그러나 미리 간파한 아널드가 바이레타의 몸을 확 잡아당겼다. 바이레타는 남편의 가슴팍에 쓰러지듯 머리를 부딪치고, 카라의 손이 허공을 가르는 소리만 허무하게 울렸다.

"아내에게 위해를 가하지 마십시오. 계약 위반입니다."

"그렇게 부인이 소중해요? 그럼 같이 죽어 버리든가."

카라는 무표정한 얼굴로 중얼거리더니, 입구에 있는 캐비넷으로 다가가 두 개의 병을 꺼냈다. 하나는 금속으로 만들어진 통이고 다른 하나는 액체가 들어 있는 병이다.

"기다려요, 카라 님. 그건 안 됩니다."

에밀리오가 놀라며 외쳤지만, 카라는 듣지 않았다.

"다치고 싶지 않으면 떨어져. 나는 내 목적은 저 여자뿐이니까."

"저게 뭔지 아세요, 아널드 님?"

광기 어린 미소를 짓고 있는 카라에게 시선을 똑바로 고정한 바이레타가 옆에 있는 아널드에게 조용히 묻자, 그는 입을 조그맣게 움직였다.

"이번 쿠데타에서 두각을 나타낸 신형 폭탄입니다."

"저게요?"

"특수한 것입니다. 그간의 화약들과는 차원이 다른 위력을 가졌습니다. 남부전선 때 도입된 무기인데, 저것 덕분에 이길 수 있었지요. 라이데월 백작가의 무기상에서 납품한 거라고 듣긴 했는데 이렇게 상비하고 있을 줄은. 재료 중 하나가 극독물입니다…."

이곳은 라이데월 가의 별저이니 폭탄으로 날려버려도 문제삼을 자가 없다. 아널드를 초대하고 폭약까지 준비해놓다니 정말 지독한 여자다. 애정이 지나치면 증오가 되는 걸까.

그 증오가 바이레타를 향하고 있긴 하지만.

"혹시 침투시켜둔 부하들은 있나요? 바깥 복도에서 매복 중이라거나."

"실은 정찰 중이었는데 울고 있는 당신을 보고 눈이 뒤집혀서 저 혼자 뛰어든 겁니다. 그래서 부하들의 동태는 현재 파악할 수 없습니다."

이게 뭐람. 정말 냉혹하고 냉철한 회색여우는 어디로 가버린 거야.

제발 부탁이다. 지금 당장, 여기 나타나줘.

바이레타는 숨을 고르며 머리를 환기시켰다.

아무도 나설 수 없다면 내가 나서는 수밖에 없다. 좌절하며 울어봤자 죽음만이 기다리고 있으니까.

"아널드 님이라면 이것의 위력을 잘 아실 테지요. 하지만 저는 부인도 경험해 보시길 바랐지요."

카라는 불길한 미소를 지었다.

그 말은, 스완건 백작가의 현관을 날려 버린 폭탄과 같은 것이라는 뜻이다. 이제는 바이레타를 죽이려 했던 사실을 숨길 생각도 없는 것 같았다. 애초에 남편에게 아내를 죽이라고 요구한 시점에서 살의는 명백하지만.

"아널드 님, 여백작님을 부탁할게요."

바이레타의 말에 아널드는 뭔가 말하려다 말고 작게 고개를 끄덕였다.

그것을 승낙으로 받아들인 바이레타는 양손을 펼쳤다.

여자는 배짱이다. 장사꾼은 허세도 중요하다. 무엇보다 고객을 구워삶는 화술은 상인의 필수조건이다.

두려움에 떠는 것은 나중에도 할 수 있다. 지금은 할 수 있는 모든 것을 다할 때라고 스스로를 독려하며 카라를 똑바로 응시했다.

"여백작님도 참, 질투에 눈이 멀어 남편에게 아내를 죽이라고 하시다니, 귀부인이 할 짓이 아니지 않나요? 물론 저는 아널드 님의 무한한 사랑을 받는 행복한 아내이기 때문에 그런 일은 일어나지 않는다는 걸 알고 있지만요."

바이레타가 행복에 취한 듯한 미소를 지으며 눈을 깜박거리자 카라는 말문이 막힌 듯했다.

물론 속으로는 창피해서 죽을 것 같지만 절대 티내지 않는다.

"무, 무슨….."

"이렇게 데리러도 와주고 어딜 가도 따라오려 해서 정말 귀찮아 죽겠어요. 심지어는 숙부님을 만날 때도 따라온다니까요? 아무리 저라도 두 사람을 상대하는 건 좀 힘들잖아요. 그래서 안 된다고 하는데도, 평소엔 어떤 부탁이든 다 들어주는데 그것만은 절대 들어주지 않고 토라지신답니다. 독점욕 강한 남편은 정말 곤란해요."

"아널드 님은 속고 계신 겁니다. 역시 이 여자는 끔찍한 악녀가 맞아요. 제발 눈을 뜨시라고요."

"눈은 잘 뜨고 있으니 걱정 안 하셔도 됩니다."

"후후, 제 남편은 아주 이해심이 많은 여우랍니다. 물론 질투가 심해서 잘못 건드리면 그날 밤엔 큰일이 나지만요. 너무 격렬해서 밤새도록 놔주지 않는… 여백작님도 잘 아시겠네요?"

"이익…, 이 나쁜 계집!"

제가 카라보다 어린 24세이긴 하지만 계집애 소릴 들을 정도로 어린 건 아니다.

바이레타는 카라를 도발하면서 한 걸음 한 걸음 그녀에게 다가갔다.

분해서 바들바들 떨고 있는 카라는 이미 안색이 희게 질려 있었다. 자신을 죽일 듯이 노려보고 있다. 그만큼 집중하고 있는 것이다.

분노가 정점을 넘으면 하얘지는구나, 하는 생뚱맞은 감탄을 하던 바이레타는 한 걸음 전진과 동시에 오른쪽 앞으로 크게 점프했다.

그러자 바이레타의 뒤에 있던 아널드가 카라에게 달려들었다. 바이레타는 바지아를 제압한 남자의 다리를 구두굽으로 힘껏 찍었다.

남자가 비명을 지르며 손을 떼자, 그 틈에 바지아가 남자의 명치를 돌려차기로 가격했다. 빠르다. 군인이기에 가능한 현란한 움직임.

“크억.”

남자는 문을 부수고 날아가 복도의 벽에 부딪치고 바닥에 나뒹굴었다. 그 광경을 본 바이레타는 감탄을 금치 못했다.

“대단하세요, 각하.”

“아가씨의 멋진 도발에 비할 바는 아닙니다.”

“나도 칭찬 한 마디는 들어도 괜찮을 것 같은데요.”

돌아보니 아널드가 두 개의 병을 양손에 들고 서 있었다. 카라는 정신을 잃었는지 바닥에 쓰러져 꿈쩍도 하지 않았다.

“그건 제가 못 봐서 칭찬해드리기 어려워요.”

“그렇군요.”

아널드는 아쉬운 기색도 없이 병을 들고 복도를 향해 외쳤다.

“제압 완료했습니다, 연행하십시오.”

소란을 듣고 군인 몇 명이 달려왔던 모양이다. 군복 입는 남자들이 들이닥쳐 카라와 에밀리오의 신병을 확보해 끌고 나갔다. 에밀리오는 저항하지 않고 순순히 따랐다.

“부하의 동태를 파악할 수 없다면서요.”

“파악하진 못했지만 움직임을 예측할 수는 있습니다.”

그런 건 미리미리 가르쳐주란 말이다.

그랬다는 이런 미친 짓까지는 하지 않았을 텐데.

창피함을 무릅쓰고 독부 연기를 선보이지 않고도 해결할 수 있었단 말이다.

바이레타의 침묵이 길어지자, 아널드는 바지아에게 경례를 붙였다.

“각하, 구조가 지체되어 죄송합니다.”

“됐네. 그 애송이 녀석이 무슨 간교한 계략이라도 짜내고 있었나보지. 내가 폐를 끼친 것 같군.”

애송이 녀석이란 설마 모브리스?

바지아의 말에, 아널드는 손을 내리고 고개를 저었다.

"제가 부족한 탓입니다."

"하하, 자신의 역량을 과소평가하면 후회한다네. 그리고 아주 훌륭한 아가씨구먼. 소중히 아껴줘. 오랜만에 고생했더니 나는 이만 집에 가야겠네."

"네, 부하가 댁으로 모셔드릴 겁니다."

아널드가 눈짓을 하자, 군인 한 명이 경례를 붙이고 바지아에게 다가섰다.

방 안에서 사람이 모두 나가자, 바이레타는 아널드를 돌아봤다.

"저들은 무거운 처벌을 받을까요?"

"의장의 재량에 달렸습니다. 보좌관은 후작가의 적자이니 아마 그의 가문에서 최대한 선처를 위해 힘을 쓰겠지요. 여백작은 무죄로 석방되긴 어려울 겁니다. 내일 의회에서도 충분히 증언을 확보할 예정이고요. 보좌관이 걱정됩니까?"

"방법은 나빴지만 일단 저를 구해준 셈이니…."

"과연. 내 아내는 정말 변덕스럽군요. 벌을 줘야겠네요."

아널드는 어이가 없다는 듯 한숨을 쉬었다. 바이레타는 그의 품 안에서 남편을 쏘아봤다.

"내기는 끝났잖아요, 당신에게 이럴 권한이 있나요?"

변덕스런 아내가 누구람. 설마 나?

아널드의 몸을 밀어내고 팔에서 쑥 벗어났다.

짐짓 근엄하게 가슴을 펴고 턱을 젖혀보았지만 별로 효과는 없었던 것 같다.

오히려 그의 분노에 기름을 부은 결과만 낳았다.

“그 문제는 대화를 하자고 했을 텐데요. 그보다 당신이 알아둬야할 게 있습니다. 대체 이 결혼의 어디가 그렇게 불만입니까?”

그의 물음에 바이레타는 생각했다.

당연히 불만이 있다.

왜 없을 거라 생각하는지 모르겠다.

그보다 이혼을 원하는 건 그쪽 아닌가.

그게 아니었다면 첫날밤에 그딴 내기를 제안하지는 않았을 것이다.

“이혼하고 싶은 건 당신 아닌가요?”

“내가요? 전혀.”

“그렇군요. 그럼 당신은 어느 쪽이든 상관없는 거네요? 그게 아니라 면 이길 생각도 없는 내기를 걸진 않았을 테니까요.”

그에게 아내는 언제든 안을 수 있는 상대 겸 다른 여자들이 다가오지 못하게 막는 기피제 같은 역할이니까.

그런 거라면 굳이 바이레타가 아니어도 된다.

그런 용도의 여자라면 악평이 자자하든 독부이든 무슨 상관이랴.

최대의 불만이 그 부분과 직결되어 있다는 걸 깨닫고 싶지 않았지만.

“나는 이길 생각이 있습니다.”

“네에? 하지만 아이가 생겨야 한다는 조건은 너무 사람을 모욕하는 거잖아요. 그건 뭐라고 설명할 거죠?”

“좋아하는 여성과 아이를 갖고 싶은 마음이 누굴 모욕하는 겁니까?”

“좋아한다고요? 당신에게 아내는 공짜로 안을 수 있는 창부나 다름 없잖아요.”

“아내는 사랑하는 여성입니다. 물론 욕망도 있긴 합니다. 매력적인 여성이니까. 그게 잘못입니까? 그런데, 창부라니, 그건 대체 어디서 들 은 말입니까?”

갑자기 날카로워진 아널드의 눈빛에 바이레타의 심장이 쿵 떨어졌다.

젠장, 목덜미가 선득해진다.

왜 화를 내지?

그가 분노하는 이유를 모르겠다.

남편의 대화를 엿들을 때, 공짜로 이용할 수 있는 여자 운운한 것은 친구이지 아널드가 아니긴 했다. 하지만 부정하지 않은 것도 사실이다.

그래서 그가 말한 것으로 믿어버렸다.

"바이레타?"

"아, 아니요. 어디서 들은 건 아니에요."

"정말입니까?"

"정말이에요!"

의심은 남아 있지만 그럭저럭 납득한 것 같다. 바이레타는 가슴을 쓸어내렸다.

"그래서 나와의 결혼생활이 어디가 그렇게 불만입니까?"

"어, 어, 음… 밤의 횟수가 너무 많아요."

"그건 미안합니다. 하지만 당신을 보면 어쩔 수 없습니다. 익숙해지면 조금 자제할 테니 조금만 참아주세요."

"네에? 그리고 장소를 가리지 않는 점?"

"그것도 당신 탓입니다."

"그게 제 탓이에요?"

당당하게 제게 책임을 넘기는 아널드의 말에, 바이레타는 기가 막혔다.

반성의 기미가 보이지 않는다.

그러나 이 정도로는 이혼할 수 없다.

그의 족쇄가 되고 싶지 않다. 더는 피해를 주고 싶지 않다.

그러나 또 같은 일이 벌어지면 그는 오늘처럼 구하러 올 것이다.

그런 건 필요 없는데.

보호가 필요한 존재가 되는 건 질색이다.

무엇보다 바이레타 본인이 괴롭다.

왜냐하면 그를 좋아한다는 걸 알아버렸기 때문이다.

그러나 반박하려한 순간 또 발소리가 울렸다. 그리고 부하의 목소리가 들려왔다.

"대장, 이만 철수하시겠습니까?"

"그렇군요, 이만 돌아갑시다."

"야 게이바세!"

군인의 경례의 중심에 있는 남자가 돌아보며 싱긋 웃었다.

"이야기는 나중에 다시 하지요. 당신을 집에 데려다줘야겠으니."

스완건 저택에 바이레타를 데려다주고 아널드는 즉시 군으로 복귀했다.

아직 처리할 일이 남아서 바쁜 듯했다.

알고 있었던 일이기에 남편과의 대화는 일단 잊기로 했다.

집에 들어간 바이레타는 걱정으로 흐느껴 우는 미레이나를 달래주고 목욕을 한 뒤에 비로소 침대에 앉았다. 하루의 피로가 한꺼번에 몰려왔다.

내일 일을 좀 쉬어도 뭐라 할 사람은 없겠지.

아니, 비서는 화낼 것 같다. 일에 대단한 자부심을 갖고 있는 그다. 그리고 업무가 정체되어 손실이 발생하는 것을 무엇보다 싫어한다.

결국 내일도 일이다. 그런데 머리가 굳어버린 것 같다.

오늘 하루 너무 많은 일들이 있었다. 감정이 요동쳐서 탈진 상태다.

에밀리오에게 강제로 키스당하고 몸서리를 쳤던 것, 그가 뜻밖에도 동기애가 충만한 사람이었던 것, 그리고 아널드가 구하러 와줘서 기뻤던 것.

그리고 자신이 아널드를 좋아하고 있다는 것도, 깨달았다.

그래서 더 이혼하고 싶다. 그의 쓸모 있는 아내로 남고 싶지 않다.

쉬운 상대로 여기지 않는 것은 알았지만, 그래도 여전히 아널드가 원했던 아내는 아니다. 상사의 강요를 이기지 못했을 뿐, 그의 의사가 아니었다. 덕분에 진급했으니 목적은 달성한 셈이다.

내기 기한도 끝났다.

귀엽다는 둥, 사랑하는 아내라는 둥, 마음에도 없는 말을 더는 늘어놓을 필요가 없다.

바이레타는 이곳에 남을 이유를 도저히 찾을 수 없었다.

그래, 도망치자. 바이레타는 결심했다.

8년만의 초야를 치를 때 아침이 되어서까지 한가한 소리나 했기 때문에 잡힌 것이다. 그러지 않았다면 사랑도 몰랐을 테고 얼굴 한 번 본 적 없는 최악의 남편과 쓸데없는 추억을 만드는 일 없이 담백하게 살 수 있었을 텐데.

이런 진흙탕 같은 혼란스러운 기분도 들지 않았을 텐데.

바이레타는 필요한 사람이 되고 싶었다. 있어달라는 말을 듣고 싶었다.

무엇보다 편견 없이 자신을 봐줄 사람이 필요했다.

그런 사람을 사랑하게 되길 바랐다.

그러나 두 사람의 관계는 바이레타의 짝사랑일 뿐, 쌍방이 아니다.

구하러 온 것도 남의 눈을 의식해서나 체면 때문이었을 것이다.

사랑의 속삭임도 남들 앞에서만이다. 욕망을 채우면 만족하고 그럴 때만 집착한다.

마음이 없는 아내니까. 오직 잡아둘 목적으로 속삭이는 사랑의 말은 공허하게 들릴 뿐이었다. 새로운 아내를 찾는 게 귀찮아서 떠드는 말이니 그렇겠지.

그는 자신이 아니어도 되는데, 자신만 그를 좋아하는 거라면 그의 곁에 남을 수 없다. 일방통행의 사랑이 이렇게 고통일 줄 몰랐다.

집을 나가면 아마 그는 찾으러 올 것이다. 그러나 바이레타가 진심으로 거부하면 그도 포기할 것이다.

매정하고 귀찮은 걸 질색하는 남자니까.

바이레타는 마음을 단단히 먹었다.

그리고 이슥한 밤에 침실로 들어온 남편에게 다짜고짜 각서를 내밀었다.

그는 각서를 물끄러미 들여다보며 고개를 기울였다.

"그래서 지금 당장 이혼하고 싶다…?"

"네. 짐도 미리 챙겨두었으니 당장 나갈 수 있어요. 짧은 시간이었지만 신세가 많았습니다. 이혼을 하려면 서류가 필요할 테니 그때 또 만나요. 그럼 잘 지내요."

바이레타가 짐을 들고 아널드의 옆을 지나가려 한 순간, 팔이 꽉 잡혔다.

"어렵게 되찾았더니 이번에는 제 발로 나가신다…, 내 아내는 정말 거만한 사람이군요."

"…이 손 놓으세요."

"안 됩니다. 그래서 결혼의 어떤 점이 불만인지 물었는데, 아직도 남은 게 있습니까?"

"불만은 아주 많지만 그게 중대한 이유는 아니에요. 하지만 말씀드리고 싶지 않아요."

남편이 나만 사랑해주지 않아서 헤어지고 싶다, 고 하면 이 시대에 그런 억지가 없을 테다. 하지만 진심이니 어쩔 수 없다.

결국 바이레타가 지향하는 부부상은 이해받기 어렵다는 것을 알고 있다.

"그렇군요, 각하께서 생각하는 것을 말로 표현하라던 말씀의 의미를 이제야 알겠습니다. 나도 내 아내가 무슨 생각을 하고 있는지 전혀 모르고 있으니까요."

"이해해주실 필요 없어요. 자, 그만 손을 놓으세요."

"무엇에 화난 겁니까."

"화난 거 없어요."

"거짓말. 당신은 화가 나면 오히려 웃는다는 걸 압니다."

화가 났냐고?

그야 화가 났는지도 모른다. 하지만 슬픔이 더 크다.

어리석은 자신이 슬프다.

어머니처럼 되고 싶지 않아서.

아버지가 주장하는 여자의 행복이 지긋지긋해서.

숙부님이 원하는 사업가가 되고 싶어서.

꿈을 버릴 수 없어서.

그 희망으로 여기까지 와서.

그런데 이런 답없는 남자를 사랑해버려서.

보답 받지 못할 마음을 안타까워하며 슬퍼하고 있다.

더는 상처 입고 싶지 않아서 도망치려는 것이다.

그런 약한 자신이 화가 나고 슬프다.

더 강한 사람인 줄 알았는데.

이렇게 일방적으로 도망치고 싶어지다니.

스스로에게 배신당한 것 같아 그게 또 슬프다.

"바이레타?"

조용히 자신의 이름을 부르는 그의 음성에 불현듯 가슴이 따스해졌다. 그리고 그런 자신의 한심한 반응에 실소를 터뜨렸다.

냉정하고 감정에 둔하고 계산적인 사람. 똑똑하고 군인으로서의 긍지도 뚜렷하다. 흔들림 없이 자신의 길을 걷는 그에게 바이레타의 마음 따윈 조금의 가치도 없으리라.

그것이 너무 슬퍼서, 너무 분해서 도저히 말해줄 수 없다.

"당신이 너무 싫어요."

자신을 약하게 만드는 사람.

자신을 한낱 여자로 만드는 사람.

인생의 신념 따위 쉽게 꺾어버릴 만큼, 자신을 어리석게 만드는 사람.

그가 사랑스럽고도 미워서 견딜 수 없다.

생긋 미소를 지어주자, 아널드는 눈을 커다랗게 떴다.

"그건, 무척… 영광이군요."

"네? 당신이 너무 싫다고 했는데요."

"그러니까 영광이란 말입니다."

잘못 들었나 싶어서 다시 한번 말해주자, 남편은 아주 근엄한 표정으로 고개를 끄덕였다.

뭐가 영광이란 거지?

제가 아는 영광에 다른 의미가 있나.

안 돼. 역시 그가 무슨 생각을 하고 있는지 도저히 모르겠다.

정말 답이 없는 남자를 사랑하고 말았다. 연애 초보는 따라갈 수 없다.

"너무 싫어서 헤어지고 싶어요. 이혼하고 싶다고요."

"그렇군요. 자꾸 반복해서 말하지 말아요. 부끄러우니까."

"네에?"

안 돼, 이제는 말도 안 통한다.

싫다는 말의 어디에서 부끄러움을 느낀단 말인지.

"아무튼 오늘은 늦었으니 이만 잡시다."

"그럼 내일은 이혼해주실 건가요?"

"아니요."

"왜요?"

의혹의 눈으로 쳐다보자, 아널드가 반문했다.

"각서 말인데, 부부생활의 1개월을 언제까지라고 생각합니까?"

갑작스런 화제 전환에 바이레타는 혼란스러워졌다.

"네? 당신이 돌아오고 나서부터 아닌가요? 내기를 시작한 게 그때잖아요. 그렇게 따지면 벌써 한 달이 넘게 지났는걸요."

"부부생활을 1개월 동안 한다, 라로 적었지요. 그런데 부부생활이 뭡니까?"

"네? 부부생활… 이요?"

"나는 당신을 안고 있는 시간으로 인식했습니다."

"뭐, 뭐라고요? 그런—."

그렇게 따지면 저녁부터 날이 샐 때까지 안긴다 해도 도저히 한 달을 채울 수 없다.

아널드가 아무리 요구했어도 그 정도로는 하지 않았으니까.

아널드에게서 각서를 낚아채 다시 확인해본다.

구석구석 훑어봐도 날짜다운 날짜는 적혀 있지 않았다. 물론 부부생활의 정의도.

당했다.

각서에 서명하기 전에 더 면밀하게 확인했어야 했다. 터무니없는 내용에 정신이 팔려 제대로 보지 못한 것이 통탄스럽다. 가볍게 들고 와서 삽시간에 대화를 끝낸 것은 그다. 즉 사기당한 것이다.

"내기 상으로도 당신은 아직 나의 아내입니다. 적어도 내 안에서는. 각서는 일방적인 겁니다. 그러니 아직 효력이 있습니다."

"사기꾼이 따로 없네요."

"상인들이 흔히 그러더군요, 속은 자가 잘못이라고."

"그래요. 숙부님도 계약서는 반드시 신중하게 검토해야 한다고 말씀하셨죠. 당신은 이런 짓까지 하며 절 아내로 주저앉히려 하는데, 바로 그런 점이 싫어요. 이용하기 편한 아내로 있는 건 딱 질색이에요."

"아하. 당신은 내기에 화가 난 것이군요. 그런데 이용하기 편한 아내라니, 오히려… 아무튼 내기라는 말은 취소하지요. 나는 정말 순수하게, 당신이 아내로 있어주기만 한다면 아무래도 좋습니다."

"내기가 취소라면 나가겠어요. 당신에게 일방적으로 이용당하는 건 사양할래요."

"음? 그렇군요. 하긴 내 아내는 겁쟁이였지."

또 맥락 모를 소리를 한다. 아마 본인은 맥락이 있다고 생각하겠지만, 바이레타는 이해할 수 없는 흐름이다.

그리고 겁쟁이는 또 뭐람. 사고뭉치나 여장부란 말은 들어봤어도 겁쟁이 소리는 처음이다. 애초에 도장파괴범 같은 결혼 조건을 내세운 것은 아널드였다.

혼자 납득한 척해봐야 바이레타는 어리둥절할 뿐이다.

"당신은 언제나 대쪽 같은 신념으로 무언가와 싸우고 있다는 걸 압니다. 소문도, 천박한 시선도 당신을 흔들지 못하지요. 당신은 지는 걸 싫어하니까. 연약한 여자들이 곤경에 빠지면 몸을 던져 돕는 정의감을 갖고 있다는 것도 압니다. 또한 벽창호 같은 노인네들을 설득할 땐 비상한 전략을 세워 대응하는 배짱과 지혜도 갖추고 있지요. 폭탄을 가진 적을 도발해서 돌진할 만큼 용감하고요. 그건 군인조차 혀를 내두를 정도였습니다. 내 아내는 정말 강하고 용맹하고 똑똑합니다. 자랑하고 싶을 정도로. 하지만 속으로는 두려워할 때도 있다는 걸 알아요. 신중하고 겁이 많고—."

에메랄드그린 눈을 가늘게 뜨며 아널드는 최고의 미소를 지었다.

"너무나 귀여운 아내입니다."

"무… 무슨… 앗—."

얼굴이 빨개지는 것을 주체할 수 없다.

얼빠진 사람처럼 입만 뻐끔거릴 뿐 아무 말도 할 수 없다.

창피하면 이렇게 몸이 뜨거워질 수 있다는 걸 처음 알았다.

왜 난데없는 칭찬 감옥이냐고!

이번에는 또 무슨 꿍꿍이인가. 감언이설에 속지 말 것, 은 상인의 철칙이다.

바이레타는 필사적으로 표정을 죽였다.

"칭찬을 들으면 몸둘 바를 몰라 하는 것도 압니다. 아름답다는 말보다 귀엽다는 말을 들을 때 더 부끄럽지요?"

확신범이다. 아주 악질적인 확신범이다.

아널드가 수집한 정보를 치밀하게 분석하는 사람인 걸 알고 있다. 괜히 전장의 회색여우라 불렸겠나.

하지만 그 능력을 아내에게 써먹다니. 재능 낭비다.

일할 때나 발휘할 것이지. 아니, 잘 발휘했으니 쿠데타도 원만하게 진압한 것이겠지만.

어쨌든 그 능력은 다른 데서나 발휘했으면 좋겠다. 제발!

"비싼 선물보다 마음을 담은 것을 좋아합니다. 평소 애용하는 보석은 화려하지 않은 것들. 단것을 싫어하고 술은 뒷맛이 담백해서 넘기기 쉬운 것. 꽃은 향기가 강한 것보다 은은하고 자그마한 것들을 좋아하지요. 옷은 상점에서 팔고 싶은 상품을 주로 입고 본인의 취향은 딱히 없는 것 같지만. 그리고 상대의 호의는 순수하게 받아들이고 악의는 무시하거나 그냥 넘기는…."

"그만, 됐어요. 그렇게 내기를 계속하고 싶은 건가요?!"

"내가 처음부터 잘못했습니다. 바이레타, 사실 당신을 처음 만난 밤, 나는 불쾌함에 몹시 분노한 상태였습니다. 배신당했다고 착각했으니까요."

"네?"

난데없이 고백이 시작되었다.

남편의 사고회로를 전혀 이해할 수 없다. 물론 처음부터 이해하지 못한 것들 투성이였지만.

"아내에게 딱히 기대는 없었습니다. 필요 없다 생각했고 알고 싶지도 않았습니다. 어차피 호적상 관계일 뿐이고 서류상으로만 맺어진 인연이었으니까요. 그런데 설마 전쟁이 끝나자마자 편지로 싸움을 걸어올 줄은."

"안 걸었어요!"

사실을 있는 그대로 적어 보냈을 뿐인데 어느 부분에서 그런 오해를 한 것인가.

그러고 보니 그 이혼장을 보낼 때 시아버지도 조롱하는 것 같다며 코웃음을 쳤던 기억이 있다.

"그래서 흥미가 생겼습니다. 그래서 제도로 돌아와 조사를 해보니 나는 세상에 둘도 없이 멍청한 광대가 되었더군요. 상사의 계략에 놀아나 끔찍한 독부를 아내로 맞은 데다 아버지의 정부를 책임지게 되었으니까요. 제대로 당했다고 생각했습니다. 그래서 당신에게 그런 내기를 제안한 겁니다. 당신 말대로 승패는 중요하지 않았습니다. 그 자리, 그날 밤만이라도 당신에게 벌을 줄 수 있다면 그걸로 충분했습니다. 하지만 다음 날 아침 내가 오해한 걸 알고 크게 반성했지요. 아버지에게도 크게 꾸지람을 들었습니다. 그러나 그때 나는 잘못된 선택을 했습니다."

잠시 말을 끊은 아널드는 천천히 고개를 저었다. 그리고 똑바로 바이레타를 응시했다.

꿰뚫어보는 듯한 눈동자 속에서 둔한 빛를 내는 것은 후회인가.

"내 잘못을, 당신에게 저지른 짓을 사죄하고 용서를 구했어야 합니다. 그리고 내기를 철회하고 새로운 약속을 했어야 합니다."

"약속?"

"당신을 구속하지 않겠다고. 일이든 뭐든 자유롭게 하라고. 외국이든 어디든 마음껏 가라고. 아이가 있어도 상관없다고. 그저 당신이 내 아내로 있어주기만 한다면 충분하다고. 그렇게 바이레타, 당신에게 약속했어야 합니다."

"왜, 왜 그렇게까지 하는 거죠?"

아내로 있어주기만 하면 된다고? 내기가 아닌 약속이라고?

대등한 눈높이로, 진지한 마음으로 말해주었다. 그 마음이 기쁘다.

하지만 이렇게 유리한 조건만 나열된 약속이 존재할 리 없다.

그것이야말로 바이레타가 꿈꿔왔던 이상적인 부부생활이다. 좋아하는 일을 하고 싶을 때 하고 남편에게 구속받지 않는 생활.

지금은 그에게 사랑받고 싶어 감히 꺼낼 수 없는 꿈이지만.

이 약속에 아널드의 메리트는 하나도 없다.

"그러면 야회의 동반 참석도 거절할 거예요."

"괜찮습니다."

"상품을 매입하러 외국에 나가 반년 후에 돌아올지도 몰라요."

"나도 전쟁에 나가면 오랫동안 집을 비워야 하니 피차일반입니다."

"아, 아이가 없으면 아버님이 역정을 내실 거예요. 후계자가 없다고."

"친척이든 미레이나의 아이든, 아버지가 마음만 먹으면 누구든 찾아 낼 겁니다. 당분간은 작위를 물려줄 마음도 없을 테고요."

하긴 시아버지는 은퇴를 고려할 생각도, 아널드를 후계로 삼을 생각 도 아직 없는 것 같다.

갑자기 쓰러지면 큰일이라고 술을 삼가고 검을 휘두르며 몸을 단련 하고 있다.

아니, 지금 그게 중요한 게 아니지.

"겁쟁이 아내는 늘 교묘하게 도망갈 구멍을 찾는데, 이번에는 전부 막혔나요?"

뱀이 개구리를 노려보는 듯한 시선에 왠지 등골이 오싹해졌다.

반성하던 갸륵한 태도는 순식간에 자취를 감추었다. 그럼 초야의 사 죄는 그 한 마디로 끝낸 건가.

어라, 사과하긴 한 건가.

너무 짧아서 제대로 알아듣지 못했다. 그럼 내기는 취소된 건가. 그 렇다면 이혼할 길도 사라진다.

그건 곤란하다.

장식용 아내로 있는 건 싫다고 소녀가 외치고 있었다. 어린 바이레타

가 울부짖고 있었다. 하지만 그는 장식용 아내의 역할조차 필요 없다고
한다.

그의 말을 머리로 받아들일 수가 없다.

그보다 이 대화의 종착점은 어디일까. 물어보면 후회할 것 같은 예감
이 강하게 느껴진다.

남편이 나타나기 전만 해도 짝사랑의 슬픔에 잠겨 있었다. 그런데 지
금은?

상상도 못 한 전개에 눈이 핑핑 돈다. 불길한 예감만 가득하다.

도망갈 구멍이 막혔다고 했다. 아널드는 바이레타를 아내의 자리에
서 놓아줄 생각이 없는 것이다.

그렇다면 그의 메리트는 무엇인가. 듣기 좋은 말에는 함정이 있다.
이 또한 상인의 철칙이다.

머리를 굴려. 지금 생각하지 않으면 언제 생각할 거냐. 그러나 적은
간단히 추격해온다. 천천히 생각을 정리할 시간도 주지 않는다.

"자, 바이레타. 질문은 끝났습니까?"

"아, 아니요!"

여기서 끝낼 수는 없다. 할 말이 바닥나면 그가 실실 웃어댈 것 같기
때문이다. 늘 그렇듯 목덜미가 선득해지는 얼굴로.

"그냥 아내로 있기만 하면 된다니… 그럼 당신은 무슨 메리트가 있어
요?!"

저도 모르게 물어보다 바이레타는 아차 했다.

물어서는 안 되는 질문이었다. 귀를 막고 싶다.

그러나 그의 대답은 허무할 정도로 간단했다.

"내가 당신을 진심으로 사랑하고 있기 때문입니다, 바이레타."

지금 뭐라고 했지?

너무 간절하게 바란 나머지, 환청을 들어버린 걸까.

그렇지 않다면 그가 이렇게 확실하게 고백할 리 없다.

하지만 혼란에 빠진 바이레타를 아랑곳하지 않고 아널드는 말을 이어나갔다.

“내게 당신 옆에 설 수 있는 권리를 주세요. 가장 먼저 이름을 부르고 가장 먼저 안을 수 있는 지위를 주세요. 당신이 다치면 즉시 연락을 받고 당신이 곤란할 때 바로 달려갈 수 있는, 당신의 남편이라는 지위를.”

“그, 런 게… 당신의 메리트? 당신이 원하는 건가요?”

“이번 일로 통감했습니다. 나는 당신을 사랑하는 남자 중 한 명이지만, 그들과 다른 점은 내게 당신의 남편이란 권리가 있다는 겁니다. 그 권리의 중요성을 실감했습니다. 이렇게 집에 데려올 수 있고 귀가하면 반겨주기도 하니까요.”

그렇게 말하면서 아널드는 바이레타를 꼭 끌어안았다.

솜사탕에 안기는 듯 부드러운 포옹은 마음을 따스하고 포근하게 데워주었다.

“물론 콧대 높고 매정한 아내는 나갈 생각뿐이지만.”

하아, 하고 그가 토해낸 숨결이 목덜미를 간질였다.

걱정했노라고, 그의 목소리가 전하고 있다.

떨리는 음성에 충만한 안도감이 느껴져 마음을 간질였다.

“나는 감정에 둔해서 당신에 대한 마음을 빨리 깨닫지 못했습니다. 오해가 있어서였지만, 당신을 그렇게 대하지 말았어야 했다고 반성하고 있습니다. 그럼에도 불구하고 당신은 내게 솔직하게 감정을 털어놨습니다. 너무 싫다고—그건 마치 사랑의 고백 같았습니다.”

“어디가….”

"당신은 싫어하는 자의 면전에서 싫다고 말하는 사람이 아닙니다. 그저 웃으며 넘길 뿐이지요. 화가 났을 때도 마찬가지입니다. 사실이나 상황에 분노할 뿐, 사람에게 감정을 쏟아내는 법이 없습니다. 그래서 내게 뜨거운 감정을 분출한 것이 너무나 기뻤습니다. 내가 너무 싫어서 이혼하고 싶다고, 나 때문이라고 말해준 것이 정말 기쁩니다. 영광입니다."

이상한 성벽을 가진 것도, 변태도 아니다.

그는 순수하게 자신을 좋아하는 것이다.

긍정적인 감정이든 부정적인 감정이든, 자신을 향한 마음이라면 뭐든 기쁜 것이다.

상대를 인정하기에. 상대를 정확히 인식하기에.

"나와 이혼하고 싶은 가장 큰 이유를 말해주세요."

그 순간, 바이레타는 저를 빤히 들여다보는 그의 웃음 가득한 얼굴을 후려치고 싶어졌다.

똑똑한 남자는 정말 싫다. 너무 싫다.

숙부도, 남편도.

행간에 숨은 뜻을 쉽게 간파한다. 자신도 미처 깨닫지 못한 부분까지 알아채고 만다.

오해라고, 착각이라고 부정하지도 못하게 만든다.

"절대 가르쳐주지 않을 거예요. 왜냐하면 당신이 너무 싫으니까!"

아널드는 큰 소리로 웃으며 바이레타에게 입을 맞췄다.

결국 바이레타가 이혼해서 스완건 백작가를 나가는 일은 없었다. 이혼하고 싶은 가장 큰 이유가 사라졌기 때문이다.

또한 내기는 철회되어 약속으로 바뀌었다.

바이레타는 그것을 오래도록 실감하게 된다. 그야말로 죽음이 두 사람을 갈라놓을 때까지—.

◆◆

의회 이틀째는 혼란에서 소동으로 변해갔다.

크게 다를 것은 없지만 상관을 제지하는데 별 도움은 되지 않을 거라고 아널드는 생각했다.

모브리스는 상사이고, 자신은 상당히 화가 났기 때문이다.

어차피 이 남자에게는 이번 쿠데타 소동도 심심풀이나 다름없다.

눈앞에 있는 노인에게 다소 화가 난 것 같기는 하지만 그것도 모브리스의 장난이나 연기일 수도 있다.

맞은편의 의장석에 앉은 노인은 몹시 왜소한 체격이었다. 작은 몸은 한껏 뻗어도 여전히 작았다. 가슴까지 닿는 길고 흰 수염에 주름 가득한 얼굴은 온화했다.

덕망 있는 수장으로서 오랫동안 입법부에 군림했던 그는 노회한 상태다.

카리제인 기렐 후작. 오랜 세월 구 제국을 지지해온 제국 귀족의 필두이자 입법부의 현 의장.

그의 표정은 덤덤했지만 주변의 추종자들은 초조한 기색으로 수군거렸다.

아마 그런 부하들을 한심하게 여기고 있을 테지만 표정에 전혀 드러나지 않는 점이 괴물 같다.

이쪽은 악마, 저쪽은 괴물.

저세상 독종끼리 붙었다고 생각하며 아널드는 고개를 절레절레 흔들었다.

"의식불명의 중태라고 들었는데, 건강해 보여 다행이구먼."

기렐 후작이 무겁게 입을 떼자 모브리스는 가볍게 응수했다.

"덕분에 보시다시피 사지에서 살아 돌아왔습니다. 원하신다면 대신 보내드리고 싶을 만큼 멋진 곳이었습니다. 한 번 가보셔도 좋을 듯합니다."

"이봐, 의장님 앞에서 그게 무슨 태도야!"

"미안하군. 군인들이 못 배워서 예의가 좀 부족하네."

"어려서 철이 없는 것을 너무 나무라지 말게."

"제가 어리긴 하지만 어르신과 늙은이는 구분할 줄 압니다."

어제는 아널드를 감쪽같이 속여 쿠데타의 본거지를 단숨에 소탕하는 작전을 세우고 주범들을 줄줄이 감옥에 처넣었다. 실로 대단한 수완에 감탄하지 않을 수 없었다. 이 악마 같은 상사는 쉬지 않고 철야로 일했는데도 멀쩡하기 짝이 없다.

"자아, 이틀째 의회를 시작할까요?"

모브리스의 말에 간밤에 잡힌 범인들을 의회석을 둘러싸듯 줄지어 세웠다. 그리고 쿠데타의 자세한 내용을 읽게 했다. 의장은 눈썹 하나 까딱 않고 그들을 조용히 보고 있었지만 속내는 그리 평화롭지 못했을 것이다.

아널드는 일개 군인이기에 가급적 관련되고 싶지 않았지만, 이번 쿠데타의 주모자를 자신으로 꾸미려 계획한 입법부의 대담함에 혀를 내둘렀다.

대담하달까, 무모하다.

아널드의 겉모습만 보고 인형 같은 남자라고 판단했던 모양이다. 하지만 그런 성격이었다면 과연 저 악마 밑에서 그 긴 세월을 버틸 수 있었을까.

결과적으로 쿠데타의 최고 간부는 루미엘 대령으로 정리되었다. 애초에 최고 간부는 존재하지 않았지만, 그가 의회와 결탁하여 수집한 증거를 은폐하거나 조작했기 때문이다.

그는 최고 간부임을 계속 부정했지만, 감형을 조건으로 거래하자 순순히 인정했다. 원래 그는 백작가의 차남이다. 구제국 귀족파 인물이니 숨겨진 죄도 줄줄이 나올 것이다. 본인은 대단한 인물이 아니었지만 혈통 덕분에 모든 게 정해진 셈이다.

그렇게 정해진 최고 간부가 일으킨 쿠데타는 허술하기 짝이 없었다. 너무나도 형편없어 지난 몇 주간의 고생은 무엇을 위해서였나 허탈하게 느껴졌다.

아널드도 그렇게 생각했을 정도니 악마의 속내는 어떠할까.

그래봤자 다음 전쟁을 기다리는 동안의 심심풀일 것이다. 그런 일에 끌어들인 것은 역시 민폐다.

"증거가 이렇게 많은데 아직도 게임을 포기할 생각이 없나?"

"의장에게 실례다. 말 조심해."

"만날 애송이들과 싸우다보니 깜박했네."

"허허허, 패기가 대단하구먼."

인자한 할아버지 같은 풍모로 노인은 껄껄 웃었다.

"자네의 말은 알겠네. 그러나 아무리 증거라며 내밀어도 나로서는 당최 기억나는 게 없구먼. 이제 쿠데타도 진정되었으니 그쪽에서 알아서 처리하면 되지 않나?"

"의장님!"

소리친 것은 의장 보좌관인 에밀리오였다. 자신이 키운 부하를 가차 없이 잘라내는 비정함을 모브리스는 즐겁게 구경하고 있다. 역시 속이 시커먼 자다.

에밀리오는 후작가의 적자라는 배경 덕에 구명 탄원서가 제출되었다. 이와 함께 몇 개의 정보를 제공해주었기 때문에 의장에게 버림받아도 살아날 길은 찾을 것 같다.

카라는 묵비권을 행사 중이라 이번 의회에는 출두하지 않았기 때문에 대신 아들을 소환했다. 카라가 기렐 후작을 꺾기 위해 어깃장을 놓은 것이지만 그는 아무런 타격도 받지 않은 듯했다.

"그럼 다음 의제로 넘어가는 게 어떤가? 아직 쌓여 있는 의제가 많을 텐데."

"이렇게나 준비해놓고 아직도 도망갈 생각인가? 못 말리는 영감이로군."

하아, 짧게 숨을 내쉬는 모브리스와 달리 기렐 후작은 여유로웠다.

오래 걸릴 것 같군. 아널드는 사랑스러운 아내를 떠올리며 시선을 천장으로 향했다.

◆ ◆

"언니는 너무 마음이 약해요."

"그런가?"

"네! 화내며 나가도 뭐라고 할 사람은 아무도 없을 걸요?"

둥그런 흰 테이블에 쨍 소리가 나도록 컵을 거칠게 내려놓으며 화를 내는 미레이나의 모습에 바이레타는 웃음이 났다. 시누이에게 눈길을 주자 그녀 너머 반대쪽에 앉은 아널드가 눈에 들어왔다. 달달한 미소를 머금고 있는 그는 여동생의 이야기는 귓등으로 흘리고 있는 게 분명했다.

지금 당신 욕하는 거라고요.

아널드는 쿠데타를 진압한 공로로 1주일의 휴가를 받았다. 한 달의 휴가를 받은 것이 얼마 전인데 이렇게 놀기만 해도 되나 싶다. 불만인 것은 휴가라며 바이레타를 졸졸 따라다닌다는 것이다. 일터에도 따라오는 바람에 결국 자신도 휴가를 냈다. 직장에 가면 본인 딴에는 얌전히 있는 편이지만 비서를 필두로 모두가 놀려대니 도저히 일을 할 수 없었다.

결과적으로 미레이나와 티 타임이나 갖기로 했는데, 여기까지 아널드가 따라왔다. 시누이는 그런 오빠가 짜증나는 모양이다. 오빠를 마구 비난하고 바이레타와 이혼하라고 다그쳤다. 그러나 생각만큼 잔소리가 먹히지 않는다고 판단한 순간 화살 끝을 바이레타에게 돌렸다.

시누이의 기백에 진 바이레타는 얼결에 고개를 끄덕였다.

"그래…, 생각해볼게."

"바이레타가 나를 떠나는 일은 없을 겁니다."

"오라버님의 자신감은 어디서 오는 거죠?!"

"아내가 내게 한 말이 있습니다."

"언니는 대체 무슨 말씀을 하셨기에 오라버님이 이렇게 거만하게 구는 거예요?"

너무 싫다는 말밖에 안 했는데.

그의 자신감 가득한 태도에 바이레타는 진심으로 창피해졌다. 속마음이 모조리 간파당한다고 생각하니 아무 말도 못 하겠다.

오늘 세 사람은 제도에서 인기가 높은 카페테라스에 놀러왔다. 미레이나가 가보고 싶어 한 곳이라 그동안 걱정을 끼친 사죄를 겸해 방문했다. 그러나 시누이의 심기를 더욱 불편하게 만드는 결과가 되어 미안해졌다.

열린 창으로 상쾌한 바람이 들어왔다. 2층의 테라스석은 제도의 거리를 오가는 행인이 잘 보이는데, 모두들 밝은 표정이었다.

쿠데타가 진정되었기 때문이다. 덕분에 오랜만에 제도에 활기가 돌아온 것을 느낀다. 아침 신문에도 쿠데타 진압과 그 과정에 대해 큼지막하게 실려 있었다.

모브리스의 부대가 해결한 것으로 적혀 있었는데, 덕분에 아널드의 고생이 상당했던 것을 알게 되었다. 뒷수습이 한창일 때는 귀가도 불규칙해서 한밤중에 들어오거나 아니면 저녁에 들어왔다 다시 나가기도 했다.

그래도 정세가 그럭저럭 안정되어 전에 미레이나와 했던 약속을 지키기로 했다. 귀엽고 세련된 분위기로 젊은이들에게 인기가 높은 카페의 내부는 무척 아늑했다. 가벼운 음식 위주였지만 맛도 좋아서 즐겁게 먹었다.

지금은 식후의 티 타임을 즐기고 있다.

시누는 음식이 맛있다며 즐거워했고 바이레타와 외출해서 기뻐했고 걸리적거리는 오빠에게 화를 냈다. 표정이 휙휙 바뀌는 모습이 정말 귀엽다. 아마 세상 남자 대부분은 시누이 같은 여자를 선택할 것이다.

삐딱하고 심술꾸러기인 자신보다.

생각하는 것이 완연한 숙녀답다.

그래도 남편은 바이레타가 좋다고 말해줄 것이다, 아마도.

아마도라는 말도 필요 없지만 부끄러우니까 단언하지는 않는 걸로.

"언니, 더워요? 얼굴이 빨개요."

"어, 그러게. 오늘 평소보다 좀 덥네."

"이제 완전히 가을인데요?"

"차가 뜨거워서 그런가봐."

"레타 언니 이상해. 아무튼 집을 나가고 싶으면 저도 도울 테니 언제든 말씀하세요!”

의기양양한 시누이의 모습에 조금 의아해졌다. 오빠를 꽤 무서워했던 걸로 아는데 언제 이렇게 강해진 걸까.

“미레이나는 아널드 님을 어려워하지 않았어?”

“과묵하고 무표정한 어른을 어린이가 무서워하는 건 당연하잖아요. 그런데 오라버님은 그냥 말수가 적고 게으르고 감정에 둔하고 여심을 모르는 사람이었을 뿐이었어요. 그리고 저는 소중한 언니를 지키기 위해서라면 뭐든 할 거예요.”

어떻게 알았는지 모르겠지만 정말 딱 맞혔다.

그래서 아널드가 시누이의 결혼 상대를 사방에 알아보고 있는 건가. 시부모는 본인의 자유를 존중하며 요즘 유행하는 연애결혼에도 호의적이다. 그러나 최근 아널드는 미레이나의 혼담을 꺼냈다.

미레이나가 언제 바이레타를 도망치게 할지 모르니 하루빨리 그녀를 저택에서 쫓아내고 싶은 것이다.

시아버지는 아들이 왜 갑자기 관심 없던 여동생의 결혼에 앞장서는지 모른 채 일단 보류 중이다.

그러나 동기를 알게 되면 늦추려 할 것이다. 싫어하는 아들을 약올려 줄 절호의 기회를 놓칠 인간이 아니니까.

시커면 의도가 섞인 혼담을 당사자인 시누이만 모르고 있나 싶어 의아해졌다.

그러나 저 귀여운 시누이의 결혼식은 언제쯤이 될까 생각하니 바이레타는 금세 입가가 느슨해졌다.

“그렇게 생각해줘서 기쁘지만 미레이나도 꼭 행복해져야 해.”

“어머, 그야 당연하죠. 언니가 이렇게 아껴주잖아요. 이상한 상대를 만나면 당장 쫓아내주실 거죠?”

그렇게 말하는 미레이나는 어느새 강한 숙녀로 자라 있었다. 정말 귀엽고 사랑스러운 시누이였다.

너무나 씩씩해서 자랑스럽다.

자신들과는 너무나 다르다.

바이레타는 조금 아득해지는 기분으로 어젯밤을 떠올렸다.

"다음 주부터 남서부로 파견된다고 합니다."

"남, 서…?"

"타국의 군사가 몰래 국경을 넘은 듯합니다. 쿠데타가 일어난 지금을 절호의 기회로 본 것 같습니다."

아널드의 낮고 차분한 목소리가 기분 좋게 들린다.

하지만 왜 매번 중요한 이야기를 이런 때, 머리가 돌아가지 않을 때 하는 걸까.

부부 침대 위에서 벌거벗고 겹쳐져 있는 지금!

화난 눈으로 노려보자, 그는 훗 하고 입 꼬리를 올렸다.

"아, 미안합니다. 당신에게 기쁨을 주는 행위도 소홀히 하지 않을 겁니다."

"아니… 하, 으아앙!"

그게 아니라고 부정하는 소리는 곧 교성으로 바뀌었다.

끝까지 제멋대로인 남편이다. 아내 말엔 귀도 기울이지 않는다. 일방적이고, 대답을 원하지도 않는다. 그것이 그가 사랑하는 방식이다. 일방적으로 주고, 혼자 납득하고 만족한다.

분노는 쾌락에 휩쓸려버리고 생각은 헛바퀴를 돈다.

툭툭 끊어지는 말은 다른 의미로 그에게 닿았는지, 그는 아내를 힘껏 끌어안았다.

그 순간 밀어닥치는 절정에 몸부림쳤다.

그런 자신을 행복하게 쳐다보는 남편을 죽여버리고 싶어진다.

"사랑합니다, 바이레타."

아무리 귓가에 뜨겁게 속삭여도 결코 넘어가지 않을 것이다.

그래도 아널드는 다시는 놔주지 않겠다는 듯이 더 강하게 바이레타를 끌어안았다.

"이번에도 편지를 보내주세요. 당신이 써보내준 말이라면 무엇이든 기쁠 겁니다."

"너무 싫… 다고, 보낼, 거예요."

"후훗, 고맙습니다."

때려주고 싶다고 생각하며 바이레타는 남편의 옆얼굴을 노려봤다. 그도 몸을 더욱 붙이며 바이레타를 바라보고 있다.

녹아내릴 것 같은 생각을 붙잡는 것만으로도 버겁다. 달콤한 전율이 온몸을 파고들어 감정을 뒤흔든다.

한동안 만날 수 없다는 게 아쉽다니, 이건 기분 탓이다. 이 열기와 무게가 사랑스럽다니 착각이 틀림없다.

그러나 바이레타의 안에서 꿈꾸는 소녀가 울고 있다. 그에게 매달리고 싶어지다니, 언제 이렇게 약해졌나.

사랑은 사람을 어리석게 만든다고 하지만, 약해지게 만드는 줄은 몰랐다.

그래도 쓸쓸함을 느낄 겨를이 없게 만드는 남편의 태도에 화가 나서 절대 말해주지 않겠다고 결심한다.

그러나 남편은 씩 웃으며 말했다.

"그러니까 오늘 밤은 아침까지 상대해주십시오."

그게 면죄부가 될 거라고 생각하지 마!

하지만 비난은 입맞춤에 녹아내려 결국 닿지 않았다.

솔직하지 않아도. 고집을 부리고 투덜거려도. 너무 싫다고 말해도.

아널드는 전부 포용하고 사랑한다고 말해준다.

응석부리는 아내를 받아준다.

그러니 행복하다는 생각이 든다.

바이레타의 안에 있는 소녀도 외롭다고 울면서도 결말에 만족하는 걸 알고 있다.

두 사람은 영원히 평행선을 걷겠지만 이것이 이들 부부의 방식이다.

나쁘지 않다고, 벌써 중독되어버렸다고 생각하면서, 바이레타는 남편이 주는 입맞춤을 받았다.

행복의 맛에 취하면서.

종장(終章) 사랑하는 아내의 편지

스완건 백작가의 현관홀에 서서 짊어지고 있던 짐을 내려놓았다.

반년만에 돌아온 집은 몹시 조용했다. 연락 없이 돌아왔더니 마중나온 사람도 없었다. 예상한 일이라 아널드는 무심히 주위를 둘러보았다.

널찍한 홀은 굵은 기둥을 세우고 천장을 높여 더욱 넓어 보였다. 안쪽으로 이어지는 복도도, 2층으로 올라가는 계단도, 현관을 장식한 생화의 위치도 기억 속 모습 그대로라 마음이 놓였다.

폭발 소동이 흔히 벌어지는 일도 아니고 보고도 없었지만, 그때의 불안감과 공포가 아직도 그림자처럼 제 안에 남아 있다.

"어서 오십시오, 도련님."

"응."

소리를 듣고 달려온 집사 앙리가 부드러운 미소로 환영해주었다.

몇 년 전 은퇴한 도노반은 후임으로 그의 조카를 데려왔다. 다른 집에서 경험을 쌓아 실력을 갖춘 그는 도노반을 닮아 조용하고 점잖은 남자였다. 말이 많은 편은 아니지만 고지식한 타입도 아니었다.

단 하나 걸리는 점은 그가 젊다는 사실이다. 그는 바이레타와 또래였다.

어쩔 수 없는 현실이고, 아내도 그를 의식하지 않을 거라고 생각한다. 그러나 역시 자잘한 것들에 신경이 쓰인다. 아내가 그를 조금이라도 마음에 들어 하면 어떡하나. 나이는 어떻게 할 방법이 없다. 바이레타가 아널드에게 젊어지길 원한다면⋯ 노력으로 이룰 수 있는 부분이라면 노력할 것이다. 조금이라도 아내가 좋아하는 모습이 되고 싶다.

탁, 하고 바닥을 밟는 소리에 아널드는 시선을 돌렸다. 천천히 계단을 내려오던 소녀가 아널드를 알아보고 걸음을 멈췄다.

어머니를 닮은 스트로베리 블론드에 아버지를 닮은 에메랄드그린 눈동자를 빛내며, 감정이 담기지 않은 나지막한 목소리로 말한다.

"안녕히 돌아오셨어요, 아버지? 이번 전쟁에서도 고생 많으셨어요. 무사히 돌아오셔서 기뻐요."

"그래, 다녀왔다. 그….."

"어머니는 집무실에 계세요. 하지만 지금은 방해하지 않는 게 좋을 것 같아요. 한창 중요한 시간을 보내고 계시거든요."

소녀는 아버지가 아내 말고는 관심이 없는 걸 익히 알고 있다는 듯 말한 뒤 키득키득 웃었다.

장녀인 엘메레타였다.

아내의 얼굴을 꼭 닮아서, 매혹적인 미소 하나로도 주변의 시선을 독차지한다. 문제는 딸의 성격이 자신을 닮아 감정에 몹시 둔한데, 상대의 기분은 기가 막히게 알아챈다는 것이다.

어떤 표정을 지으면 상대가 좋아하고 싫어하는지를 정확하게 안다.

아직 열 살인데 벌써 두렵다. 백작가의 당주인 아버지조차 손녀에게는 맥을 못 추는 듯했다.

그러나 지금은 엘메레타의 말이 더 중요했다.

"중요한 시간…?"

뭔지 알고 있지만, 아널드는 뛰다시피 2층으로 올라가 아내의 집무실 문을 열었다.

"레이널드, 노크도 없이 문을 열면 못 써."

스트로베리 블론드의 머리를 깔끔하게 땋아 올린 요염한 미녀가 눈에 들어왔다.

창가에 서서 서류에서 눈을 고정한 채 여섯 살이 된 아들의 이름을 부르는 아내에게 아널드는 성큼성큼 다가가 가녀린 몸을 꽉 끌어안았다.

"꺄악, 아, 아널드 님?!"

"아들과 헛갈리지 마십시오."

"죄송해요, 요즘 그 애가 자꾸 집무실에 들어오는 바람에… 돌아오신 것을 환영해요. 이번에는 빨리 끝나서 다행이네요."

회색 머리에 자수정빛 눈동자를 가진 아들은 아내를 닮아 개구쟁이다. 오만 곳에 관심이 많아 구석구석을 누비고 다닌다. 아내의 집무실도 녀석의 놀이터 중 하나인 셈이다.

아내는 다정하게 환영해주었지만 마주 안아주지는 않는다.

"바이레타, 얼버무릴 생각 말아요. 정부의 편지를 읽는 중이었다는 거 압니다."

"게일 님의 보고서를 그런 식으로 말하지 말아요. 그리고 일할 때는 방해하지 않겠다고 약속했잖아요."

"반 년 만에 돌아온 남편을 우선해달라는 것이 약속 위반은 아니지 않습니까."

"네네. 준장 각하께서 서운하셨군요."

"사랑스러운 아내가 그리웠던 겁니다."

아널드가 한숨을 쉬며 속삭이자, 바이레타가 얼굴을 빨갛게 물들이며 몸을 떨었다.

몇몇 전장을 거쳐 돌아와 보니, 어느새 준장이 되어 있었다. 그후 몇 년 동안은 여전히 같은 자리에 머무르고 있다. 윗사람들의 얼굴이 바뀌지 않는다는 건, 장점도 있고 단점도 있다.

악마 같은 대장은 여전히 대장으로 군림하며 만만한 부하인 자신을 쉴 새 없이 전선으로 내몰았다.

덕분에 집에서 가족과 느긋하게 보낼 시간이 없었다. 이번에도 반 년

만에 돌아온 것이다. 몸에 아내의 함량이 부족해져서 빨리 보급하지 않으면 숨이 막힐 것 같다.

가늘지만 부드러운 그녀의 몸을 안고 마음껏 누리자, 바이레타는 빨개진 얼굴로 한숨을 쉬었다.

"아널드 님은 너무 짓궂어요."

"나는 진심만 말하고 있는데 왜지요?"

키득키득 웃으며 가볍게 입을 맞춘다.

아내는 나이가 들어도 여전히 귀엽다. 어떻게 하면 이 감정이 진정될까. 설마 평생 이대로인 걸까. 다른 쪽에서 감정이 무딘 만큼 균형은 맞는 것 같다.

"편지를 보내줘서 더 그리워졌습니다."

"당신이 보내달라고 했잖아요."

"결혼한 친구가 늘 자랑하는 게 부러웠습니다. 하지만 사랑하는 아내가 보낸 편지는 기쁘고 슬프고 애틋해지더군요."

"못 말리는 분이라니까."

바이레타는 쓴웃음을 짓더니 돌연 다정한 키스를 해주었다.

입맞춤에 답맞춤을 받다니. 살아 있길 잘했다고 생각한다.

아내의 편지는 늘 품에 간직하고 있다. 지금도 그녀와 제 몸 사이에 껴서 짓눌리고 있는 중이다.

전장에 처음 편지가 날아든 지 벌써 11년.

모든 편지는 소중하게 보관하고 있다. 보물이다.

말이란 참 신기하다. 한 글자, 한 구절에 담긴 마음까지 전달해주는 것 같다.

읽는 것만으로도 옆에 없는 아내를 생생하게 느낄 수 있다.

예전에 너무 싫다고 써보내겠다고 한 적이 있지만 실제로 그런 말을 써보낸 적은 한 번도 없었다.

근황 보고와 남편의 하루하루를 걱정하는 마음. 자신의 잔잔한 일상을 적어보내곤 했다.

전장에서 아무리 마음이 얼어붙어도 아내의 편지를 읽으면 금세 평온해져서 신기했다. 친구가 자랑하는 마음을 이해할 수 있었다.

그리고 이렇게 돌아와 행복을 만끽한다.

평범한 일상의 위대함을. 사랑하는 아내가 반갑게 맞아주는 행복을.

"사랑합니다, 바이레타."

"일을 방해하는 분은 싫은데요?"

노려보는 아내의 얼굴은 진심이 담겨 있었다. 여기서 더 나가면 화를 낸다는 것을 경험으로 알고 있다.

"그럼 나중에 제대로 시간을 내줘요."

"아침까지는 무리예요."

"그럼 새벽까지만 부탁합니다."

"그게 결국 아침까지 아닌가요?"

양보할 기색이 보이지 않는다.

"반 년 만에 돌아온 남편인데 좀 위로해주면 안 됩니까?"

"위로하려고 편히 쉬라는 거잖아요."

"알겠습니다."

오늘 밤은 새벽까지만 하고 내일은 하루종일 하면 된다. 일단은 물러나서 다음 기회를 노리는 것이 효과적인 전략이다.

그녀는 내일도 자신의 아내로 있어줄 테니까.

계속 남편의 권리를 보장해줄 테니까.

방에서 짐을 정리한 뒤 아내가 보내준 편지를 다시 읽어보는 것도 좋겠다. 닳도록 읽어서 이젠 외워버렸지만 그래도 읽을 때마다 가슴이 따뜻해지곤 하니까.

"왠지 불길한 느낌이 들어요."

품에 안긴 바이레타가 미심쩍은 표정을 지었다. 억울하다고 생각하면서도 아널드는 애써 미소를 지어 보였다.

이상하게도 그녀는 자신이 웃으면 겁을 먹는다. 지금도 딱딱하게 굳은 표정으로 눈치를 보고 있다.

"오늘밤은 참아보겠습니다."

그러니 내일은 오랫동안 함께 해줘요.

그녀는 웃음 속에 담긴 메시지를 정확하게 읽어낸 것 같다.

바이레타는 깊은 한숨을 쉬었다. 아주 깊고도 깊은 한숨.

"살살 부탁드릴게요."

재미있어질 거라고 상사는 말했다.

지금도 상사로 있는 모브리스의 말은 어떤 의미로는 옳고 어떤 의미로는 틀렸다.

틀렸다 해도 좋은 쪽으로 틀린 것이지만.

아내는 그의 행복이고 감정을 일깨워주는 존재다.

기쁨도 분노도 슬픔도, 그리고 즐거움조차도. 그녀가 없었다면 느낄 수 없었던 감정이다.

그런 존재를 만나서 남편이 되었다는 것에 진심으로 감사한다.

그래서 모쪼록 이런 나날이 계속되게 해달라고 저답지 않게 기도하게 된다. 전장을 누비며 수천 명의 목숨을 빼앗은 주제에 염치없는 바람일 수도 있지만. 언제 목숨을 잃어도 상관없지만 그녀보다 뒤에 죽고 싶진 않다. 미래를 두려워하는 것도 아내가 일깨워준 감정이다.

두렵지만 그만큼 더 사랑스러워진다.

결국 무엇을 해도 그녀를 사랑하는 마음으로 돌아오게 된다.

“당연히 자제할 겁니다. 하지만 반 년이나 쌓여서 폭주할지도 모릅니다. 원한다면 내기라도 할까요? 내가 지면 안고 잠만 자도록 하겠습니다.”

“아뇨, 사양할게요. 당신과 절대 내기 따위 하지 않겠다고 결심했거든요.”

뜻밖의 단호한 거절에 아널드는 당황했다.

“이제 나와 놀아주지 않을 겁니까?”

“그동안 우리가 한 내기는 놀이라고 표현할 만큼 가벼운 게 아니었잖아요. 약속한 게 너무 많다고요.”

아널드는 매번 내기를 제안하고, 이기면 약속을 받아냈다.

가령 집에 오면 가장 먼저 입을 맞출 것.

웃으며 남편을 맞이해줄 것.

남편이 원하면 포옹을 허락할 것.

내기에 이겨 일상의 자잘한 소원들을 부부간의 약속으로 받아내면 고집쟁이 아내가 마지못해 해주는 것이 기뻤기 때문이다.

모처럼 승리를 확신하는 내기가 떠올랐는데, 아내는 매번 지기만 하니 싫어진 모양이다. 하지만 그냥 조르면 들어주지 않으니 방법이 없다. 그녀의 말로는 남편이 너무 밝히는 게 문제라고 한다.

하지만 아널드의 생각은 다르다. 아내가 너무 귀여운 게 문제다.

그럼 반 년치 보고는 내일 듣기로 하지요.“

“편지에 썼잖아요.”

“아내의 입으로 직접 듣고 싶습니다.”

“그럼 이제 편지는 안 써도 되겠네요?”

“무슨 말입니까. 내 보물을 빼앗지 마세요.”

진심으로 두려워하며 말하자, 바이레타는 눈이 커지더니 재미있다는 듯 웃었다.

"보물이라고요?"

"네, 보물입니다."

솔직하게 대답하자, 아내는 살짝 수줍어하며 입을 맞춰주었다.

전장에 처음 도착한 편지로 모든 게 시작되었다. 그러니 첫 번째 편지부터 보물이다.

그리고 보물을 앞으로도 계속 늘어날 것이다.

창창히 남은 두 사람의 미래를 써 내려간 편지는 계속 보내질 테니까.

— 다음 권에 계속 —

작가 후기

처음 뵙겠습니다, 히사카와 코우리입니다.

이 책을 읽어주셔서 감사합니다. 이 작품은 웹소설로 올린 것을 가필 수정한 것입니다. 내용을 간단히 말하면, 방치했던 아내에게 휘둘리다 어느덧 사랑을 깨닫게 된 남자의 이야기입니다. 주인공은 자각 없이 남편을 휘두릅니다. 본인이 하고 싶은 일에 열심히 매진하는 모습에 남편이 그만 반해버리는 이야기지요.

이 작품의 줄거리 하나만 봐도 무척 어렵습니다. 너무 많은 것을 꽉꽉 눌러담아서 제가 쓴 글이지만 내용을 잘 모르겠어요. 그런데 쉽게 정리된 줄거리를 받아보고 편집자님은 정말 대단하시구나 새삼 감동했습니다.

그저 쓰고 싶은 글을 두서없이 쓴 작품인데, 업계 전문가의 손길이 닿으니 아주 술술 읽히는 작품이 되었네요. 웹소설을 읽어보신 분들이라면 차이를 금세 아실 겁니다. 와, 어엿한 작품으로 보이잖아, 하고 몇 번이나 감탄했지요.

그래서 이렇게 종이책으로 나오게 되어 정말 기쁩니다. 너무 감사드려요. 웹에서 읽어주신 독자분, 정성으로 개정에 참여해주신 편집부 여러분, 이미지에 딱 맞는 커버 일러스트를 그려주신 아이루무 님, 그리고 이 책의 발간에 도움 주신 모든 분들께 진심으로 감사합니다. 무엇보다 이 책을 읽어주시는 분들께 무한한 감사의 마음을 전하고 싶습니다.

인생은 살아보지 않으면 모른다고 하지만 어릴 적 꿈이 이렇게 이루어질 거라곤 한 번도 생각해보지 않았습니다. 이런 멋진 기회를 주셔서 고맙습니다. 꿈인가, 혹시 사기당한 거 아닌가, 하고 몇 번이나 의심했던 것이 지금은 즐거운 추억이 되었네요. 이렇게 말하면서도 아직 다른 세상의 일 같습니다. 실물을 봐도 실감이 나지 않네요.

아무튼 작가의 능력 이상으로 멋지게 완성된 작품이니 여러분의 마음에 조금이나마 감동을 드릴 수 있기를 빌어봅니다.

마지막으로, 요즘 세상이 참 복잡하고 머리 아픈 일이 많은데요, 이 책을 읽어주신 분들은 조금이라도 평화로운 일상을 보내실 수 있기를 기도합니다.

감사합니다!

얼굴도 모르는 남편님께,
이혼을 요구합니다 2

2025년 9월 15일 초판 인쇄
2025년 9월 30일 초판 발행

저자 · 히사카와 코우리
일러스트 · 아이루무
역자 · 김혜성
발행인 · 황민호
전략콘텐츠사업본부장 · 박정훈
책임편집 · 김선림
편집기획 · 신주식 최경민 윤혜림
마케팅 · 이승아
국제업무 · 이주은 김준혜
제작 · 최택순 성시원
한국판 디자인 · 디자인 우리
발행처 · 대원씨아이(주)

서울 특별시 용산구 한강로3가 40–456
편집부 : 02–2071–2104 FAX : 02–794–2105
영업부 : 02–2071–2061 FAX : 02–794–7771
1992년 5월 11일 등록 3–563호

http://www.dwci.co.kr/

HAIKEI MISHIRANU DANNASAMA,RIKON SHITE ITADAKIMASU Vol.1(GE)
©Kori Hisakawa 2022
First published in Japan in 2022 by KADOKAWA CORPORATION, Tokyo.
Korean translation rights arranged with KADOKAWA CORPORATION, Tokyo.

ISBN 979–11–423–3065–0 04830
ISBN 979–11–423–2277–8 (세트)